王斌 著

沉思经典
循着大师的足迹

天津出版传媒集团

百花文艺出版社

图书在版编目（CIP）数据

沉思经典：循着大师的足迹 / 王斌著. —— 天津：
百花文艺出版社, 2024.4
ISBN 978-7-5306-8801-4

Ⅰ.①沉… Ⅱ.①王… Ⅲ.①随笔–作品集–中国–
当代 Ⅳ.①I267.1

中国国家版本馆 CIP 数据核字(2024)第 055496 号

沉思经典:循着大师的足迹

CHENSI JINGDIAN XUNZHE DASHI DE ZUJI

王斌 著

出 版 人:薛印胜
责任编辑:王 燕
装帧设计:彭 泽
出版发行:百花文艺出版社
地址:天津市和平区西康路 35 号 邮编:300051
电话传真:+86-22-23332651（发行部）
　　　　　+86-22-23332656（总编室）
　　　　　+86-22-23332478（邮购部）

网址:http://www.baihuawenyi.com
印刷:天津新华印务有限公司
开本:880 毫米×1230 毫米 1/32
字数:200 千字
印张:9.375
版次:2024 年 4 月第 1 版
印次:2024 年 4 月第 1 次印刷
定价:68.00元

如有印装质量问题,请与天津新华印务有限公司联系调换
地址:天津东丽开发区五经路 23 号
电话:(022)58160306
邮编:300300

目　录

第一辑 | 读书与写作：

追随大师的足迹

一、读书：认识你自己

为什么要读书

为什么要读书？

听起来这更像是一个伪命题——读书有为什么吗？

是的，读书没有理由。无论你的职业、身份，乃至年龄是什么，只要懂事识字，这事就当免不了，它本该就像饮食和空气，是我们人生的必需品。

但在当下之中国，读书似乎也需要倡导。

所以，我们必须开宗名义地追问一句："为什么要读书？"

纯粹的阅读是非功利性的——它从无兴趣帮你达到阅读的愉悦。同时，纯粹的阅读也非是为了增长知识。互联网时代，一般性知识，寻知者只需在搜索引擎上键入关键词，"知识"迅疾闻"搜"而至。知识的去魅化，潜在地说明了知识的神秘去魅与易得的特性。

如此一来，读书究竟何为？我们又为什么要读书？

读书本身即为目的，而非获取功名利禄的手段。读书的自我目的性，仅为自我的修养与立身，即通过或经由读书，开拓思维的广阔疆域，扩展认知的边界。而在这其中，最最重要的是：

"认识你自己。"这句古希腊神殿上的铭文,从古至今都是读书、思考的至理箴言。

人之自身,乃是走向社会与人生的原始起点,若从哲学意义上说,它亦属人之为人的逻辑起点。我们读书,其实是为了求索与追问:我是谁?我为什么就处在了人生的这一位置上?我又将走向何方?所以,后印象派画家高更的那句意味深长的发问"我们从哪里来? 我们是谁? 我们要到哪里去"就变得意味深长了。

无知者是懒于或怯于读书的,有知的读书人他们一如暗夜中在远方漆黑海面上的灯塔,永远标识着人类前行的方向。读书于他们首先是为了照亮自己,澄明与清洁自己的心灵,由此升华出一种精神的自我朗照。通过读书、思考、自我修行,不断地反观、审视自身,以此洗刷积聚于身心中的污垢与灰尘,唯有如此,他们才能义无反顾地走在时代和历史的前列。

他们并不乞求追随者,他们的唯一乞求仍然是而且永远是:认识你自己。

常识与常人

一个人书读得愈多,就愈与他的时代若即若离,就愈缺少真正意义上的知音或知己。

一个不读书和不知思考的人只会安于现状,庸庸碌碌地满足于口舌之快及虚伪的岁月静好,他们理解中的世界或社会只是经验的积累。经验不是常识,是习见或成见,有时不自觉地被禁锢在了纷呈的现象中,无法透过现象而认知隐藏在现象背后的本质意蕴。

在人之经验之上,才是我们通常所言的常识。常识的确乃我们所匮乏的,人们常会囿于经验之中,视而不见现代社会中所应当遵循的现代观念。这些观念自西方启蒙运动后便由一种现代意识转化为社会的基本常识,而它们至今仍徘徊在我们的经验之外。

停留在常识之上无法远瞩未来,而且常识也无法回答我们所遭遇的这个日新月异的时代向我们抛出的一个个崭新的命题。

毕竟常识是"过去式"的知识。置此时,一种形而上的奠基在现象之上的理性认知诞生了,它总能透过现象捕捉现象之所以成为现象的原委,也即原始之因源自何处。但这类思考者的声音因为超出了庸众、常人的理解与认知,所以他们又注定是孤独的。

艺术的本源

艺术的本源或曰本质乃是至真至纯,以至当它呱呱坠地时,有时还会携带着一抹稚嫩的天真。

艺术起源于一种原始性的甚而不无粗俗的情感表达,那是因为人类开始有了对自然之物审视下的审美意识。此意识在其诞生之初,并不因为对象之物是唯美的,而是因为在对象之物的原始性中尚未渗入一种足以悦人的情感因素。也是基于此,人类先祖们开始以自己的心力改造在他们凝视下的静态之物(石、木与岩壁),让它们因为人的参与,按照私己之情感欲求而获得属人的元素。而此元素,以本雅明之谓"灵韵"。

沿着此一逻辑,艺术才渐次延伸及发展了起来,但其本质之至真至纯乃天经地义,从未改变。

至真至纯,请记住这个最朴素的关于何为艺术和文学的表达,远离浮躁及矫揉造作,还艺术和文学以清誉,它应该也应当是纯洁无瑕的。当我们辨识一部艺术和文学作品之真伪时,请注意是否在作品细部的肌里中,它闪烁着一缕迷人的情感灵韵与诗性,由此真伪自现。

本雅明:迷失的"灵晕"

在过去,本雅明的名作《机械复制时代的艺术作品》我先后读过两次。

彼时之读,是兴奋,是受启发,是对这位先知般的人物不加怀疑地仰视与敬慕。他率先向我们预言了一个当时尚未呼啸而至的时代——后现代艺术运动的时代。在我的那两次阅读的年代,本雅明所预言的艺术现象,在中国,至多也还只是"小荷才露尖尖角",初露端倪,但充满了各种可能性与不确定性。

那么,身在二十世纪上半叶的本雅明,怎么就预感到了一个崭新的艺术时代即将来临呢?更何况,在当时,一场毁灭性的世界大战(二战)一触即发,他怎能想到与他同时代的大逆不道的杜尚,以及多年后才出现的离经叛道的安迪·沃霍尔,竟会身体力行地践行且由此掀起一场他所预言的机械复制时代的艺术运动呢?

而这两位艺术界大名鼎鼎的人物——杜尚与安迪·沃霍尔,分属于不同时代的艺术杀手、观念恐怖分子,竟能以一己之力,就轻而易举地颠覆和瓦解了以往传统艺术所拥有的仪式感与经典性,以及独一无二的存在特征,且以"现成品"与各种复制功能,解构了本雅明笔下之经典艺术的"灵晕"之美。以往艺术赖以依存的历史语境被彻底改变,甚至被摧毁了,由此,艺术从神圣的仪式殿堂步入了大众的市井社会——它不再像圣物那般让人顶礼膜拜地高高在上,且与艺术一以贯之所崇尚的高贵与神圣挥手诀别了。

而当这一切,业已成"显学"之风起云涌的蓬勃征象时,不也正是二十世纪上半叶本雅明在《机械复制时代的艺术作品》中所预见过的未来吗?

问题在于,当艺术不再具有传统艺术仪式化的神圣属性,以及独一无二的特征和经典性的"灵晕"时,艺术还能被我们称为艺术吗?

你当然可以争辩说,自本雅明、杜尚、安迪·沃霍尔之后,艺术观念发生了翻天覆地的巨变,这种巨变,甚至不仅仅是一种艺术历史的断裂,而是彻彻底底决绝的决裂。但在这种有关艺术的概念指涉中,似乎隐含了一个事关后现代艺术的基本定义:后现代艺术其实与它的对象(艺术品)无关,而只关乎其表现出的观念——亦即所谓的"艺术家"之意识,那里才是艺术存在的本源之所在。

君不见,在雄起之"观念"的大旗下,一波又一波打着艺术旗号的混子、痞子、骗子、浑水摸鱼者应运而生。只见他们群魔乱舞、弹冠相庆,但其"作品"究竟如何,在他们看来其实是不那么重要的,只要宣称自己拥有了似是而非的"当代观念"就足以让人为之倾倒。至于此一被信誓旦旦宣称的"观念"究竟以什么样的"作品"来予以支撑,在他们看来,似乎也是可以另当别论且不再重要的。

观念即艺术,这就是他们宣称的"艺术"。当然,这一切"观念"显然又来自于他们的"观念之父"杜尚——那是一尊足以庇护他们瞒天过海、为所欲为的"尊神"。顺便说一句,其实真正的杜尚被严重误读了。当然,这又是另外一个话题,我不想在此专论。

当艺术作品一旦失去了本雅明所言之的、在传统经典艺术中所具有的那个"灵晕"时,艺术作为艺术的品格、品性、品味,在我看来就几近荡然无存了。

在《机械复制时代的艺术作品》中,为了印证他的著名论点,亦即在工业化时代崛起的艺术的显著特征,乃是传统经典艺术之"灵晕"的消失(他欢呼了这种消失),本雅明以他所处的那个年代尚诞生不久的有声电影为例,更以其中演员的表演作为佐证他观点的"形象素材":

"舞台演员的艺术表演,无疑是由演员亲自向公众呈现的;然而一个银幕演员的艺术表演,却是由摄影机提供给公众的。"于是,"环绕着演员的灵晕消失了,随即,他所扮演的形象的灵晕也四散殆尽"。在本雅明看来,"灵晕与他的在场联结在一起,没有任何东西可以替代。舞台上,麦克白散发出的灵晕对于观众来说,不能同演员割裂开来"。

本雅明的上述言论,即关于传统艺术的"灵晕"的论述,他事先肯定设想了读者会与他达成一种潜在的共识和默契,也就是无须由他专门论述,人们也必然知道其笔下的"灵晕"之所指、意欲何为。在本雅明看来,他所言的"灵晕",仅仅存活在传统—经典艺术形式之中,一旦人类进入了机械复制时代,过去的艺术"灵晕"之所在,便无可挽救地失去了它的寄托之物而四散殆尽了。

显然,在这里,"灵晕"的存在特征乃为本雅明所言说的"在场",亦即艺术作品与欣赏者之间的一种"面对面"的存在方式。若艺术与欣赏者之间出现了一个隔断式的中介之物,如本雅明在《机械复制时代的艺术作品》中所言的、机械复制时代的表征符号——摄影机,那么,"面对面"的欣赏者与艺术作品之间所存在的关系便被这个机械化的媒介(摄影机)所阻隔或过滤了,于是,在此一"丧失"了"面对面"的艺术与欣赏者之间所存在关系的过程中,艺术作品的"灵晕"因而"丧失",也就在无形之中自动地"散失"了经典艺术作品得以成立且因此不朽的"灵晕"。但本雅明却又认为,"灵晕"在机械复制时代无可挽救地失去,并非是作品的一种退化之兆,相反,这乃是一种显而易见的进步,是机械复制时代的与时俱进,于是,他拥抱了这种新艺术诞生的"进化"。

倘若我们只是不加怀疑地遵循本雅明的行文逻辑,或许会被他的逻辑推演所迷惑,以为机械复制时代的传统经典艺术作品的"灵晕",真的消失在了这个后工业化时代的喧嚣之中,且默认他的演绎与推演,于是也就开始了信奉与追随他所判定的现代技术(在此的象征之物乃是以摄影机为标志的电影),取消或者消泯了演员表演这门古老艺术"灵晕"(它曾作为古希腊文化经典传承的一个重要组成部分)。

事实果真如此吗?

首先,我们不得不承认在电影镜头前,演员的表演,的确丧失了"现场性",演员直接面对着的是一台现代机械装置——摄影机(此物——摄影机的诞生,在工业时代呼啸而至之前是不可想象的),"面对面"一说也就无从谈起了。以往由历史性延续下来的,以舞台为标志的演员表演——那是一种毋庸置疑的演员与观众的"面对面"。在这里,这个面对摄影机镜头所进行的表演,貌似改变了它以往的表演性质——因为"面对面"缺席。

可是以我之见，这样一种被现代技术所改变了的演员表演，只不过是转换了一种不同场景的表演形态而已。这其中，人物塑造的表演性（在此我要强调演员之为演员的表演性）丝毫没有因为此一"场景性"的转换而丧失它的本真与质朴；相反，舞台虽然使欣赏者存有一种真切的身临其境之感（现场感），但由于剧场的空间关系，将会在无形之中迫使观者与舞台亦存在一段看不见的物理间距——欣赏者其实无法一目了然地真切体察与观测一个在舞台上举手投足地进入表演之域的演员的微妙表现，比如演员在某一心理作用下的下意识反应，是经由一个细微的手部抖动来予以呈现的，但因为观者与舞台之间存在一定距离的缘故，这个细微的"动作"于观众几乎是无效的。因为无法看清，且观众在剧场观剧时，一般都会下意识地将其视觉之域主动地投放并凝聚在演员的脸部表现上，演员的形体动作，这时只是由观众眼眸的余光来予以纳入。它们并非是观众一以贯之的聚焦点，但在电影镜头之下，此一身体的某个局部动作，却可以被技术性地放大为近景或特写，比如在斯皮尔伯格的《拯救大兵雷恩》中，主演汤姆·汉克斯在战争中不停地抖动手指，包括眉宇间的耸动，伴随着心理活动而至的微妙的情绪变化，眼神中所蕴含着的微妙内容（观众在舞台剧中是很难如此细致入微观之的，那还是因距离限制），而这些细腻的无微不至的展现，因着镜头的捕捉与放大，得以"全息式"地纳入演员的表演情状之中，也就一并"全息"般地进入了观众的视野，从而让表演这门古老的艺术，可以借助现代（按本雅明的说法，乃为机械复制的时代)技术手段得以纤毫毕现。这确实是舞台上的表演艺术所无法达到的表现效果。

由此可见,本雅明本人对电影艺术的赞颂与肯定无疑是有先见之明的,但他进而推论出的机械复制时代新艺术的诞生促使传统—经典艺术作品的"灵晕"消失,显然是一种误判或误识。代表机械复制时代的电影并没有让艺术中所蕴含的"灵晕"消失,相反,通过前工业时代所具有的特殊的技术手段,还强化了"灵晕"的显现。

从这个意义说,电影(摄影机)的诞生,不但没有削弱乃至消泯艺术的"灵晕",相反,它还将艺术"灵晕"的魅力发扬光大了。这也就是为什么马龙·马兰度、梅丽尔·斯特里普、阿尔·帕西若等天才演员在银幕上的表演会光彩夺目,充满艺术魅力,丝毫没有因为他们由舞台走上银幕而丧失艺术的"灵晕"之光。

机械复制时代有可能会导致艺术"灵晕"丧失的,恰恰并非是如本雅明所言的"面对面"的"缺席"——它从来不会缺席,一如电影映像,那个作为角色扮演者的演员,依然以艺术的方式在向你展示他所扮演的角色魅力。只是此一照面方式之"在场",我们在此还需要重新予以界定,但它依然是一种此之在之"在场",或者说,它干脆就具备了"在场性",即"灵晕"。

相反,这个时代(后现代)让艺术失去"灵晕"而成为非艺术的,倒是那些假本雅明之名,号称去魅的哗众取宠式的当代—后现代艺术。内嵌于经典艺术中的"仪式感"——唤醒与净化心灵的艺术的庄严与神圣的"灵晕",在机械复制的后现代的喧嚣声中被湮没了。唯新是举、追新逐异，一时间竟成了瞒天过海的伪艺术存在的理由，它们像过山车般流转变异，层出不穷。而在其中，我们见证的乃是失去了艺术"灵晕"和毫无艺术气息的无生命的"艺术僵尸"。

在今天，艺术必须重申它的光荣回归，需要再次将目光投向它古老的家园——心灵之寓，那是它曾经出发的始源之地。我们偏离乃至迷失艺术"灵晕"的时间的确太久了，我们也确实到了需要重整行装，再次踏上回"家"之路的时候了。

重返经典：痛苦的享受

我不知道，与我同时代的读书人是否曾经与我有共同的读经历。在二十世纪八十年代初期，我喜欢没事时逛逛书店，只要碰见翻译的外国小说，无论好坏都要买来读。知识的贫乏与求知的焦渴，让我们这一代人饥不择食。那时买书便宜，厚厚的二十几万字的小说统共也就一块多钱。虽然我的月薪才三十来块，但因吃饭跟着家人蹭而少了一大笔生活开销，省下的钱就可用来买书了。

我们家那时住在南昌的省人委大院，百米开外的一面围墙开了一道侧门，那道门恰巧直通著名的八一广场，而广场的另一端，便是市中心林立的百货商场了。这其中，就有市里最大的一家新华书店。

我是那家书店的常客，里面大多数营业员都认识我，我的出现总会引来店员热情的招呼。不仅如此，他们甚至知道我都买过什么书，然后不用我多说，就将新到的外国小说拿出来推荐给我。

在我的印象中，现代主义类别的小说大致皆由上海译文出版社出版，而人民文学出版社则更多是出世界名著的再版书。那时我的阅读兴趣更偏向于现代主义的新潮小说，因为反传统反经典是我们那个时代的风尚，传统小说模式过时了。我当时就有那么一种根深蒂固的观念。虽然经典小说也会当即"拿下"，但不是因为喜好，而是为了一份难得的时代记忆。在特殊年代，大哥哥大姐姐们口中提到的西方各类名著如雷贯耳。那个时候的人谈起外国小说，会呈现出一脸的神秘和向往，我似乎能从他们的表情中嗅出书香的味道。后来，我把几部世界名著一路看下来竟一时无感，倒是《外国文艺》所推崇的现代派作品让我爱不释手，且激动不已。并不是因为所谓的新潮理论蛊惑了我，让我盲目地追随它们而对传统小说模式产生了反叛，而是因为现代派作品所散发出的关于世界、关于人生、关于人性的感悟，与我们当时的精神、思想和情感遥相呼应，且一脉相承。

直至今天，我不再去一意孤行地阅读现代派文学作品，而反身开始复读世界名著。此时，在内心深处，我会追问自己一个问题：为什么当初世界名著没能引起我的强烈共鸣？无论是《安娜·卡列尼娜》《高老头》《巴黎圣母院》，还是《苔丝》等，我都是硬着头皮看完的,而且似乎"一无所获"。那时我只是奇怪,这些所谓的名著为什么竟会让我如此的麻木不仁、了无兴致呢？反而是那些看似没有人物,没有情节,甚至没有故事的现代派小说,让我激情澎湃、热血沸腾。我也知道,如此的追问是不可能获得答案的。一个时代的读书者会有一个时代读者特定的阅读趣味和倾向,或者说读者会处在一种特殊的阅读心态之中。我们这些当年的离经叛道者,随着岁月的流逝、年龄的增长和阅历的丰富,回归了经典——因为经典,是经受过时间的冲刷和考验的,内蕴着巨大的情感能量。当我们涉世未深时,我们不可能真正读懂它们所蕴含的精神价值。这时的我,从而领悟了所谓经典的意义就在于它们是一座座不朽的精神丰碑,它们远离风尚,只追随崇高的思想。

今天的我,又重新回归了经典阅读,也就是回归了人类崇高的价值体系,回归了弥足珍贵的经典的情感模式,回归了自古以来伴随着历史变迁和人类智性成长而逐渐成熟起来的文学——它记录下了亘古至今人类行走过的漫长旅途的足迹,在这些足迹中,我们也应当留下一点自己的脚印……

读经典,就是为了让人心明眼亮,练就一双鹰鹫般锐利的慧眼,不至受骗上当。知识向来是这么一种东西:当一个人还不具备足够的知识储备时,一些冠冕堂皇的言说便很容易让他犯蒙以至犯傻跟进。唯有经过经年的历史千锤百炼的思想,才是值得我们敬慕和追求的;唯有那些不事张扬却在沉默中历经岁月洗涤的思想之光,才值得我们去仰视和膜拜。一句话,只有真正读过经典的人,才能知道何谓好书——思想的乃至精神的。

伟大的思想家亦常是伟大的文体家、语言家,他们总能用精确又不失洗练、潇洒的笔锋,向我们展示他们独特的思与想,读他们的文字是一种高尚的享受。以我的读书经验,一位有真知灼见的作者,他的文字一定是上好的,因为好的文字里流淌着他的人生修炼、涵养、风度与境界。

好的文字不是指向一种修辞性的花拳绣腿,好的文字是在质朴、准确与洒脱中可见人之风骨、情操和气象。

具有思想的作家与平庸者的最大区别就在于,同为读过书的人,同在向大众表述思想,前者具有真知灼见。也就是说,他们读过的书,最终会融化为思想和精神的血肉,从而成为心灵的一部分,而最终流淌出的,是经由他们消化过的并转化为独特思想与精神的文字;而并非像知识界的许多人,至多,也只是西方理论的重复者,所言,又都是让读书人"似曾相识燕归来"的伪货——缺少文字的风骨和纯正的思想血肉。而我以为,这个时代最需要质疑的,恰恰就是似是而非的常识和"知识"。

当传统的价值体系分崩离析之后,我们对展现在面前的眼花缭乱的生活方式亦失去了评判的尺度,以至只知唯"新"是举了。在复杂时代之下的变动不居中,我们如何找到一种恒定而又牢靠的价值标准,这始终是一个需要思考的重大命题。所以,读经典在此时方显示出它的必要性和紧迫性,因为经典作品的思想中沉淀着经久不衰的核心理念和文化价值,它让人们得以记忆和尊重的,正是这些理念与价值所构成的人类精神的宝贵财富。我们追随它，其实也是在追随人类漫长的历史，以及在这个漫长的历史中所创建的思想和精神伟业。

我认为，我们面临的所有问题皆出在价值判断上，在低一些的层次上，它是指人与人之间的情感关系；更高一点的，当然是指人所具有的精神和思想立场。我根本不指望在当下的电影中能寻找到涉及精神层次的营养，但即便如此，在情感层面，亦不该如此暧昧和摇晃，虽然最后勉为其难地为剧中的饮食男女们找到了一种似是而非的所谓"情感回归"，但是其结果，亦成为另类意义上的指鹿为马，因为创作者骨子里的价值标杆就在摇摆不定，所以暧昧、混沌，甚至意义自我消解与丧失。

我也曾经暧昧和摇晃过，好在有后来的经典阅读，它拯救了我，给了我犀利的眼睛和纯正的精神营养。所以，我不希望青年朋友再犯我过去的错误。我不知道能不能影响他们——那些我的青年朋友，我只知道我必须说出，而且说出的是"真话"。我的良知驱使我在艺术上杜绝谎言，因为它在我心中代表神圣，代表尊严。

二、写作游戏：追随大师的足迹

纯真与纯真的丧失

史上伟大的好莱坞导演奥森·威尔斯曾经说过，西方文学传统中最重大的一个主题是"纯真之丧失"。

我隐约感知着，在这句简约且朴素的话语中所直见的真理。

我感到了激动。

纯真与丧失？认真琢磨起来，的确，它言简意赅地囊括了西方文学中的一个潜在主题，从古希腊的荷马史诗、悲剧，到莎士比亚戏剧，再到托尔斯泰、陀思妥耶夫斯基、雨果，乃至乔伊斯和普鲁斯特的作品，它们不是分别从不同的角度出发，殊途同归地在"痛悼"人之纯真的丧失吗？而悲剧性的感叹与悲悯、忧伤与凄凉，不也正是因应纯真在邪恶的人世中"丧失"的一种仰天悲号吗？

看待、评价一个好作家的第一标准，乃是其纯真与否，倘若没有了纯真的襟怀，又何来丧失的叹息与哀恸？何来那一声声撕心裂肺般的呐喊、批判和对纯真的追念与向往？

一个好作家的心境定然是清澈和明媚的，一如破晓后冉冉升起的朝阳。它用耀眼的光芒拂去黑暗与污浊，从而昭示出光之所在。

这就是纯真的真义了。而"丧失"之明鉴,乃是为了警钟长鸣,提示人类不要在行进中遗落了弥足珍贵的那份"纯真"。

一位作家,如果丧失了起码的纯真品质,他还能称得上一位纯粹的作家吗?

这让我想起歌德在他的那部划时代作品《浮士德》中的如下之言:

> 岁月不会让我们返老还童,只会让我们看清,自己曾经是孩童,如今也依旧是孩童。

我个人认为,被魔鬼诱惑且出卖灵魂的浮士德,其最显著的特征或标志,就是丧失了孩童洁白无瑕的品格;而孩童,指向的则是真与纯。

当岁月将我们无可抗拒地带离了曾经属于我们的孩童世界时,有许多人在"带离"的途中,犹如浮士德,将自己的灵魂出卖给了魔鬼,从而,那个曾经纯真的"孩童"彻底消失了。

如今唯有少数人仍执着于他们曾经的童年,也即真与纯的年纪,而岁月将他们一次次"带离",并非是一次次地让他们与自己的童心诀别,而是在貌似"离别"中,去禁受岁月严酷的磨砺与淬炼。亦由此,他们仅仅是脱离了孩童的天真、懵懂与混沌,却让岁月铸就了一双目光睿智而深邃的目光与深刻的思想,继而,他已然不再懵懂和天真,但却以一双成熟后却依然孩童般的眼睛,敏锐地看清人世间的是非与善恶,且决不屈服或妥协。

自欺与文学

文学究竟是什么?

它并非《钢铁是怎样炼成的》中的保尔·柯察金式的,指明一个貌似崇高的人生方向;它并非仅以所谓的"正面人物"形象示之于人,而是表明"神秘的不是世界是怎样的,而是世界竟是这样的";它是呈现,但不要告诉;它是发现问题且提出问题,而非解决问题;它是通过一己之力拨开人生表象的外应遮蔽而直见本质的叙事。

最好的文学,是指出人生与世间悖谬的,而在此之中,文学之于作家,首先源于自我考问和痛苦的内省,由此而获得自我救赎。文学拯救不了这个世界,也无此义务和责任,但它却有义务和责任,乃至使命——拯救我们自己。

在今天,或许我们更需要追问——文学是什么,它还能做什么?再有,它在一个急剧变化的时代,究竟还能扮演一个怎样的角色?

于是在今日,重新回望存在主义仍是必要的。海德格尔于晚年所痴迷的那片"林中空地"——人之丰沛的心灵世界——在今天,已然成了被人们所遗忘的荒漠。而萨特一针见血所揭示的"自欺",居然成了当代人与社会交往的"标配"——我们主动甚至肝脑涂地的去拥抱"自欺"。

萨特哲学中所谓的自欺,打个形象的比喻,乃是这么一类人:酒店大堂的服务生,统一的职业服装、职业表情,甚至走路的步态亦是统一的职业化的。在那一时刻,他们并不知此为"自欺",只知在那样一种环境中必然如是。

可他们却忘了,也正是在那一刻,在那一"环境"下,他们作为个体的人消失了、泯灭了,他们只是被规训和被要求的"客体",而且是千篇一律、整齐划一、千人一面、众口一词的客体。

或许,在他们成为此一"客体"的最初,是不适应或曰不习惯的,毕竟他们是出自不同性格迥异的人之个体,一旦纳入了"统一性"中,他们会感到别扭、不自在。但最终,他们一个个还是被驯化为了失去真实个性的客体存在者,久而久之,习惯成自然,犹觉唯有如此,在此环境下才是自然、安全且妥帖的。

以上便是自欺。而自欺的发生,也经历由最初对"欺"有所警觉到逐步接受且默认,最终完成自欺的蜕化。

于是"自欺之意识",在此一过程中消失了,因自欺把自我塑造成了合乎社会要求的"自欺的人"。

当此之际,我们的文学在场吗?我们是否尖锐地向他们指出过:这不是真实的你,你是在自欺。文学是否做到了像萨特似的,去选择做一个真实的人,且担负起一个时代的使命——参与社会生活且唤醒大众?

在此过程中,作家也不排除会犯错,一如萨特,他年轻时激进、冒险与鼓吹暴力让他走向了歧路,但在晚年,他真诚地坦陈了自己犯下的错误。一个人选择人生之路向,是无法确保自始至终万无一失不犯错的,但不能因为怕犯错而放弃个人的选择——因为这是出自主体的自觉,而非自欺——放弃充满个性而自主的人生。

罗兰·巴特:解构式的文字游戏

罗兰·巴特是我喜欢的一位法国符号学大师,他的结构主义及后结构主义理论都曾深刻地影响过我,以至现在的我,仍在他强大的思想阴影下挣扎。我一点也不觉得说出来有什么丢脸,我从来都愿意诚实地面对自己,以及我所敬仰的思想大师。

巴特的书我收集了许多,尤其喜爱他那些片段式的论述,比如《恋人絮语》《神话学》等,可惜国人对他著作翻译的质量参差不齐,唯有一本论述日本文化的书《符号帝国》让我击节赞叹译者一准是位高手。喜欢日本文化的朋友们不可不读此书。这是他从符号学的角度,对日本文化习俗(例如"鞠躬""内心、外表""文乐木偶剧""俳句"等)进行的一次鞭辟入里的考察与剖析,这亦是罗兰·巴特的一次日本之行后的成果。他在此书中将日本符号以片段短文的形式写得深入浅出、神采飞扬,文笔潇洒、轻盈,一如优雅如璧的散文,令人拍案叫绝!

我之所以要特别说到罗兰·巴特,除了他对我思维的影响之外，还源于我案头上的这本《罗兰·巴特自述》给予我的一个启示。虽说罗兰·巴特将此书命名为"××自述"，可他又一次面对自己玩了一把解构式的文字游戏——依然是片段式论述，依然是对符号性的概念进行游戏式的拆解，偶尔也会出现第一人称的"我"，但更多的人称，却是"他"——第三人称，以便让自己，也让读者，与他所要审视的对象保持观照距离，或者说审美距离。罗兰·巴特就此可以自由地、无所顾忌地、蹦进蹦出地来往于由他所建造的概念大厦之中，在那里面，蹲踞着一个庞大的"帝国"，只是它的名字叫"符号"。

我问自己，我为什么不能追随着我所敬仰的罗兰·巴特也来"玩"一把巴特式的文字游戏？虽然与大师相较，我是拙劣的、肤浅的、不自量力的，但重要的是勇气，不怕丢丑的勇气，起码我现在是无所畏惧的。

我一直困惑于随笔这种写作形式，我一直在想，如何在此一颇为特殊的写作类型中获得一种自在自为的自由？于是，偶然看到了罗兰·巴特。于是，由此想到了我所要追求的写作方向。

或许，我明天将开始这场写作的游戏；或许，我还要再沉默几天。不知道我会不会一试，但我知道我会尝试地往前再走一步，以罗兰·巴特的方式。更为重要的是，我要为自己的写作带来一种自由解放的快感，与此同时又能言之有物，言简意赅。

福柯:写作的类型与世界

很偶然地,我居然在手机上"遇见"了一篇法国哲学家福柯的采访录①,是谈诗人布勒东的:

> 我一直为这样一个事实所震惊:即布勒东作品谈论的不是历史,而是革命;不是政治,而是改变一个人的生活的绝对的权力。一方面是马克思主义和萨特式的存在主义,另一方面是布勒东,二者之间深刻的不兼容无疑来自这样的一个事实:对马克思或萨特来说,写作是世界的一部分;而对布勒东来说,一本书、一个句子、一个词——这些东西本身就构成了世界的反物质,并能够抵消整个宇宙。

必须高度注意福柯的上述言论,他其实将写作划分为两种不同的类型:一种类型是马克思与萨特式的,即写作是世界的一部分。准确地说,写作行为乃是对世界的参与和干预,这时的写作者,于无形中充当了启蒙救世主的角色,以致在他们个体自由意志的建构下,成系统地生产出了一种拯救世界的整体方案。这其中,当然包括无所不知、无所不涉的西方哲学的集大成者黑格尔。是的,这种类型的写作者,往往通过他文字(思想)系

---

① 这篇访谈是由克洛德·博纳富瓦(Claude Bonnefoy)主持的,最早刊载于《艺术—娱乐》(Arts-Loisirs)54,1966年10月5日,原题为《这是一个词语间的游泳者》("C'é taitunnageurentrelesmots")——王立秋注。

统的构建,完成了一个类似上帝的形象。

另一种类型的写作者,无疑是布勒东式的了。因为他"一本书、一个句子、一个词——这些东西本身就构成了世界的反物质,并能够抵消整个宇宙"。

这是什么意思呢?

以我的理解,布勒东式的写作者,第一:他们是反常识的,比如可以把太阳比喻成煎饼,把夜色之幕形容成死亡的衾衣;第二:他们是反道德的,他们的写作已然逸出了被世俗道德所规训的"礼法",直逼人性之本真,无论美丑,皆乃淋漓的、赤裸的;第三:他们以语言的自我建构方式,摆脱了现实世界的人们所遵循的逻辑法则与羁绊,虚构了一个个表面看来"不即物"的世界,如卡夫卡的《城堡》、马尔克斯的《百年孤独》。

这一貌似不即物的虚构世界,其本身乃是自恰的、自我生成与自我圆满的,因此,它才足以做到"一本书、一个句子、一个词——这些东西本身就构成了世界的反物质,并能够抵消整个宇宙"。也就是说,写作者通过写作所呈现的荒谬乃至荒诞的反物质(世界)的形式,使得敏悟的读者追随着写作者,也相应地超越了日常逻辑,去捕获真相的世界;亦由于这份独特的阅读,读者曾经以为了然于胸的被世俗逻辑所建构的世界被解构了,甚至陷入崩塌。

瓦格纳:时间与漂泊的预言

两部早已写就的长篇小说,依然在时间的"命运漂泊"中等待出版的机遇,而"时间"与"漂泊"于我亦好像构成了二元对立般的奇妙关系。

"时间"指向一个流逝与动荡中的物理刻度,但此一刻度从未停止运行。也就是说,它从未真正地显示刻度,因为流逝乃其本性,而刻度,是说一种瞬间之凝固的显现——它凝固过吗,时间?

或许,你可以宣称"时间刻度"在"我"心灵中曾有过"凝固"的时刻。

我们很愿意承认这种说法,即物理的时间刻度与心灵时间的凝固。后者,意味着某事、某人、某种感觉在某种心理机制下忽然逮住了"时间"之流,并吁请其挽留住某一心灵瞬间从而凝固,于是流逝的时间仿佛接受了邀请,把某个吁请者所需要的与他或她生命体验相关的时间断面,展示给了挽留者——时间刻度亦因了这一"时间断面"之挽留,而显现自身。问题是,时间其实并不具备物理性特征,它不是一个物质化的实体。它之绵延,是发生在具备物理特质的人的意识中,而康德,证明了它只是属于人的意识的直觉表现形式。

而"漂泊"是一个形容词,它有点儿像是时间的隐喻形象:时间如滔滔无尽的河流,而漂泊,则亦如漂荡在江面上的一个小舢板,一个没有确定方向不知所终的舢板。时间与漂泊的叠加,仿佛又构成了一种人生、命运的象喻。

瓦格纳有一部著名的音乐剧《漂泊的荷兰人》,是此一象喻的最好诠释。瓦格纳以悲观的口吻预言了人是被命运诅咒的物种,人总是幻想被救赎,但终因自身所挟带的罪性而永世漂泊,从而无可以栖息停泊的港湾。

相较于无影无踪的"时间",漂泊这一词语是具备形象特征的,就如同当这一词语在你脑海中闪现时,它便会自动地赋予人一种可见的意象或图式:一个孤独的旅人,一条在大海中漂泊的小船……时间与漂泊的二元对立,在此被"定义":一个是不可见的,一个是可见的,虽然它们皆具"流动"的特征和属性。但也不尽然,如上所述,时间一俟被人的意识所挽留且凝固,不是必然地给挽留者附加了一个可视的形象吗?不是这样的。时间若被挽留,它已然脱离了时间的概念,也就是说,从时间自身所形成的枷锁中逃逸而出,成了一种被凝视的"时间",从而仿佛成了一种固化的物体——时间在此是静止的,而静止相对永恒的时间流动,是变相地宣判了时间的死亡。

所以我更倾心漂泊,因为它有形象,因此它能与我相伴,宛若我的那两部"漂泊"中的长篇小说在伴随着我的人生、我的命运,终点却无从知晓。

漂泊是不可能存在终点的,一如《漂泊的荷兰人》中的那位船长,只有真爱才能终结他被诅咒的漂泊。他找到了真爱,命运让他暂获人生某个节点上的泊岸港口,但最终还是因为命运叵测与无常,他又重新登上了漂泊的帆船,开始了永无尽头的人生漂泊。我仿佛就是那位被命运诅咒的船长,在嘈杂而令人厌倦的俗世中漂泊,心中却隐着一份永远无法言说的爱。

很少有人真正地理解漂泊者的内心,就像很少有人愿意更深入地探究命运。漂泊者亦是沉默的隐者,他并非不说话,只是他从不说出隐藏在内心的秘密,他觉得说出来也无人能懂。

《巴黎评论》:追寻写作的秘密

周末在我看来,它的另一指称或意义就俩字——闲暇。而闲暇最有趣的之于人的行为姿势便是悠游自在了。

于是我也要寻找一种属于我的闲暇姿态:这一天,我要放弃写作,读点儿闲书。

当下我读的闲书是《巴黎评论》,内容是西方当代著名作家的访谈录。

海明威、卡佛、昆德拉

我先读了海明威的访谈,后是雷蒙德·卡佛,再后是米兰·昆德拉。我有意识地反顺序跳读,我所选择的,乃是我感兴趣的作家。

没错,这三人是本书中我最感兴趣的人物。

海明威的个性在其访谈中显得有些"狰狞",这与他在小说中所透露出的硬朗的男子汉风格似乎一脉相承,但又无意中泄露了他在小说中并不太多见的坏脾气:任性、乖戾、无厘头。好像他很不屑于谈论自己的创作,以致连带着对采访者亦充斥着一副鄙夷的神情,于是,你能明显地看出他在玩真假游戏,一如猫鼠游戏——时而吊儿郎当,时而咄咄逼人,时而顾左右而言他。

这也就让人瞅着有趣,这种有趣,还必须在脑子里比照一下他的那一系列小说。他的小说语言是洗练而简洁的,但又达到了惊人的心理深处;而他的那种独特的叙事深度,又是通过大量的“留白”完成的,这让我感到了诧异。在他之前,好像还从未有人以这么一种特别的方式来叙述自己的故事,海明威乃是特立独行第一人。

由此,海明威开创了一种“电报体”般的极简文体,以致影响了后人。与他同时代的另一位作家福克纳,则正好与他相反。福克纳的小说文字是繁复而多变的语体,他与海明威正好构成了那个时代的小说叙事的两极——简洁与繁复。两个人的小说都好,但我个人更偏爱海明威的叙事,尤其是他的那些具备经典性的中短篇小说。

我甚至认为,海明威的长篇小说皆没有达到他在中短篇小说中所体现出的创作水准,比如他半自传性的“尼克系列”《白象似的群山》《杀人者》《乞力马扎罗的雪》,以及优秀的《弗朗西斯·麦康伯短促的幸福生活》,均比他的长篇小说要好。

卡佛的访谈让我多少有些失望,但又颇符合他的“蓝领”作家的身份。他的话语是直接而诚实的,显得有些啰里啰唆,甚至粗俗、粗糙,以及缺乏足够的理论素养。

卡佛在访谈中的回答总是直截了当,从不拐弯抹角,抑或闪烁其词。说起来,卡佛的采访录更像是一篇他的创作自白,其实营养不多。

卡佛也是我钦佩的一位纯粹的小说家,他似乎受到过海明威小说的巨大影响,走的也是极简主义之路。

卡佛具有极好的创作直觉,这种仿佛来自天赋的超高直觉,总能让他仅用寥寥数笔,就神奇般地抵达人生底部。那是一个我们寻常看不见,但又时在经历的庸常生活,其中每一个细节,都是我们城市人所熟悉的:夫妻关系、邻里关系、朋友关系、同事关系,它们看上去再平常不过了。

但是,这些"再平常不过"的日常生活,一旦经过卡佛的描述,这一切之一切的"司空见惯",皆开始变得让我们感到陌生起来,并由此升华出一种神奇的人生意义,让读者的心灵突然被侵入或为之震动,以致逼迫着我们去思索从他小说中弥漫出的那种欲说还休的意味。

我始终认为在世的作家中,昆德拉乃是最具有哲学意识的。与此同时,音乐创作中的某些技法与原理,如复调、对位、旋律与节奏,皆对他的小说创作给予了巨大的启示和帮助。

这或许仰赖于他早年也从事过音乐创作。好像他在年轻时还玩儿过爵士或摇滚,记忆中似乎有人这么说过。还有,昆德拉的父亲,就是一位音乐家和指挥家。从昆德拉的创作访谈中亦可以看到大量的以音乐来比喻小说技法。在这次访谈中,他亦如法炮制:以音乐织体来说明小说的结构原则。

此篇访谈在我读来是最具水准的,且显示出了昆德拉对小说本体的认知超于常人,总能鞭辟入里、一针见血。他是一个真正吃透且有能力破解小说之谜的人物,所以他不假思索式的滔滔不绝,竟也如此迷人且令人深受启发。

我们这一代写小说的人,曾在风起云涌的二十世纪八十年代深深地受过昆德拉的影响。他的《生命中不能承受之轻》《生活在别处》《为了告别的聚会》,以及二十世纪九十年代出版的《笑忘录》,让我受益匪浅。

或许,昆德拉的人生境遇和经历与我们亲历过的人生岁月相似,他的那种俏皮、幽默、反讽乃至辛辣的讽刺与调侃,竟让我们读过之后大呼过瘾。他的小说与我所喜欢的苏联作曲家肖斯塔科维奇的音乐有着异曲同工之妙,那人生的沉重与压抑以"轻"的方式隐匿在文字的秘语中,这就让小说生发出一种别样的与众不同的意味。这意味又会在无形之中诱使着你,去追问那个悬浮在形而上天空中的巨大谜语。

在我看来,昆德拉乃是当今之世最伟大的作家,他拥有无与伦比的才华和思想洞见。

昆德拉的小说具备惊人的深邃。

约翰·厄普代克:追溯经验的微妙之处

约翰·厄普代克,是我非常喜欢的一位作家,但我喜欢的,不是他最著名的"兔子"系列,而是他的小说《成双成对》。这是一本奇书,它对二十世纪六十年代美国的中产阶级生活方式进行了一次外科手术式的深入骨髓的揭露,令人瞠目——厄普代克的语言颇具才华,而对人心、人性之幽暗又有高度的敏感和洞察力,其深刻程度让人读后触目惊心。

在《巴黎评论》的访谈中,厄普代克陈述了自己的文学信仰:"只有艺术,才能追溯经验中的微妙之处。"此说可谓一语中的。

所以他认为,有人将其小说与他个人的生活经历混为一谈,乃是病态的。写作在他看来,是躲藏在人物的面具后面,且与自身的真实身份保持距离,由此,作家才能更充分地发挥想象力。

我认为,作品与作家本人,相隔着一条宽广无边的大河,彼此站在不同的河岸上,一个是纯粹虚构的,属想象之世界的;一个乃为真实的,亦即一个人在真实世界中的位置。

在真实的世界中,作家常常是一个"戴面具的人"。这是迫不得已的,也是必须和必要的,否则他很难在社会生活中立足。人之社会化,其实也是"面具化"的过程。而在那个虚构的世界中,作家可以借助想象,从真实的时空中抽离与超脱出来,去建构一个其实并不存在的世界。但作家正是因为拥有想象的特权,也才可以在那个想象之域中,扒下每个真实世界中的人的面具,呈现出他们赤裸裸的真实人性。

厄普代克言说的"追溯经验中的微妙之处",所指的正是这一点。那些与你相识、相知,或仅有一面之缘者,或听说或从报上读到的那些个"他者",唯在作家的生花妙笔下才能变得"微妙"和生动起来。

当然,这是基于或源于作家的在世经验,或是从在世经验中获取的人生感悟,他与世界的关系既是亲在的,又是疏离的(因为作家会适时地从现实中抽离出来,以审视的目光打量他所亲在的世界),这时的作家之在世,与这个他所亲在的世界的关系,便开始变得微妙了起来。而这个无所不在的"微妙",来自源于经验的真实性,但又属于被现实迷雾遮蔽了的真实性。于是作家将这些微妙体验或体味,以假托的形式赋予了那一个个虚构中的"他者",作家便趁机从中逃脱了出来——不,应该说,是将自身隐藏了起来,隐在了一个个"他者"背后,不声不响地窥视他们的一举一动,并将他们的行为举止不动声色地描摹了出来。

唯有如此,作家才能将他那一串串微妙的体验与感悟,投射到他虚构和想象的人与世界中去。在这里,处在巧妙隐身中的作家,既可以从容地梳理自己的"思",又可以在此过程中认识和把握他所置身的这个喧嚣芜杂的世界。

在我看来,真实的世界反而是"幻象"且非真的,比如人之面具,比如媒介鼓噪下被掩盖的真实生活之貌。而那些貌似虚构的作品,反倒可以借由虚构之名,去戳穿和戳破"真实世界"的伪装与矫饰,直抵人生与人性的本质。

这也是为什么,虚构的文学作品,有时竟会令某一类人畏之如虎,又会让另一些人,醍醐灌顶,茅塞顿开。

罗布·格里耶:再造另类的世界

在《巴黎评论》中,还有一篇法国先锋派作家罗布·格里耶的采访。

我喜欢这篇采访,它显示了被访者的傲慢与睿智,还有激进与反叛。

这又与罗布·格里耶小说中所呈现的特质,乃是一脉相承的,亦即反对且击碎传统法则,以自己的独立思考和个性,再造一个另类的世界。

他瞧不起许多人,包括同时代的名流萨特、波伏瓦、马尔克斯、特吕弗,还有伯格曼,这也就在无意之中透露了他那激进的口味和人文立场。

罗布·格里耶只偏好现代派,而马尔克斯之所以令其厌恶,似乎已然溢出了文学的范畴。他直指马尔克斯在思想立场上属于他所憎恶的左翼,甚至认为其是个斯大林主义者。而在彼时,左翼在法国知识分子中乃是一股席卷且压倒一切的强大思潮,罗布·格里耶居然身处此境却又能从中超离,并保持警觉和足够的清醒,实属不易。

读他的言论是过瘾的。他的思维缜密且自成系统,而且,于不经意间,他的言说还粗略地勾勒了他所处时代的思想与文化思潮。

我在一九八〇年曾受到他的影响,尤其是其小说《橡皮》,但当下的我,又越过了他对现代主义的偏好,开始热衷于他讨厌或排斥的“传统型”作家。这亦属我个人的成长道路,但在这条路上,还遗存着他所给予我的影响和启示。

在我的印象中,这位"二战"后大名鼎鼎、名噪一时的文学先锋人物,后来"没落"了,被迎面袭来的新时代彻底地边缘化了,以致渐渐地被后人遗忘。

可我没忘了他,我依然尊敬他。

三、回望二十世纪八十年代：硝烟散尽，我心苍茫

文明与野蛮的冲突

文明与野蛮的冲突，曾是二十世纪八十年代风起云涌的文学主题，评论界将此类文学及时地命名为"寻根文学"，一时间竟在文坛蔚为大观。"寻寻我们的根"，从此形成了一股势不可挡的新文学浪潮。在此一领域最早横刀跃马者乃是张承志，他的《黑骏马》让人眼睛一亮。

当时也正是伤痕文学席卷"文革"后当代文坛之际，今日回眸，张承志显然在文化寻根领域是一位智者般的先知。他以下放草原的经历，敏悟了文明世界的缺陷，而开始了他对大自然及辽阔草原发自内心的真情歌唱。

作为一个曾经下放内蒙古的北京知青，张承志一反当时盛行的"伤痕式"知青文学的哀怨与悲叹，骑上他心爱的黑骏马，迎着草原的流云与劲风，潜心寻找自己心灵易逝或易被遗忘的精神家园。那时的我们，还尚未意识到这部文学作品之于当代中国的重大意义，我们只是把它当作一部歌唱草原的抒情小说；我们还没有领悟到，在这部至今读来依然让人激动的作品中，其实已然掩埋下了对文明与自然之间冲突的思考与质疑。

他作为一个受到文明熏陶和训诫后的"文明人"，重返阔别已久的草原，面对草原所呈现出的古朴与原始的文化形态，竟变得无所适从了。直到将他抚养成人的"老额吉"①——这位慈祥得一如母亲般的女性——出现，在他的成长道路上成了一个令他一生受益、终生难忘的精神导师，虽然她一文不识。小说中还出现了他的恋人——索米亚，但这爱情却在他离开蒙古包去读书后的那段日子里，随着一位叫"黄毛"的人出现并让善良的索米亚怀孕而终止了。当他对索米亚的爱情背叛表达出愤怒与痛苦时，老额吉则以一种大地般的胸襟与悲悯示之以宽容和理解——生命才是高于一切的。老额吉以她在自然生态中所孕育和衍生出的生命观让他倍感震惊，人性的意义由此浮现出来，他这才开始反思文明作为被反复颂扬和赞美的"进步"所存有的"缺憾"——这就如同一个哲学命题，即文明（以受过正规教育的他为符号代码）与原始（老额吉与索米亚）的生命观在此发生了激烈的碰撞，孰是孰非呢？文明带给人类的生命观与人性观究竟是进步还是退化？

他理解了，作为生命本体之真义并非已被文明这一概念所界定，在大自然与生命血脉紧密相连的草原上，那个他曾不屑一顾的原始之自然形态则蕴含和隐藏着强大且永恒的生命观，而这些"自然之生命意识"又恰恰是被文明社会所遗弃甚至忘却的。

---

① "额吉"在蒙古语里是"母亲"的意思。

在此，张承志用其独有的人类学的眼光，以超越当代人之思考视域，跨越了横亘在文明与野蛮间的鲜明界碑，与此同时，在此耐人寻味之基点上，借此而抒写了"人民"这个被小说（以老额吉与索米亚作为其代表符号）一再强化和大写的概念。

随后出现的文学作品，如阿城的"三王"系列（《棋王》《树王》《孩子王》），以及他巧夺天工的"遍地风流"之短篇系列小说，则又一次开始了逼视文明进步及由其衍生出的事关生命与自然的价值观，强调人与自然本应具备的浑然天成的自然形态。这其中，亦延续了自古以来中华民族在长期与自然融洽相处中所达成的哲学理念——道法自然，人与自然的和谐统一。阿城的早期小说具备了陶渊明式的自然观与生命观，那种在大自然中悠游自在的乐天达观的意识让我们切身感悟到了人与自然血脉相连的辩证关系。

在此之后，郑万隆又以他惊世骇俗的一系列寻根小说（如《黄烟》《老棒子酒馆》），反身追寻遥远而原始的初民生存方式。他与他的寻根同道者的小说共同拥有着一种对自然的敬畏与景仰。自然是一种高踞在人的生命意识之上的至尊存在——在《黄烟》中，郑万隆以浓墨重彩的笔触描述了一个原始初民的献祭仪式，虽然不无残酷和血腥，但那是以活人作为祭品而献之于自然之神。在这一野蛮且残酷的仪式中，我们分明读到了作为高踞在人之上的大自然所拥有的至尊与威严，它俯视着芸芸众生，又仁慈地庇护着人类的生存与种族繁衍。我们在人类学家的著作中，亦可窥见此类仪式在原始初民社会的生命形态中之普遍存在,它亦被人类学家命名为"图腾崇拜"。由此可见,那时初民所崇拜的并非是人体神形,而实实在在地是自然的本然存在的一种植物或动物。它是无声的,但却有具体可见的形体得以显现。初民的顶礼膜拜发自内心,那是因为他们本能地预感到人在自然面前的渺小和无助,唯有敬畏,方能与自然和平共处,维系他们赖以生存的家园。

滥觞于"文革"后的这股风起云涌的文学思潮——寻根文学,究竟为何在那个年代(二十世纪八十年代)如火山熔岩般喷发,作家们又出于何种心态不约而同地将其推波助澜,至今仍是一个不解之谜。

我认为,或许在长期的人生苦难中,在压抑与令人窒息的生存环境下,他们感受到了生命的萎靡与颓丧,他们渴望从原始的生命蛮力中追寻已然丧失的生命意志,他们渴望以这么一种方式冲破被政治笼罩的迷雾,去重新发现被我们几近遗忘的原始、古朴的生命观。而在对这一生命观的追寻中,他们几近本能地回返了与自然原本共存的和谐与融洽——这亦是当年卢梭在他的那本振聋发聩的启蒙思想代表性著作《论人类不平等的起源与基础》中所发现的"真理"。当然,卢梭的原始自然观时至今日大可商榷,但他就此塑造的"高贵的野蛮人"无疑向我们提供了一个有趣的生命观的维度:所谓文明进步的达尔文主义是否就是人类唯一的出路?我们在"文明"的高歌猛进中究竟又失去了什么?

是的,我们的文明可以创造原始人所无法想象的奇迹,可我们是否因此又失去了海德格尔所反复言之的"诗意的栖居"？所谓"诗意"，在我看来就内含着与自然的和谐相处，它并非仅仅是为了人类之所需而进行的对大自然的掠夺与侵占，而是在扩大文明之范畴时亦兼顾到了这一扩张的自然边界。

是到了认真反思的时候了，这其中自然也包括我们的文学主题。当寻根文学在某一天忽然从文坛上自然消失之后，我们的文学，似乎只知一味地走进城市，一味地在奢靡中追寻感官的刺激与享乐。我们几乎遗忘了自然与我们的血肉关系。在今天，当雾霾肆虐时，我们是否还能遥想我们期待中的未来？

居安思危且要警钟长鸣，今天的雾霾只是一个必要的提醒，也是声声长啸敲响的警钟——我们并不比自然强大，文明"肆无忌惮"地扩张，若不加以适度控制，我们如果没有足够的警觉，那么有一天，我们所创造的一切很可能就是我们自己葬身的坟墓，而我们正在成为我们自己的掘墓人。

回望的感叹

在我的心目中二十世纪八十年代，如巍然屹立在苍茫大海上的一盏航标灯，它在漆黑的暗夜中发出的夺目的光芒，时刻照耀着我，引领着在人生漂泊中几度迷失的我，校正着我的人生方向。我不知道为什么在人类历史进入二十一世纪时，我仍会如此强烈地感受到二十世纪八十年代的气息，如此强烈地感受到那个年代予以我的精神启示与冲击。我竟是那么深切缅怀着那个已然在时空中消逝的往昔，或许，只有从二十世纪八十年代走过来的那一代人才能刻骨铭心地感受到它的存在。那个如火如荼的年代，铸造了我们这一代人的人生。

我怀恋二十世纪八十年代——那个狂飙突进的年代，那个激进张扬的年代，我们中华民族从深重的苦难中走出后所发出一声声呐喊的年代。

二十世纪八十年代是一个思想的年代。

那个年代的我们一贫如洗，祖国还满目疮痍、伤痕累累，"文革"刚刚结束，面对着苍茫大地，我们由此而感受到了一种对自由歌唱的焦渴。就在那样一个时刻，我们从那云开雾散的春天里闻到了来自思想的芬芳，这一切的记忆又丝丝缕缕地与文学的思潮联系在一起。

今天，即使是身边"八〇后"的年轻朋友，亦会与我讨论那个年代拉开思想解放序幕的开山之作。每当他们向我小心寻问那个年代的青春激情时，我的内心都会泛起一阵波澜，因为他们提及的作品影响了我的人生，以至迄今，我甚至仍能时时地聆听到它穿过时空隧道而抵达我内心的声音。

晚霞消失的时候：太阳照常升起

礼平的《晚霞消失的时候》，刊登在一九八〇年的《十月》杂志第一期上，这部以诗一般语言命名的小说就这样意外地出现了。它犹如一股从海平面上突然腾空而起的强劲旋风，以摧枯拉朽之势,迅速地将身不由己的我卷入其间。我追随着它发出的"声音",热血沸腾。在小说中,我看到了一位鹤发童颜的老僧与一位年轻的海军军官,还有这个年轻军官暗恋了整整十年,心中又隐藏着对其深深忏悔之意的女子南珊,以及一个美国上尉。他们不约而同齐聚在了高山之巅——泰山绝顶,也不约而同地探讨起了一些深奥且又发人深省的命题:关于人的生命起源,关于大地与海洋……

那时,我们这些伴随着共和国成长的一代人,对这部小说中大胆提出的观念与思想还闻所未闻。在当时,"文革"后的"伤痕文学"方兴未艾,势头未减,但骤然间出现这样一部惊世骇俗的作品,让我们在目瞪口呆后又激情澎湃,因为我们仍处在迷茫中的朦胧思绪终于被这股旋风彻底打开了,我们由此看到了另一重世界的光——它不再犹如当时思潮中所激荡的"伤痕文学"那般,只是将审视的目光停留在舔舐流血的伤痕,发出一声声痛苦的呻吟以及泣血般的控诉——《晚霞消失的时候》预示着一个崭新的开端,昭示着我们对未来的展望。

礼平是最早进入此领域探寻的先驱者,于是这部被他命名为《晚霞消失的时候》的小说一经出现在人们眼前,就立刻成了当时的传奇。人们是那么热烈而激动地阅读着它,从街头到工厂,还有获得新生的大学校园,读者们狂热地捧读它,热烈地讨论它,甚至在大学,热情洋溢的学子们通宵达旦地议论由这部小说所引出的一系列在当时还是极为罕见且新鲜的思想话题。

《晚霞消失的时候》大胆地涉及当时还足以触犯禁忌的多

重思想,以及哲学、政治、宗教和人类命运的发展史。它仿佛以一种高远的视角凝视着一个伟大民族的命运走向,并以博大、宽容、仁慈的情怀给迷惘中的我们指出了一条路径:当晚霞消失的时候,人类的历史与命运会进入一个崭新的轮回,太阳会照常在东方升起;我们会再度领受时代赋予我们的神圣使命,并由此接受历史的洗礼。

是的,人类历史一如《晚霞消失的时候》的尾声所论述的那般,在循环往复中经历着沉沦与崛起,但我们的内心,正是因留存着对太阳冉冉升起那一刻辉煌的企盼,激励着我们像古希腊神话中的西西弗斯那样执着地追寻那道耀眼的光芒。《晚霞消失的时候》在我的记忆中始终未曾被岁月抹去,它自始至终鲜亮地存活在我的精神世界中。

黑骏马:响彻大江南北的声音

自此之后,又一部作品以令人耳目一新的面貌出现了。有趣的是,它在《晚霞消失的时候》之后,出现在《十月》杂志的第二期上,小说的名字叫"黑骏马",作者是张承志。我亦伴随着对这部中篇小说的阅读而记住了作者的名字,并在后来的日子里有幸结识了他。从此,我对张承志文字的追随就从未停止过,他成了我前进道路上的一个精神向度。在我的文学生涯中,我走向文学的第一步亦是以评论《黑骏马》的文章开始的,我愿把我的此一极其偶然的文学起步当成是一种神秘力量的感召。

《黑骏马》的问世,使得"文革"后的当代小说,从此走向了富有民族文化意涵之思考的类型,文学不再是平面的、简单的,它还原了文学之所以为文学的"本相"。同时,它亦被安上了一双超离一己之狭隘而关注人类的命运走向,审视文明进程的眼睛,奏响了一支悠扬的事关人生与生命的苍茫浩瀚的长歌。

张承志随后的《北方的河》依然延续了他充沛的民族文化情怀,他走向了山川河流,在奔腾咆哮的黄河岸边,他那声激昂的"父亲"的呼唤再一次让我们激动不已;那在他眼中呈现出"钢青色"的黄河之水从天而降,他由此而感受到了一种时代的使命与责任的担当。正是在此激情的感召之下,一代人在《北方的河》中被张承志那诗意与强悍的文字征服了,他的"声音"由此而响彻了大江南北,让我们热血沸腾。

夜的眼:从苦难的暗夜中出走

在随后的一次阅读中,我非常偶然地读到了一篇几乎让我有醍醐灌顶之感的小说,它在点燃了我体内热血的同时,亦让我见识到了一种全新的闻所未闻的小说形式。它就是发表在当时《光明日报》上的一篇短篇小说——《夜的眼》,作者是王蒙。

当时还是一名工人却又无知的我,并不知道这位名为王蒙的人究竟是何许人也,又来自何方,但我只是记得我在阅读的过程中像被雷电击中了一般。在此之前,我还从来没有读过这种类型的小说——它没有完整的一板一眼的故事,没有惊心动魄的情节,有的只是一个人在一种恍惚状态下的自言自语,语句亦在相互缠绕、撕扯和回环中交织成了一支忧伤哀婉的小夜曲，像一股清澈明净的泉流，平滑而湍急地一路流淌，顺着一种在当时还让人多少有些懵懂的语句中飞流直下，以致读着有点儿喘不过气来，但又是那么酣畅淋漓。

《夜的眼》一出，我回来了，生活的撩拨回来了，艺术的感觉回来了，隐蔽的情绪波流回来了。

——王蒙《王蒙自传》

我仍记得有这么一段描述：在夜晚朦胧的灯光之下，"我"忽然想起了新疆的烤羊腿，它在"我"的眼中晃悠着，"我"的思绪亦追随这一"晃悠"而自由地浮动与遐想。

《夜的眼》中的恍惚，那种从苦难的暗夜中走出后升腾起的恍惚，让人在怦然心动后，陷入了沉思和追问。

在我的记忆中，自《夜的眼》之后，中国文学从此进入了一场声势浩大的现代主义运动。这一激进运动，在冥冥之中一如《夜的眼》那般在心理之流的涌荡之下，敏感地捕捉到了我们几乎在动荡岁月中丢失的"自我"，从而要去重新发现人性的尊严和存在的价值。

一九八五年前后，中国当代文学又进入了一个新的发展阶段，但它是以"寻根文学"为标的的，"寻寻我们文化的根"——自《黑骏马》问世起，在迟滞了一段时日之后，富有文化意涵的小说蔚为大观，当时几乎所有的重量级作家都加入了这一文化"寻根"的行列。就在这股文学思潮的裹挟之下，一个崭新的"异类"出现了。它的横空出世犹如一声惊雷炸响,顿时让所有的人目瞪口呆,它就是莫言以"红高粱"命名的系列小说。

红高粱:生命快乐的极致之美

说《红高粱》如晴天霹雳般横空出世,似乎一点儿也不算夸大其词。它的确是能量惊人的,那种汪洋恣肆的文字,那种烈火般的豪情,那种一泻千里不可阻挡的气势,都让当时的我们激动不已。

《红高粱》不再像以往的寻根小说那般只寻觅在荒原与丛林之中,去追寻远古先人的历史遗痕,它不是,它竟然以二十世纪发生在中国的抗日战争为背景,抒写了一个后来人,一个从未经历过战争苦难的当代人对战争的"记忆"。小说中的童年视觉,虽与当年正时髦的西方作家福克纳与马尔克斯的叙事形式遥相呼应,可那时的我们,国门刚刚打开,海外所有的在我们看来值得"拿来"的东西,我们一概视为弥足珍贵的"礼物",于是受到它们的启示后稍加模仿似乎再正常不过了。不错,莫言的《红高粱》亦有明显的模仿痕迹,但这都不重要了,重要的是这部具有磅礴气势的作品大开大合地将战争史诗纳入到了当代人的视野中,并借助战争的残酷,将对民族性与人性的理解与刻画推向了一个新的高度。它竟是如此这般地让人感到清新与痛快,犹如痛饮了一杯高浓度的红高粱酒,在酒酣耳热之际,我们开始了歌颂生命的仪式。它就是献给生命的一曲嘹亮的赞歌,它让我们由此感悟到生命的热血与豪迈之于一个人是高于一切的,任何强权势力都应被无情地践踏在生命之足下。我们喝着烈酒,粗梗着脖子,高唱着凯歌,大踏步走向自由与豪放,那才是生命快乐的极致之美,唯其如此,人之为人,才会至深、至高和至圣。

二十世纪八十年代毕竟远去了,一晃三十多年过去弹指一挥间,但我恍惚觉得自己并没有告别八十年代,那个风起云涌的年代还时时刻刻在我心中燃烧,召唤着我频频地向它回望与致意。我忘不了激情燃烧的八十年代,不仅仅是因为那个年代的激情四射,不仅是因为那个年代让我们感受到了文学的自由与豪情,而且在那个哺育了我们精神与思想成长的年代,我们坚定了一种理想主义的信念:那种对真善美的坚守,那种对神圣思想与精神的敬意与爱戴,还有执着的追求。

在今天,我们的精神与思想在与八十年代渐行渐远,可是我们必须清醒地意识到,我们不是在告别一个曾有过的年代,而在告别曾经的理想与情怀。

而我却不愿告别我亲历过的八十年代,我愿以重阅八十年代的文学经典来重返那段消失的岁月,从而在迷惘与困顿的人生中让自己再次领受它所赐予我的心灵洗礼。因为在那往昔的年代里,我们普遍具有一种洁净的精神和易感的心灵,两袖清风并没有让我们因此在精神上也一贫如洗,相反,它促使我们以一种顽强的毅力去攀登精神的高地,磨砺出一双犀利的目光,以此来俯瞰苍茫的人生——那时的我们是充实而又富有的。

第二辑 | 世界文学：

走进经典的幽深之地

一、俄罗斯文学:作为尊严的贵族气质

作为尊严的贵族气质

俄罗斯,那个蛮荒而苦寒之地,由于地域与文化传统之故,于十四世纪兴起且席卷整个欧洲的文艺复兴运动,几乎没有波及它。直到十七至十八世纪的彼得大帝时代,彼得大帝竟以一己之力,一举改变了俄罗斯的文化版图,这时开始面向且拥抱西方,以致贵族阶层甚至不屑于再说俄语了,而操起了当时欧洲最时髦的法语。

问题是,这个向来被欧洲人看作未开化族群,为什么当十九世纪的大幕徐徐拉开后不久,就一下子涌现出了一批成熟的作家——普希金、屠格涅夫、果戈理,而且使用的还是曾经被欧洲人瞧不起的民族语言——俄语。尤其是普希金,他以夜莺般嘹亮的歌喉,将俄罗斯文学从黑暗中带向了灿烂的黎明。

随后,托尔斯泰与陀思妥耶夫斯基的经典作品,乃是在同一时段横空出世的。在《文学百科》中,俄罗斯文学于十九世纪六十年代这一时段,撰者所选择的陀思妥耶夫斯基代表作乃是《罪与罚》,而托尔斯泰的代表作是《战争与和平》。不能说他们选的不对,《罪》与《战》,的确是这两位文学巨匠的经典之作,但我个人于陀思妥耶夫斯基,更喜他的《卡拉玛佐夫兄弟》;于托尔斯泰,更爱其《安娜·卡列尼娜》。当然,这属于我个人之趣味,不足为凭。

我惊异和疑惑的是,为什么在十九世纪之前,仅存民间故事而无纯粹文学传统的俄罗斯,竟会在十九世纪,似乎于眨眼之间,就能以高度成熟且伟岸之文学形象让欧洲人高山仰止?

俄罗斯的文学艺术家们是如何完成从无到有,甚至一举超越了他们欧洲文学前辈的?甚而倒转让俄罗斯文学走在了世界文学的前列?若没有发生"1917",我们完全可以想象俄罗斯文学随后将会何等的辉煌。即便如此,在那片苍凉的大地上,依然顽强诞生了《静静的顿河》与《日瓦戈医生》及一批伟大的诗人——茨维塔耶娃、曼德尔施塔姆、阿赫玛尼托娃等。今天,当我们再度回眸人类的文学历史,我们会不无惊叹地发现,走在世界文学前列的,依然还是一脸沧桑与苦难的托尔斯泰与陀思妥耶夫斯基。

嗜赌如命的陀思妥耶夫斯基

这几天,我一直在看《卡拉马佐夫兄弟》,陀思妥耶夫斯基的代表作。这是我早该看的一本书,二十世纪八十年代只花了两块多钱买下的人民文学出版社的版本,在书架上一待就是三十多年。该书上下两册,已然沾满了尘土。我几次拿下随手翻了几页,又撂下了,不仅是因为它的厚,亦因它晦涩和艰深。陀思妥耶夫斯基是我望而生畏的人物，他那撕裂般的灵魂挣扎，以及如大海般深邃的人生感悟，让我敬而远之，虽然我亦知，那是我必须要啃下的大书。

一天，我的一位好友听完了我关于小说《浮桥少年》的构想后，对我说："那你应当先看看《卡拉马佐夫兄弟》。""为什么？"我问。"它好哇！"他感叹了一声，说他是在大学时代从图书馆借来看的。"我那天坐在学校湖畔的一张木椅上，一口气看完的，一本太好的书。"他激动地说，眼神里还流露着对往事的追忆。他还说，为了弄懂这本书，随后他还专门找了《圣经》的有关部分学习了一遍。

我知道，陀思妥耶夫斯基的著作屡屡涉及基督教教义和信仰，以致他的内心充满了矛盾和剧烈冲突，这在他的所有小说中亦能时时看到。

陀思妥耶夫斯基的一生是奇特的。早年，这位小说天才发表了一些长篇小说后，又当上了轻骑兵，但因信奉了激进主义，在一家酒吧朗诵别林斯基致果戈理的一封信时，被沙皇的密探发现。他被关押入狱，并被判了死刑。押赴刑场的有十个同党，快要轮到他被执刑时，一道圣旨下达，他居然被奇迹般地特赦了，改为流放。在流放地待了几年后获释，他又以酒为伴，五毒俱沾，最终身患重疾，却以疯狂的激情写下了大量的小说，速度惊人，且质量又皆属上乘，令人惊叹。

我有一次与余华见面时亦聊及此事，他亦感慨陀思妥耶夫斯基此一惊人的文学功力。最邪的是，陀思妥耶夫斯基之传奇，乃是因为他的嗜赌如命。他欠下了一屁股债,出版商趁机逼迫他在极为苛刻的限期内必须交出一稿,他为此而焦头烂额,几近崩溃。就在这时,一位少女打字员神奇般地出现在了他的生活中。在她的帮助下,陀思妥耶夫斯基个把月内奇迹般地写出了他的小说《赌徒》。

这究竟是一个什么样的天才人物?我对陀思妥耶夫斯基佩服得五体投地。文学之于陀思妥耶夫斯基,似乎不是冠之以理想一词那么简单,他的小说达到了一般人难以企及的哲学高度和深度,甚至可以说,他的小说就是俄罗斯民族的形象写照。世上很少有这样一位伟大的作家,能把自己民族的精神、哲学以及性格写得如此深入骨髓、入木三分。陀思妥耶夫斯基真真儿一个盖世无双的小说天才。

《卡拉马佐夫兄弟》的开头颇难"啃",看得我头痛欲裂,可也只能硬着头皮往下读,结果读着读着柳暗花明,也着实品出了一代文学巨匠的思想风采,实在了得!起码到现在,世界文学中能够与他比肩的人物可谓寥若晨星。

列夫·托尔斯泰:一个伟人的诞生

读完了《娜塔莎之舞——俄罗斯文化史》,我再接再厉地又读起了《托尔斯泰大传》,我想趁热打铁更深入地了解俄罗斯人。也是奇了,为什么远在英国的研究者竟对俄罗斯文化及俄罗斯人这么了解？而且独具慧眼！无论是《娜塔莎之舞》还是这本《托尔斯泰大传》，都是出自英伦作者，足证了这一点。很难想象，一个异域学者竟然对俄罗斯历史与文化这么感同身受，一如在书写自己的故国家园。

我热爱俄罗斯文化，更准确地说是热爱他们的文学和艺术。毕竟我们这一代人是喝着俄罗斯文学名著奶水长大的，比如我们从少年时代就开始阅读托尔斯泰、陀思妥耶夫斯基、契诃夫、肖洛霍夫等作家的作品，所以俄罗斯文化在我们的情感构成中遗留下了深刻的生命痕迹。

俄罗斯能诞生帝俄时代十二月党人和托尔斯泰这类伟人绝非偶然，这片东正教文化滋养的广袤大地充满了奇迹。而最大的奇迹，乃是一个民族突然在十九世纪冷不丁地强势崛起，出现了那么多伟大的人物，在他们身上流淌着不朽的献身道义的精神，真真儿是不可思议！

《托尔斯泰大传》之所以好，乃是因为它不仅仅单纯地在为传主立传，亦在剖析托尔斯泰这个在俄罗斯诞生的特殊人物之时，将他作为俄罗斯文化中的一个典型人物去剖析他的成长经历——他是如何一步步地成为一个伟大的人道主义者的，最终，在他晚年的最后十年，成为俄罗斯人民心目中真正意义上的"精神沙皇"，让无数国民仰慕、崇拜与追随。

一八四四年，十六岁的托尔斯泰考上了俄罗斯喀山大学，但他并未仿效他的三个哥哥申请学习数学，而是选择了欧洲其他任何一所高校都无法企及的东方语系。此一专业之选择，同时意味着他毕业后有可能成为一名外交官。也是在同一年，他对哲学产生了浓厚的兴趣，并看出基督教的《教理问答》乃是一"谎言"。亦由此，基督教这座神学大厦随即在他眼中轰然坍塌，这也为他成名后猛烈抨击东正教教会的虚伪与冷酷埋下了伏笔。

但托尔斯泰并非一"学霸"式的人物，他居然在上一年级时就成了一名留级生，于是，他决意转向法学专业。当然，他还是要从大学一年级起步，毕竟他留级了。

大学期间，他最初喜欢读的小说是大仲马的系列作品，当时的俄罗斯小说尚处在幼稚阶段。有一天，他偶然在朋友家发现了一本普希金的《尤金·奥涅金》，立刻被吸引，连读了两遍——可见，托尔斯泰的文学启蒙要推迟到他的准青年时代——但在他的学生时代，让托尔斯泰最为兴奋的课程莫过于哲学。对托尔斯泰随后一生影响甚大的人物，是法国启蒙运动的大思想家卢梭。

这一影响，在他以后漫长的人生旅程中都留下了深刻的痕迹，比如他至死不渝追求社会公正和人与人之间的平等，取缔个人财富与身份上的差距等。

一八四七年，年满十八岁的托尔斯泰因患梅毒住进了校医务所。在治疗过程中，他开始做老师布置的一份作业——把俄国女沙皇叶卡捷琳娜的《手谕》和孟德斯鸠的《法意》进行比较。他在自己的日记中，记录了他之后的感悟——他批评了独裁统治的残暴，因为在一个法意为君主任意所用的国度，法律不可能为国民提供任何保护；相反，只有倚仗谎言的欺诈与盘剥才能维持他们的极权统治。叶卡捷琳娜虽然坚称独裁者的无限权力实质上受制于良知，但托尔斯泰为此批驳道，君主维护的无限权力，即是其良知的缺失。

不难看出，托尔斯泰在他十八岁时已然奠定了他基础性的民本与人道理想。此后，他用他一生的时间为代价，践履了他在十八岁时已然坚定了的思想。

向托尔斯泰致敬！但他也是幸运的，他身之所处的专制极权国家，并没有因为他的异端——反皇权，反教会——而将他送入监狱，而是眼睁睁地看着他的声势一点点地蔓延扩大，最后，在俄罗斯民众的心目中，他成为精神崇高的超级偶像一般的"精神沙皇"。

同为俄罗斯沙皇时代的文坛巨匠，托尔斯泰和屠格涅夫之间的私人关系却颇具喜感。

当年托尔斯泰与其大哥尼古拉一道游历高加索地区，尼古拉就在那里服役，而在此之前，托尔斯泰曾读到过他所仰慕的普希金与莱蒙托夫关于具有异域风情的高加索的描述。托尔斯泰很快迷上了这里的风光，并申请加入驻守在高加索要塞的驻军，从而成了一名炮兵，后因勇敢升为一名少尉。

也是在高加索地区，他完成了他最初的几部小说和战争纪实系列，先后在当时著名的杂志《现代人》发表后引起了广泛关注，这使他成为俄罗斯文坛快速崛起的新秀。在此期间，他还参加了在克里米亚抗击英法联军的战争，并且在战争中表现出色,这般特殊经历,为他日后写下《战争与和平》的战争场面奠定了坚实的生活基础。

后来的托尔斯泰,逐渐厌倦了军旅生活,在返回自己的庄园前先去了圣彼得堡,与他久仰且大他十岁的作家屠格涅夫见了面,并受邀在他的私人庄园住了一段时间。屠格涅夫对这位新入行的作家评价颇高。他们间的交往一开始颇为密切,就像一对父子。

此前,屠格涅夫见过托尔斯泰的妹妹一面,还爱上了她。后来托尔斯泰的妹妹离了婚,开始想见屠格涅夫,但此君却滞留国外不回,并狂热地追求一位当时的歌剧演员,这可能让托尔斯泰开始对他有了一些不满。

过了一段日子,托尔斯泰又受邀去了屠格涅夫的庄园,屠格涅夫拿出他刚写完的《父与子》朗诵给托尔斯泰听,托尔斯泰觉得小说写得太枯燥了,竟听着听着睡着了。现在轮到屠格涅夫感到不快了,就在那座庄园里,他们就某些问题发生了激烈的争执,差点儿激化到了相约决斗的程度,托尔斯泰甚至从附近哥哥的庄园借来了一把枪。好在决斗并没有付诸具体行动,否则,继普希金、莱蒙托夫之后,俄罗斯又会多出一个因决斗而死的文学天才——无论是托尔斯泰还是屠格涅夫。但这毕竟没有发生,这是俄罗斯文学之幸。

戏剧性的故事还在其后。此前一向在私生活上放浪不羁的托尔斯泰开始渴望进入婚姻之门了,他娶了一位十八岁的少女,而这位少女的父亲曾与屠格涅夫的母亲私通并生下一女,由后者抚养。也就是说,托尔斯泰的妻子与屠格涅夫及他的妹妹是同母异父的兄妹,他们居然成了另类亲戚! 这也算是十九世纪发生在俄罗斯文坛的一则隐秘的传奇故事吧。

我们都知道托尔斯泰的经典小说《安娜·卡列尼娜》的创作灵感源自一个真实发生的事件——一位名叫安娜的贵族女子,因情事而卧轨自杀了。以我过去看到的资料,乃是托尔斯泰偶然在自杀现场目睹了此一女性的悲剧且深为触动,从而写下了《安娜·卡列尼娜》。

但事实却并非尽然如是,这位真实生活中的安娜,其实还是托尔斯泰之妻索菲娅的一个远亲,她因情人移情于他儿子德国籍的家庭教师而绝望自杀。托尔斯泰也确实亲临了事发现场(距离他私人庄园并不太远),但那是尸体解剖现场,他见到了自己非常熟悉的女人血肉模糊的遗体。

但在我接触的所有资料中,似无一人提及托尔斯泰创作《安娜·卡列尼娜》的灵感之泉还通往了远在法国的小仲马。

同为安娜之死的一九七二年,小仲马为一个出于愤怒而杀死了他"出轨"妻子的男人,写下了辩护的雄文《男人的女人》,于文中,小仲马尖锐地指出,婚姻是两性间痛苦而不可调和的冲突,其中女性处在主宰的地位,杀妻男子其实是一位道德审判者,因而有权杀死不知悔改的不忠的妻子。

小仲马的观点让托尔斯泰深受触动。此一触动,显而易见又间接地通往此时小仲马身边的那位俄罗斯妻子——她曾是一位著名的莫斯科社交名媛,年轻时曾嫁给俄国最显赫的贵族后裔,为他生下一女后又频繁出入莫斯科的社交场所。她是时髦的俄国社交界人人皆知的(那一段时间托尔斯泰正好也在莫斯科,自然也听闻了此女)风姿绰约的女人,在此期间,还与一情人产下一子。

她二十五岁时,认识了一位渥伦斯基式的男人,此人是一位英俊阔绰的贵族,还是一名风流倜傥且才华横溢的剧作家。堕入情网后,这二人又卷入了一场这个女人的法国情人遇害案。现实中的渥伦斯基因此入狱(很可能是蒙冤),而这个怀有情人孩子的女子则带着女儿迁居巴黎。

很快,凭借出众的容貌,这位女子在巴黎社交界也出尽了风头,并结识了大仲马非婚生的儿子小仲马——后者以自己在巴黎与一妓女交往的经历写下的《茶花女》曾引起巨大的轰动。这个女子与小仲马同床共枕了,但她的丈夫却拒绝与她离婚,并扬言要剥夺她对女儿的监护权。她是在丈夫死后的1864年才正式嫁给小仲马的。身为此女丈夫,小仲马与她育有两女。显然,小仲马之所以写下《男人的女人》,乃据此而至。

我们都知道,托尔斯泰创作《安娜·卡列尼娜》的初衷,是要刻画一个在他看来道德堕落的女人;亦见有评论家说,托尔斯泰在其写作过程中,生活逻辑将他引向了违背他初衷的另一创作方向,因而写出了一个超越道德且令人同情的复杂女性。但在《托尔斯泰大传》中,我们终于知道了托尔斯泰真正的转向来自于他一生信赖的姑妈塔吉雅娜。她是在托尔斯泰于少年时失去了父母后的监护人,而且是在另一姑妈死后才进入托尔斯泰一家人的生活的,从此,她也成为托尔斯泰愿意与之倾心交谈的长辈。

　　在一个深夜,当姑妈听了托尔斯泰谈及他的一位朋友因妻子出轨而计划休妻时,姑妈倾听时的那张脸,突然变得严肃了起来。这个一生未婚的女人随后对托尔斯泰说,她觉得面对此事应当采取宽恕和同情的态度,而非相反。姑妈认为,人们应该仇恨罪恶而不应仇恨深陷罪恶中的人。

　　于是我们看到,在《安娜·卡列尼娜》中出现了这样一个场景:在一个社交场合,当安娜的丈夫奥布朗斯基为妻子的不忠而苦恼,并对离婚与否委决不下时,他的妹妹多莉劝告他切勿与妻子离婚,以免令她蒙羞受辱。

　　在卷帙浩繁的《战争与和平》写毕之后,托尔斯泰本来计划去写他计划已久的有关彼得大帝的史诗小说,他为此还查阅了大量的资料,走访了许多知情者,可后来他发现,彼得大帝是一个沉醉在酒瘾中的粗俗之人,与他原先的想象大相径庭。他毅然决然地放弃了此一计划,从而才有了他更为不朽的名著《安娜·卡列尼娜》以及在文学长廊中经久不衰的典型人物安娜·卡列尼娜。

　　屠格涅夫在临终时曾从他侨居的法国给托尔斯泰写过一封信,他希望托尔斯泰重新回到文学——无疑的,此言反向所指,是托尔斯泰过于痴迷他的宗教事业了。在信中,屠格涅夫称小他十岁并曾与之有过芥蒂且几近付诸决斗的老友托尔斯泰为"我们俄罗斯大地上的伟大作家"。

　　屠格涅夫的真挚友情让托尔斯泰感到了一丝欣慰,毕竟前者是在他初出茅庐时第一个不吝言辞肯定过他的人（彼时屠格涅夫在文坛已有一席之地），但托尔斯泰又对屠格涅夫称他为"俄罗斯大地上的伟大作家"犹感不适。他这时已是虔诚的基督徒了，禁欲且食素，一身农人装束，甚至放弃了他过去喜爱的贵族式的打猎生活，更不出入醉生梦死的上流社会场所，却时常在庄园下地干活儿，与农民交流。

　　托尔斯泰没有谨遵屠格涅夫的苦心劝解，依然故我地宣传他个人化的基督教义，写他的宗教文学作品。最不可思议的是，在托尔斯泰的影响下，俄罗斯许多贵族在偶然的机缘下，竟然瞬间改变了以往的观念，宁愿放弃养尊处优的"高贵"地位，摒弃一切身外之物，像托尔斯泰似的去从事农业劳动，与穷人打成一片，主动宣传托尔斯泰的宗教思想。尽管他们心里非常清楚，为此会遭受牢狱之灾。事实也是如此，托尔斯泰主义者大量地被送进了监狱或遭流放，但他们无怨无悔。

　　我始终有一丝困惑：为什么唯有在俄罗斯贵族一代中会诞生这样一批伟大的人物——从十二月党人，到托尔斯泰和他的追随者？

　　沙皇之所以不抓托尔斯泰，沙皇本人的话是：我不想让托尔斯泰成为一名殉教者。沙皇倒是猜对了，托尔斯泰是想殉教，因此他非常羡慕那些因为他而入狱的追随者。

　　我相信，我所写下的托尔斯泰的人生之路与其追随者之所为，我们是很难理解的。我们无法理解一人为了信仰居然能抛弃富贵荣华、万贯家财、锦衣玉食，而甘愿受苦受罪，甚至慷慨赴死！

托尔斯泰自创的与众不同的基督教信仰，使他无可避免地走上了一条偏执而凶险的道路。我们只需读读他对艺术的评判，就会发现，此一选择又显而易见出于他的"教义"——让所有人都能听懂看懂（他的宗教作品便是这么追求的），为此他也让语言表述变得更加通俗、直白和朴素——他反对写作仅为受过教育的人的行为。

若追究托尔斯泰的此种极端的文学态度，还有一潜在之由，就是他发现他的太太索菲娅自他接纳了他的一追随者，也即著名钢琴家与作曲家塔涅耶夫之后，成天沉溺且痴迷于塔涅耶夫为她的演奏，托尔斯泰一怒之下甚至写了告别信要离家出走。最终他们还是和解了，但也意味着索菲娅不再邀请塔涅耶夫来庄园为她演奏。

托尔斯泰的艺术观其实是悖谬的，从他写下他的文学态度时，他已然在某种意义上背离了他早先的文学观——《战争与和平》《安娜·卡列尼娜》所代表的，他认为那是贵族化的生活态度，但他进入"信仰"后的晚年巨著《复活》《伊凡·伊里奇之死》也依然不属于大众艺术，依然是精英化的。虽说这些作品的情感基质乃是大众立场，但就读者群而论，也只能是受过教育的精英。

《托尔斯泰大传》中关于托尔斯泰与古典音乐关系的描述也是蛮有趣的。托尔斯泰激进的宗教道德主义倾向时常会呈现出各种自相矛盾之处，但有一点几乎可以肯定，那就是托尔斯泰虽是文学巅峰上的巨人，但在音乐欣赏上可给予其差评。

一九〇六年，日本明治时期最狂热的托尔斯泰信徒、日本作家德富芦花在托尔斯泰庄园盘桓了数日，一次与托尔斯泰于林间漫步，聊起了当时的俄国作家。托尔斯泰说，屠格涅夫的作品"非常漂亮，但不够深刻"——准确；高尔基"有天赋但没有学问"——准确；而梅列日科夫斯基"有学问但没有天赋"——没读过此人作品，不了解；"契诃夫极有天赋，极有"——这也太准了！

我确实非常吃惊，原以为《托尔斯泰大传》无非是围绕着托尔斯泰生平与创作的关系打转，结果呢却绝非如此简单。

托尔斯泰是一位真正意义上的精神圣徒，为此，他以一己之力在俄罗斯创立了托尔斯泰主义：反对正统的在沙皇统治下与权力阶层勾结的东正教教会，为在贫困中挣扎的劳苦大众争取生存权利，且以自己的理解和领会，写下了一系列涉及基督教教义的阐述文字，而这些文字字数甚至大大超出了他的小说。他也因此被俄罗斯教会开除了教籍，并受到沙皇秘密警察的严密监控；他的宗教著作被严禁出版，只有手抄本和盗印书在民间广泛流传，且影响力日增，吸引了更多的俄罗斯信众。

托尔斯泰看不起自己的小说，甚至当别人夸赞它们时他觉得要呕吐，但这绝非矫情或自谦，他由衷地认为自己的小说写得不好，尤其是《安娜·卡列尼娜》。而他自己最满意的是他为农家孩子学习而写下的一系列自编课文教材，以及他的那些卷帙浩繁的宗教性文章——涉及不抵抗主义、生活节俭、谦卑、禁欲、素食，消除等级与财富差距。他追求绝对平等，与农民一起务农,放弃一切特权待遇。

所有见过托尔斯泰的人都被他圣人般的伟大人格所折服,甚而许多年轻的贵族青年毅然舍弃了"光明前程"而开始追随他,走上了一条充满凶险的苦行之路。托尔斯泰十九世纪八十年代后的言行,无不严格遵守他定下的教义宗旨:严于律己,且始终与贫苦农民站在一起,坚定不移地践行他崇高而伟大的理想。

我觉得每一个愿意思考人生者都该认真地读一读《托尔斯泰大传》这本书,它已然不仅仅是一本关于托尔斯泰的传记了,它同时也是一部迷人的人生启示录。

《伊凡·伊里奇之死》:向死的存在

早就听说,列夫·托尔斯泰的《伊凡·伊里奇之死》无与伦比的深刻,我一直想找来一读。既然海德格尔的《存在与时间》专门说起了它,而且它又与海德格尔哲学中"向死而生"这一核心概念相关联,我便索性一睹为快。

我没想到《伊凡·伊里奇之死》与托尔斯泰的几部皇皇巨著风格迥然相异,《伊凡·伊里奇之死》显得轻松幽默,文笔的含讽意味,很有点儿契诃夫小说的味道,简直可以说像极了。若盖住此小说的作者之名,让我猜它是俄罗斯哪位作家的作品,我一准儿会毫不犹豫地大声说:"契诃夫。"

但这却是托尔斯泰的短篇名作。

倘若小说叙事也有一种如音乐调性般的特征的话，那么托尔斯泰的《伊凡·伊里奇之死》有一种冷静、超脱、戏谑的语言调性，它与托尔斯泰的三大名著（《战争与和平》《安娜·卡列尼娜》和《复活》）完全不具有同一个调性。

托尔斯泰的三大名著是属于同一类型的，在其中，托尔斯泰会找到一个他个人强烈认同的人物（比如《战争与和平》中的安德烈与《安娜·卡列尼娜》中的列文），一旦小说中出现的这些人物于无形之中与托尔斯泰的视点融为一体时，其作品与他之间的超然距离也就一并消失了，托尔斯泰体内的人性温度、人道思想，也就尽兴无遗地散发在了他小说中的字里行间。我喜欢托尔斯泰小说的原因，就在于他小说中的人生虽悲苦凄凉，但人性之光依然朗照着人间岁月。

《伊凡·伊里奇之死》则属于完全不同的类型。不知为何，《伊凡·伊里奇之死》中还流露出托尔斯泰平时并不多见、甚至罕见的尖刻与反讽，乃至刻薄——他像是换了一人似的，不见宽容慈悲了。在《伊凡·伊里奇之死》中，他对俄罗斯民族的劣根性——吝啬、自私、庸俗、唯利是图、见利忘义、善打个人的小算盘而置他人生死于不顾，给予了最尖锐无情的嘲弄、批判和揭露；在这中间，还有对家庭这个婚姻的存在形式的极度失望（不知是不是在讽喻或折射他自己的家庭生活）。

但《伊凡·伊里奇之死》中，托尔斯泰最终写下的，还是"向死而生"。为了写出这种可怕的所有人都无从逃避的"存在性"，托尔斯泰不吝笔墨，以致让我觉得太细了，细到啰唆——有此必要吗?

我好像有点儿明白,海德格尔在论及"死亡"这一主题时,为何要提示读者去看托尔斯泰的这部小说了。

首先,《伊凡·伊里奇之死》中的主人公——垂死者伊凡,就是海德格尔笔下那个抽象的"常人"。他们素常并无死亡意识,并未意识到死作为人之此在之必然存在的生存"亏欠"(即死亡),是摆明了的,深嵌在人之生命大限之中的。

唯当死之预告被明确时(如《伊凡·伊里奇之死》中的伊凡,知道自己患上了癌症,也就知道了生命大限已然不再遥远了),才会产生对死的畏与怕("畏"与"怕"是海德格尔存在哲学的两大概念,前者是抽象意义上的生之畏,而后者乃是与生存之共在的具体化的惧怕,比如《伊凡·伊里奇之死》中之伊凡对病症的恐惧)。

伊凡这个人物,形象化地、几近完美地诠释了海德格尔的"向死而生",但我个人对托尔斯泰这部中篇小说的评价还没那么高,当然,是相较于我对托尔斯泰那三大名著的评价介而言——唯有它们让我高山仰止。

契诃夫:门外的窥视者

读完了契诃夫的中篇小说《跳来跳去的女人》。

写得真好!

过去我对契诃夫小说的印象,终止在类似《变色龙》的幽默风格上,其文字中,透着契诃夫式的冷幽默,还夹杂着尖酸刻薄。

这不是我喜欢的风格。

于是契诃夫小说的形象,在我脑海中被偏执地定格了,从此我远离了他。这一"离",多少年就晃晃悠悠地飘过去了。

一年多前,我又读了契诃夫的剧本《三姐妹》。好多年前,其实我也捡起看过,但也只看了一丁点儿,犹觉拖拖拉拉得太散漫,于是就撂下了。后来总见有人说它好,这又勾起了我的好奇心,我对自己说,坚持看完吧,看看它究竟好在哪儿。其实我心里还是犯嘀咕的,因为不信。

孰料,读后我彻底被征服了——《三姐妹》让我五体投地,因此遂有了别具滋味的惆怅和伤感,这亦是此生我读过的任何文学作品都未曾带来过的特殊体验。

这也太神奇了!

行文至此,我读《三姐妹》掩卷后的那般滋味,又一次涌上心头。我很享受这种滋味,但我承认,这滋味又让人心里难过、潮湿、酸楚、忧伤,又隐含着淡淡的灰色的诗意。

我一直不知道契诃夫这文字的魔力从何而来,我仰视此一奇异的魔力,因为它竟是如此神奇地独一无二。

自此,我深知契诃夫的好了。

在今天,我故意绕开了契诃夫早期的"变色龙类型"小说,选择了他中后期的《跳来跳去的女人》。我有心要看一看,契诃夫小说曾经予以我的那个印象,是否会因此改变。

我被改变了。契诃夫这篇小说亦好，但我必须说，还远没达到《三姐妹》的水准。

《三姐妹》之于契诃夫，是深度渗入内心世界的，以至全然且精致地传达了他对这个世界虚无主义式的伤感与无望。作为《跳来跳去的女人》中的叙述者，契诃夫更像是一位守在门外的窥视者，自己不动声色，只在客观、冷静、自持且含一丝嘲讽地描述着他在观察着的那一个个形形色色的俄罗斯人。他清醒得就像一名外科大夫——这也正是他的出身，他是学医的。

契诃夫笔下的这个"跳来跳去的女人"，在生活中亦具典型性。有趣的是，她让我想起了托尔斯泰笔下的安娜·卡列尼娜，与此同时，亦让我想起了福楼拜所塑造的那位可怜又可笑的包法利夫人。

她们仨，"家族相似"程度颇高，只是托尔斯泰笔下的安娜与另两位女性人物的区别在于，托尔斯泰对安娜充满了同情和怜悯，而契诃夫与福楼拜对他们所创造的女人的态度，是暧昧、嘲讽和批判。但这仨儿，又都具备同一血缘家族的特性。

接下来，我准备找时间读完契诃夫的小说与几部戏剧代表作。契诃夫情感深处有一种神秘主义和虚无主义的基质，这除了源自他惊人的文学天赋之外，恐怕还有俄罗斯东正教文化对他的深刻影响。东方东正教区别于西方天主教的一大特征，便是它仪式化的神秘主义。显然，虚无主义则属于契诃夫精神世界的另一元素。

真高兴，我终于走进了契诃夫的精神世界。

帕斯捷尔纳克:伟大的启示者

偶然读到一篇关于苏联作家帕斯捷尔纳克的文章,不知为什么,这篇文章让我特别感慨。

悲凉的感慨。

我喜欢历史上那些伟大作家和他们为人类留下的不朽作品,但最能触动我,并让我百感交集、久难忘怀且距离我心灵最近的小说,首屈一指的乃是帕斯捷尔纳克的《日瓦戈医生》。

我将永远感恩于这部伟大的小说,它给予了我深切的感动和启示。

那还是二十世纪初我所读过的几乎是唯一一部厚重如山的文学作品。彼时的我,心境是浮躁的,于是我很少再读沉重的小说。

那时,我已进入了电影界。二十世纪八十年代的最后一年伊始,我的精神世界便处在了一种极度困顿和迷茫之中,亦由此,我终止了文学写作,也停止了思考。

我感到了痛苦。

我甚至一度觉得,自己就是一具活着的精神僵尸,泡酒吧——二十世纪九十年代初的酒吧,还只有电影圈和摇滚圈的人在其中厮混,蹦迪,在疯狂中忘却自我,其实只是想以此来逃避什么,以让自己的精神休克,或让过往的记忆处在一种被遗忘的状态。

即便身在其中，我依然是迷惘的、空虚的，甚至是麻木的，任何惊天动地的声响在那时的我听来，也像是与我隔绝的，我的心犹如飘荡在另一重我所无法知晓的天地中——但那又是什么？我一无所知。我所知道的只是，为了摆脱空虚和无聊，让精神游走在那今天被叫作娱乐的欢快状态，在彼时，那还是一种时髦的"另类人生"呢。

就在彼时，也不知为什么，我无意中翻书架时看到了《日瓦戈医生》，从而开始了我那可谓阴差阳错的阅读。《日瓦戈医生》让我一下子沉浸其中，仿佛字字句句都在击中我心脏的某个部位，我由此感到了沉重，感到了苍凉和悲郁，感到了在无望中所透出的微茫的希望。

犹记得我看完最后一页后的压抑心情，欲哭无泪。我一动不动地坐着，两眼发呆，一时间竟走不出来了。我想象着帕氏所经历过的残酷岁月，以及我自己当时的精神困境——我们都曾是某个年代的精神囚徒。

我暗暗地告诉自己，这是我自十六岁读过莎士比亚几大悲剧之后，最震撼我心灵的文学作品，它让我深陷其中，同时又受到了它巨大的却又无以言表的精神感召。我知道，它在启示着我。只是在当时，我仍不知它究竟会给我带来些什么。我只是隐约地感觉，有一天，我会追随着帕斯捷尔纳克的脚步，走上小说创作的艰难之路，书写我心中的悲愤与凄凉。

后来，我又翻出了我收藏的帕斯捷尔纳克自传《人与事》。

这本书收集了帕斯捷尔纳克写的两部小自传,《安全保证书》和《人与事》。而我,似乎更喜欢前者。

读后才知,帕斯捷尔纳克这位"白银时代"的诗人,其父乃是一位俄罗斯著名画家,我们所熟知的那幅托尔斯泰的画像,便是出自其父之手。彼时,托尔斯泰还时常会出现在帕斯捷尔纳克家中,他是帕斯捷尔纳克父亲的朋友;而帕斯捷尔纳克那位著名的邻居,则是俄罗斯伟大的作曲家斯克里亚宾。帕斯捷尔纳克最初子承父命是要从小跟着斯克里亚宾学钢琴的。他也确实学了,可后来发现自己无法准确地分辨音高,只好中途放弃了。而后,帕斯捷尔纳克又入大学攻读哲学。学期中,他去了趟德国。在那里,有一位德国大学的哲学教授,亦是一位在当世非常著名的哲学家,只要某人有幸受邀去他家谈话,此人便有可能因此而在哲学界一举成名。

这位哲学家最初婉拒了帕斯捷尔纳克。直到后来,帕斯捷尔纳克的一篇哲学论文受到了他的青睐,他主动邀约帕斯捷尔纳克来家畅谈,这也是帕斯捷尔纳克期待已久的激动人心的时刻:这将意味着,他距离哲学上的一举成名只有一步之遥。他当时欣喜若狂。可就在最后时刻,他突然主动放弃了去见这位著名哲学家的机会,决定返回他的祖国,转而开始他毫无把握的诗人生涯。

我们现在无法确切地了解,当时心高气傲的帕斯捷尔纳克,为什么就突然中止了那次期待中的见面。彼时,他的哲学研究前景被普遍看好,可他毅然决然地转身而去,走向了文学。当然,事后诺贝尔文学奖对他文学成就的荣誉嘉勉,毋庸置疑地证明了他当年选择的正确,可在当时,他仍是处在摸索中的一位准诗人。他的那一决定,该需要多大的决心和勇气啊!

《安全保证书》并没有为帕斯捷尔纳克后续的人生带来必要的"保证"。最终,他还是因了《日瓦戈医生》和由此带来的诺贝尔文学奖的桂冠,而受到了命运的无情摧残。虽然他曾经逃脱了斯大林时代的劫难——据说,有人曾递交报告给斯大林,请求在政治上整治他。斯大林看了后只说了一句:"这是个生活在天上的人。"帕斯捷尔纳克由此而逃过了一劫——但最终,他还是难逃劫数,最后郁郁而亡。

但帕斯捷尔纳克还是为人类留下了这部堪称伟大的作品——《日瓦戈医生》,他借小说中人物的身世,写尽了俄罗斯以至苏联知识分子的人生苦难和挣扎。与此同时,在这部作品中,我们还可以时时窥见一种高贵而纯洁的精神,像一束夺目之光,照亮了阴晦的《日瓦戈医生》,亦照亮了人类的崎岖之路。

帕斯捷尔纳克是一位伟大的启示者,他的小说之于我,犹如一部文学圣经。

读《日瓦戈医生》

事隔多年,我又开始重读《日瓦戈医生》。它在我的心中,始终保持着无与伦比的崇高地位。我初读这本书,是在二十世纪九十年代初。

彼时的我,更多地仅仅是将它视为一部脍炙人口的伟大小说,读时内心时有激荡,且有一缕隐约的忧伤弥漫心间。它勾起了我的往事记忆,而这一段挥之不去的记忆,又无可抗拒地融入了我对这部小说的阅读感受。

我忘我地投入阅读之中,私下里还侥幸着:帕斯捷尔纳克笔下所展现的"非人的世界"终于远去了。在当下,我置身于沸腾的意气风发的崭新时代,"苦难"也不再是我所亲历的这个时代的名字了。我们毅然决然地告别了曾有过的过去,昂首阔步地走在通往未来的康庄大道上,心中只有冀盼与喜悦。

世间仿佛又在经历一次叵测的轮回。在今天,我又开始重读《日瓦戈医生》,这部曾经强烈打动过我,且让我感动不已的小说名著。

当我翻开第一页,当我进入小说叙述的第一自然段中的文字时,我就被一股骤然袭来的寒气所裹挟了,它就像在遥远的俄罗斯的冻土地带,翻卷起了一片凄风苦雨,将我不由分说地"挟持"到了凛冽难挨的苦难现场:小日瓦格的母亲不幸亡故了,人们在为这个溘然长逝的女人举行葬礼。棺木入土,冻土掩埋了装有母亲的棺木,小日瓦格忽然纵身跳到了掩埋母亲的土丘上。天空飘着阴郁的冷雨,小日瓦格双手捂脸,失声痛哭起来。再后来,舅舅将他领走了。他们将从此走在背井离乡的路上,那个还隐而不显的命运之幕,亦将向年幼无知的小日瓦格展露出它狰狞的面目。

不知为什么,我的心脏突然像被一锐器击中了。我感到了无言的疼痛、锥心刺骨的疼痛。是因为小说中所描述的冰冷刺骨的冷雨吗? 甚或是因为失去了母亲,从此成为孤儿的小日瓦格的啼哭之声,让我备感难过? 还是因为别的什么呢?

　　为什么,在二十世纪九十年代,初次读到这本书时,我没有如此的感同身受? 此时此刻,我忽然觉得,我好像并不仅仅是在读一部我曾经熟悉的小说,在读小说中出现的虚构的人物,而更像是在读我自己,以及在读我所亲在的,被浓雾与飘雪覆盖着的苍凉大地。

　　这片大地,并没有悬浮在帕斯捷尔纳克虚构的小说中,它就在我的足下,在我的视野中。我看不见在苍茫的大地上矗立着的那座远山了——那座我在晴空丽日下能时常望见的绵延起伏的远山,现在它笼罩在了浓稠阴沉的雾霭之中。

　　天色渐渐暗了下来,暮色正在四合,很快,黑夜就要降临大地了。

　　我心中不禁有了一丝惊愕,亦颇感意外,因为在我阅读之前,绝没想到我会如此迅速地沉陷在突如其来的莫名的痛苦中。《日瓦戈医生》的叙事调性闪电般地俘获了我。倘若说二十世纪九十年代它仅仅是吸引了我,那么这一次,它则是直击且强烈地震撼了我的心灵;倘若说,二十世纪九十年代的阅读仅仅是唤起了我的某些遥远的记忆,那么此次重读则是让我尤感那一切绝非是这个世界的彼之在,而是此在与我难分彼此的共在。

　　张秉衡晚年独自一人重译的《日瓦戈医生》,果然在众望所归之下没有辜负读者的期待。可让我不明白的是,时隔近二十年后,由张秉衡一人担纲完成的这次重译,为什么他本人在重译本前言中对过往的那次翻译只字不提呢?我还是几年前从《北京青年报》上关于他的一个采访中获悉他决意要在自己的晚年完成一人独译《日瓦戈医生》的夙愿的。他说,二十世纪八十年代的那次翻译时间太紧,故而翻译起来下笔匆促,这样必有疏漏,且又是与他人共同合译,因此想在自己的晚年静下心来再重译一遍。

我也是读了《北京青年报》那篇对张秉衡的采访,才开始翘首以待这个新译本问世的。老先生果然没有食言,更为重要的是,他拿出了一个堪称经典的译本,文字读来沉静而典雅,还透着那个年代弥漫着的沉重的悲伤。

朋友们,再次重读《日瓦戈医生》吧!今日之读,会让我们获得更多的思想启示。

小说:作为一种尊严的贵族气质

帕斯捷尔纳克的《日瓦戈医生》是有贵族气质的,这种气质指的是文字中氤氲升腾起一种高贵精神,还有沉静和内敛。

托尔斯泰的小说同样弥漫着这种气质。贵族气质似无声,不显山不露水,来无影去无踪。只有细心的、气味相投的读者,方能体味和感受到它的无所不在。那也是一种人的尊严——作家的尊严。

陀思妥耶夫斯基的小说不具备这种气质,虽然他与托尔斯泰、帕斯捷尔纳克一样,也出身于贵族之家。或许是命运的遭际彻底地改变了他(险陷死刑和随后被流放的苦役),他笔下的人之挣扎、苦闷、撕裂和绝望,与托尔斯泰和帕斯捷尔纳克笔下的人物截然不同。他的悲愤与发泄常常淹没了他的审美理性,以致他小说中的文字中流露出太多芜杂混浊的暴躁与狂乱。

托尔斯泰与帕斯捷尔纳克则显得沉静安然,即便在书写人心苦难之时,亦不失其贵族气质的优雅和从容——他们的叙述语调仿若月色下的小河,静静地流淌出一种通透与静谧,从而也就能渗透和浇灌读者干枯的心灵。只是这无声流淌着的小河流水像染上了月夜的幽蓝,由此便也多了一层时隐时现的忧郁乃至悲伤。

在众多的世界级作家中,托尔斯泰与帕斯捷尔纳克几乎属于我最爱的一类,而陀思妥耶夫斯基与我之间则相对显得有了一些阻"隔"。不是不好,而是作为小说家,他少了内敛的克制,多了絮叨和发泄。还有,他的文字亦少了我喜欢且向往的贵族气质。

诗性的《日瓦戈医生》

如前所述,我初读《日瓦戈医生》是在二十世纪八十年代,彼时之我,还尚未进入后来的小说创作阶段。阅读时,除却我把它看作一部世界名著(那时还对诺贝尔文学奖获奖作品心存狂热的崇拜)来读,潜在的,还多了一层作为一名文学批评家的鉴赏眼光,仅此而已。但读后,我确有余音绕梁、三日不绝之叹,过目难忘。时过境迁,或许自个儿也具备了一定的小说创作经验,所以今日再读,又多了一重"帕斯捷尔纳克如何解构小说"的审视目光。

我此次阅读仍在进行中,与上次阅读相比较,的确阅读体验更加深入了一层。俄罗斯式的在苦寒之中所蕴含的苍凉与辽阔,常把我不知不觉地吞没;帕斯捷尔纳克的文字之海,亦不时地席卷着我,让我不由得时常仰天长叹。

现在我读到日瓦戈当战场医生这一段了。我忽然在想,从我过去曾读过的帕斯捷尔纳克所述的自传来看,他个人似从未有过战争的经历,也无行医的履历,那么,他何以能将一位战地医生写得如此真切? 这是一个谜!

只有写过小说的人才了然:真,必来自对所述之物的深切体察与感悟。从这个意义上说,帕斯捷尔纳克几近乱真的体验究竟又源自何处呢?

我曾一再困惑:为什么我记忆犹新的《日瓦戈医生》一旦再重读,竟然是陌生的,只存依稀印象,而小说中大量的叙述则显得像是我过去闻所未闻!

渐渐有点儿明白了。以往的读小说之读,我只是一门心思地读故事,读人物关系,与之貌似无关者,一概略过或跳读,但那些被略过、跳过的部分,其实亦是至关重要的,艺术家思想的表达时常就隐性地藏匿在其中。

　　帕斯捷尔纳克先是以诗人的身份成名的,这也是他当时享誉苏联文坛的身份标签,可人们却忽略了,这位出身艺术世家的孩子,早年曾被家人当作未来的音乐家培养,童年及少年时代的他,也曾勤奋地学习过钢琴演奏,而且是跟着音乐大师学琴,只是后来他自认天生缺少音乐家必备的音高辨识能力而放弃。

　　大学时代,帕斯捷尔纳克读的乃是哲学,且距离他成为一名哲学家仅一步之遥,可他突然一个转身又以诗歌为终生志业。在他以后的艺术创作生涯中,音乐的韵律与哲学的思辨在其文字中依然清晰可见。

　　滥觞于西方世界十九世纪末二十世纪初的现代主义运动,一举改变了传统艺术形式与样态的一个突出特点,便是哲学理念的渗透与介入。仅举几例,比如我在二十世纪八十年代读到了两篇西方世界的短篇小说:一篇写一列高速火车突然失控,飞快地驶向深渊,也就是世界末日,而坐在火车上的乘客却毫无察觉,依然在欢声笑语;另一篇写一个男人出了地铁站,忽见一个风姿绰约的妙龄女郎出挑迷人,他不由自主地被吸引,一路跟随,却发现女郎去的是他家,再凝神一看,这个迷人的女郎竟是他太太。两篇小说均采用了象征手法,前者是"喻世明言",预言现代化的技术时代,将人类引向了他们所不自知的末日之灾;而后者,则是以极端荒诞的形式来表现人与人之间的隔膜与陌生,以致连夫妻之间都已然如是。

更别说卡夫卡笔下的 K 先生了,始终进不了他带着公务使命本当应该进入的城堡(《城堡》);或某一天,莫名其妙被拘捕,理由又始终不详(《审判》)。

象征、隐喻、影射、反讽和意在言外,乃是现代主义叙事的典型特征,人物在此,不过只是一个哲学理念所承载的意指符号。其实说起现代主义此一征象,在歌德的名作《浮士德》中便已初见端倪,只不过在二十世纪后,变得更加地蔚为壮观,一统天下。

哲学对艺术的浸润与介入,的确深化和改变了艺术的传统形象,纯粹意义上的讲故事(如好莱坞电影、中国传统的"三言二拍")便从此划给了饮食男女们之俗界。

现代主义又并非全然摒弃故事,卡夫卡的《城堡》与《审判》不也是故事吗? 它们只是换了一种讲述故事的方式或叙述角度,呈现出的,乃是一种别样的叙事形式,而且这些故事,通常亦可通往解答世事万象的哲学,区别也只是它们采用了感性的呈现方式而已。

帕氏的文学血脉中流淌着音乐与哲学。音乐,更多地体现在他诗性的叙述上,而哲学,则常常出现在《日瓦戈医生》(他唯一的一部长篇小说)中的人物沉思与独白,以及对苏维埃俄国草创阶段含蓄的评判上。毋庸置疑,帕斯捷尔纳克若无其在成长阶段接受的哲学训练,无论如何他也达不到《日瓦戈医生》这种足以与托尔斯泰、陀思妥耶夫斯基同侪的高度。

《日瓦戈医生》日瓦戈与他的恋人拉拉的久别重逢,其邂逅重逢仅存一番简短的应与答,却竟然让我五味杂陈。

为什么呢？仅是因为我以前读过《日瓦戈医生》,在记忆中犹存他们的情感脉络和随后的苦难人生？或者,这一切,我多少是有点儿了然的,也因此,我就一并知晓了他们彼此命运的不测与令人唏嘘？

也许！

井台边的重逢,拉拉的矜持与淡然,以及话语中所透出的哀怨,竟让人有了一丝酸楚和心痛。

这是一部多么奇异的小说啊！日瓦格与拉拉的爱情,居然在小说进行到一半后才真正开始,但仅一个貌似简单的彼此别离之后的再度重逢,已令人感受到那永恒之爱了。

我们都知道,小说中拉拉的原型,乃是帕斯捷尔纳克现实中的知己与情人。为了这份爱,她付出的代价,亦如小说中的拉拉,足以令天地为之动容！

《日瓦戈医生》:从小说到话剧

帕斯捷尔纳克的小说《日瓦戈医生》,可以说,是我们这一代人心中不可撼动的经典。《日瓦戈医生》所反映的人生内容,让有岁月感同身受的人在读过小说后有一种刻骨铭心的切肤之痛。

《日瓦戈医生》不仅具备经典小说的所有特征,同时其之内容亦深刻、高远且激动人心,令读者过目难忘。更何况,小说作者帕斯捷尔纳克,在他置身的那个年代所亲历的铁幕岁月,以及他因《日瓦戈医生》而荣膺诺贝尔文学奖后遭遇的不幸、批判和羞辱,这一切的一切,更使得这部小说具有了让人黯然神伤的传奇色彩。

《日瓦戈医生》是一部堪称伟大的小说,无论是其叙述形式,还是作者本人通过自身的经历和观察对他所亲在的时代和社会所做的深刻剖析,以及小说中所描述的那段悲剧性的感人至深的爱情,皆令人在掩卷后唏嘘不已且回味无穷。

所以当俄罗斯剧团要来北京天桥艺术中心上演话剧《日瓦戈医生》时,很自然地让热爱小说原著的我翘首以待。

于我,事先更为好奇的是:小说《日瓦戈医生》将会以一种怎样的表现形式转换为舞台艺术呢?以我之经验,这部结构貌似松散、头绪繁多,且以日瓦戈医生个人心理活动为叙事主体所构成的小说,一旦要改成话剧,恐绝非易事。

结果整部剧看下来,我认为基本上没太辜负原著读者的期望,看着还是令人激动的。毕竟从小说到话剧《日瓦戈医生》所呈现的内容乃至主题,与我们这代人的命运几乎休戚相关,故而也就特别能让我们这一代人感同身受。一如我之所料,在剧院演出现场遇见了许多熟人,过去我在剧院看戏时还从没遇见过这么多的熟脸,这是一种无须多言,又彼此心领神会的默契。大家都是冲着原著小说而来的,因为我们都爱《日瓦戈医生》。

就舞台呈现形式而言,话剧《日瓦戈医生》几乎是原著小说的戏剧朗诵版,原著故事从头至尾几乎由演员以不同的形式"演说"了一遍;小说中的次要人物,好像只剔除了日瓦格同父异母的胞兄,其余人物都相继登场。

为了有效压缩次要情节及简化次要人物,有个别演员在舞台上甚至一人承担起了多重角色,由此亦不难看出,这是一台颇具现代主义风格的戏剧。很难想象,以传统话剧经典形式将如何演绎原著小说的风貌?所以唯有如此了。否则,仅在一个狭窄封闭的戏剧舞台时空中,是不可能展现出慷慨悲歌的大时代的。但这台大戏,则为我们展现出了原著小说中大江大河般的辽阔与悠远,这让我感到亲切。更何况舞台上出现的一个个人物,皆是我在读小说时曾认识和熟悉的人物。过去的小说中的人物,我仅存想象,而现在则让我从舞台上看到了富有质感的具体的人物形象。

我如此热爱《日瓦戈医生》,我甚至认为它融入了我的人生。而这出舞台剧,单就感受层面而言,它的确满足了我心中对原著小说所保留的情感体验,基本没走样儿。从这个意义上说,话剧《日瓦戈医生》对原著小说的忠诚度达到了相当的高度,况且,俄罗斯演员的表演也令人赞叹——唯一的遗憾,乃是他们表演时皆佩戴了耳麦,这就足以影响与观众间的默契了。因为就技术层面来说,话剧演员一旦戴上耳麦登场,其表演是要大打折扣的。戴与不戴耳麦这种区别,就像钢琴与电子钢琴的区别,经由电声传达出的声音感染力,注定会有相当的损失,因为其失去了真实的声音质感。

除此之外，话剧《日瓦戈医生》也为前来观看的观众设置了一个苛刻的前提条件，即你必须事先读过原著小说（我相信，改编者在写这出戏时，亦已然先行预设了未来的观众是读过原著的），而且还需记住剧情和头绪繁多的人物关系的来龙去脉，否则，台上演员大段大段交代剧情的台词，非把观者砸蒙了不可。更何况，那么多错综复杂的边缘人物以及密集的情节信息，会让没读过原著小说的观众彻底被淹没，一时之间完全无法反应过来。

关于此剧，我还有一番苛刻的言说。我认为，对于一个富有经验且成熟的剧作家，一旦接受改编原著为戏剧，就须知道舞台呈现形式是有其自身属性、特质的，而此一属性与特质是与小说的叙事逻辑迥异的，这也就意味着，改编者需要小心地择取原著小说最具价值的情节与人物元素，然后按照戏剧舞台表现规律而进行必要的重构与再造，也就是结构性重组与建构。但遗憾的是，这出源自小说的改编舞台剧，剧作者采用了最偷懒也是最易于操作的方式，仅仅是简单地"复制"了一遍原著小说。如此一来，于我这类热爱原著小说的人而言，借此重温原著小说，当然会有油然而生的满足感，可大多数来看戏的观众，未必属于我的这一路数，于是这批人在看戏的过程中，我几乎可以断定，其必然始终心在戏外，一"呆"到底了。

但无论如何，就我个人而言，我在看戏的整个过程中始终心驻戏中，并跟随着日瓦格和拉拉的命运心潮起伏，曾经阅读原著的记忆被再度唤醒，在此之中，还包含着我们这一代人曾亲历过的历史风云。往事如烟,此时又历历在目了。

巴别尔的《骑兵军》

坐在奔往石家庄的列车上,耳机里响彻着柴可夫斯基第五交响曲,而我在列车上阅读的则是伊萨克·巴别尔的《骑兵军》。

写到此,我突然想道:怎么这么巧? 巴别尔与柴可夫斯基都是俄罗斯帝都之民啊(只不过巴别尔属于乌克兰犹太人),真乃视与听的一次不谋而合!

对《骑兵军》的阅读于我是一次奇异的感受之旅,巴别尔小说中的文字与情节竟是那么的粗野、坚硬和冰冷,且不乏残忍和血腥——而这股浓郁的、渗透在他粗犷文字中的血腥味儿,你甚至能从书中的一行行文字中隐约嗅到,并迅疾弥散在你奔腾的血液中。它如此真实,真实到你如临现场,正在亲历巴别尔笔下的那一个个场景, 亲见那一个个人物——他们鲜活而生动,褪去了以往苏联文学笼罩在他们身上虚假的、粉饰的、浪漫的光环,还原为赤裸裸的人性的本真。就是这份难得一见的真实、真切,深深地刺痛了我,让我一次次仰天长叹。

这位犹太人、别具一格的苏联作家——巴别尔,以他对文学的绝对信仰与忠诚,决不屈从野蛮、无耻、肮脏的政治的矫饰与虚伪,用他几乎全部的生命,写下了这本薄薄的系列短篇小说《骑兵军》——它已然足以震撼世界。

但巴别尔最终死于极权者的枪下。作为一个文学天才,他显然生不逢时,过早地一命归天,好在他留下了文字,且以不朽之名,无限地延伸着他卓越的生命——我向你致敬,巴别尔!

二、欧美文学:丰富与浩大

雨果的启示:美学思考的原点

二十世纪七十年代末,陆续出版的世界名著中,好像雨果的书是出得最全面的,有《悲惨世界》《巴黎圣母院》《九三年》与《笑面人》等。

我就在那时第一次接触了雨果的著作,先读了《悲惨世界》《巴黎圣母院》,可并没有出现阅读的快感,相反,还有些艰涩,有些腾云驾雾之感。雨果更像是一位擅于演讲的演说家,他的激扬文字,更多的不是在塑造人物,而是用来阐述他政治与人道的理想。

直到有一天,拿起了《九三年》,我震撼了。

在《九三年》中,雨果依然以一以贯之的诗人般的激情,将目光投射到了血与火的时代。显然,他想写出在他心中的共和理想,他想写出他心目中的法国大革命年代的民族英雄。

郭文,这显然是雨果选中的人物,也是那个年代的选择。因为革命者郭文,反映了一个正在崛起的新型阶层,这个阶层正在以革命的名义,宣告旧世界的死亡和新时代的狂飙突进——那是一个腥风血雨的历史时刻,亦是法兰西民族对自己国家的命运进行生死抉择的时刻。

　　阅读《九三年》，就像穿行在雷电交加的雨夜，空气中弥漫着浓烈的血腥味儿和火药味儿，到处是燃烧的烈火和横七竖八的死尸——他们未曾瞑目，目光中依然可以看到仇恨。一场贵族阶层的复辟运动，就像一场突如其来的风暴，席卷了法国旺代地区，残余的封建势力企图重新夺回他们失去的家园，重建大革命中已然坍塌的传统的社会秩序。

　　毋庸置疑，雨果必定是一名革命者，他在《悲惨世界》和《巴黎圣母院》中，鲜明地表达了自己的立场：他要为人民立言，抨击和揭露所有的反动势力。他博大的胸怀和善良在其作品中随处可见，《九三年》亦然。我们从雨果的《九三年》中看到了贵族势力代表人物朗特纳克的残暴和血腥，也看到了郭文对革命理想的浪漫与坚贞，他们是雨果想要在作品中着力塑造的一对人物。

　　有趣的是，在雨果的《九三年》中，郭文乃是朗特纳克的侄子，不仅如此，朗特纳克甚至是郭文恩重如山的养父及人生启蒙的教父。可是在小说中，由于他们分别隶属于两个截然不同的阶级阵营，竟也成了不共戴天的仇敌。郭文无疑是他曾经所属的贵族阶层的"叛逆者"，亦由是，现在他的使命便是率领着新生共和国的军队，强力镇压以朗特纳克为首的反动势力，阻止他们卷土重来。此时，旺代的天空上布满了浓重的阴霾和呛人的硝烟，令人窒息。

　　《九三年》是雨果将激情讲演和冷静的刻画结合得最为完

美的一部伟大作品,气势磅礴且一气呵成。它是那么的惊心动魄而又荡气回肠,以至直至今日,每当我再度回想起《九三年》,仍浑身热血沸腾。这就是文学的力量,它在无形中塑造了我的人生,以及我的意志和血性。

在我看来,《九三年》甚至可以被看作是文学启蒙读物,因为文学的审美标准不是基于你所持的政治立场和情感态度,而是你对自己人性的把握和选择:一句话,你体内所具有的人道主义情怀。

众所周知,雨果所持的乃是革命者的共和立场,就此而言,他当然会坚定地站在郭文一边。在《九三年》中,雨果确实也对郭文这个人物情有独钟,显示了他的偏爱与敬意,在小说的字里行间溢于言表。郭文几乎可以被看成是雨果本人的化身。而雨果对郭文的热爱,几近燃烧的程度。

可是,在此我必须强调的是,作为一名痴迷《九三年》的阅读者,我在事关人性的选择上却开始变得游移不定,因为在人物塑造以及所反映出的人性道义上,郭文的叔叔兼死敌朗特纳克,似乎更胜郭文一筹。朗特纳克身上充满了更加狂热的与生命本体更为接近的性格,他那对于复辟旧式制度的信念以及献身精神,居然时时在感动着我;而且从审美意义上说,他比郭文似乎显得更加真实可信。因为郭文的理想目标是高远的、宏大的,因此也是虚飘的;而朗特纳克的信念是坚实的,因而也是明确的。

任何一个纯粹的文学写作者都知道,在小说创作过程中常常会不自觉地背离原始的写作初衷,而走上一条不受创作者控制和驾驭的"歧路"。这或许亦是一种"被迫"的选择，因为不由自主，是潜意识在左右着写作轨迹，以致作者欲罢不能。唯在此时，虽然理智也会悄然地告诫作者，这是突兀的、违背初衷的偏离，但潜意识却仍在固执地引领着作者继续大踏步地前行，这才是作者内心最真实的感知。而在过往，它一直巧妙地瞒过了作者的理智之壁，无声地蛰伏在了无意识深处；只有写作，才会将它唤醒，而且是下意识地唤醒。

雨果是否也是如此呢？

过了许多年之后，我一直在想这个问题，而且在不断地追问。

前段时间，我又开始重读经典，《九三年》成了我的首选。读后，依然陷入茫然。我发现，事隔多年之后，打动我的，依然不是郭文，而是他的叔叔——"反动派"朗特纳克。

朗特纳克虽败犹荣，他用舍生取义的"壮举"，为自己创造了生命的灿烂；最后，在那个关键时刻，朗特纳克已然无路可逃而束手就擒，但郭文却被叔叔感天动地救了一对母女的行为所震撼和感动。在信念和道义面前，郭文最终选择了道义，从而亲手放走了他追杀了多年的不共戴天的仇敌，此人正是他的养父、叔叔朗特纳克，从而把自己也送上了革命的法庭。

这个奇峰突起的出乎意料的结局，雨果究竟想告诉我们什么呢？难道他想说他最认同的英雄郭文，竟是一位革命的"叛徒"？还是想说，深植在我们人心深处的人性，让他摒弃了狭隘激进的政治倾向，而服从了审美的抑或人道主义的选择？

或许，这也是为什么雨果的《九三年》乃是不朽杰作的原因——它超越了时代,超越了地域,超越了国家,超越了关于人性的阶级理论,甚至超越了雨果本人的思想。

三十多年前,我还因被朗特纳克的人格所征服,而暗自谴责自己为什么会同情"敌人",然而在今天,我却在思考:一个作家,当面对他所要描绘的对象时,纯粹的审美立场应当是怎样的? 什么才是艺术创作的真谛?

约瑟夫·康拉德:哲人之思

《康拉德小说选》是我在一九八五年入手的书,五十多万字的小说选才四元钱,今天回看实在太便宜了,可在当年,这可不算便宜,可想而知彼时的国人收入少得可怜。

约瑟夫·康拉德是一位奇才,二十岁时还不懂英文(他是波兰裔美国人),结果其一生却用英文写小说,而且在英文文学版图上留下了灿烂的一笔。他的文笔是诗性的,而且极棒。康拉德的另一传奇之处是他的一生大多数时候以大海为家,漂泊于海上,从一个普通船员一直做到船长,也因此,他的许多传世之作均是以辽阔的大海为故事背景,比如我准备看的《黑暗的心》——柯波拉的《现代启示录》便改编自这部小说(更准确地说,电影的创作理念来自这部小说)。文明与野蛮、海洋与陆地、人性的幽暗与莫测,乃是康拉德小说始终如一的哲学主题,所以他的小说皆具形而上学的高度。

是的,康拉德的小说还充满了神秘的象征意味,一如"水仙号"上的那个"黑家伙"——一个具备经典意涵的象征体。

真奇怪,二十世纪八十年代乃是硬着头皮往下读的,犹觉艰涩枯燥,今日重读,感觉却特别的好,甚至有一种迷人的诗意。他的小说中所散发出的那种独有的神秘感全都浮现了出来,而且,支撑他伟大小说的知识体系也时隐时现——不用说那是潜在的康拉德式的哲学体系。当年读得不爽,乃是因为我当时的知识储备几近于无,而能读懂康拉德小说的人,无疑需要具备足够的知识背景,这其中包括了全球史。

过去读康拉德的作品仅仅是将其当小说读,于是只关心情节、人物,但这一切又并非康拉康的优势(与通俗小说相比较),所以也就没读出多少好来。印象深刻的,仅是他那极为漂亮的散文化的诗性叙事。

今日重读他的《黑暗的心》,几段下来就觉知了康拉德的伟大,他不仅是一名无可争议的叙述大师,更为醒目的,是流淌在他血脉里的伟大思想。

以今天的眼光看,康拉德属于地地道道纯正的"白左",也是右派们要去诅咒的"圣女婊"一员。他的国际主义立场与多元文化、种族平等的价值取向于今尤显弥足珍贵。在这方面,康拉德以他作家的敏锐与深邃走在了人类思想的前沿,予今人以发人深省的启示。

读《黑暗的心》

难以想象,这是一位距今已一百年的小说家写的小说。康拉德,他笔下的人和物竟与当代读者仍存一种现场性的切近感,虽然我们并无他那般奇特的人生经历,也并没有去过他向我们所展现的那片原始蛮荒的地域——非洲原始森林。

《黑暗的心》为我展开了一幅宏大的画卷。我好像在亲历着他所描述的一切:黑人赤裸着上身在烈日下像虫子一般蠕动着,忍受着白人种族主义者的欺凌,甚至被一枪毙命。他们几近命如草芥,死亡似乎就蜷缩在他们身畔。他们是人吗?是,又不是,徒具人形而已——那是殖民时代的撒哈拉沙漠以南的非洲。

我仿佛还嗅到了腐土与腐叶糜烂的味道,还看见在混浊、沉闷的夜空中闪烁着骇人的点点磷火。

沉重、压抑,甚至令人仿佛喘不过气来的窒息的感觉,透过康拉德的文字在我周边无声地弥漫开来。可我为什么竟不知闪避或逃离,却要跟着小说中那位白人叙事者马洛,一步步地走进非洲原始森林阴森森的恐怖深处呢?

《黑暗的心》根本不像是由一百年前的作家所叙述的,它的真实、它的让人感同身受,皆以一种摄人心魄的力量磁石般吸引着我。我忽然觉得,这是一个远被我们忽视的伟大作家,他那惊人的文学才华令人叹为观止(怎么可能?他三十岁时还不会英语,而后来,他又是用不可思议的美妙英文写下了他那一系列足以传世的伟大小说)。

康拉德的小说时时透出哲人般的人生喟叹与感悟，那就是哲学之思了，但又远非一如陀思妥耶夫斯基，直接采用哲学性的直白话语——这其实乃是文学之大忌。康拉德的叙述，从未偏离文学的叙事，从未远离他极为敏锐的感性描述，那么沉稳而矜持，娓娓道来，以人物马洛之口，把我带入了那片也许是我们人类始祖的古猿人从那里出发而走出过的原始森林，带入了通过马洛的讲述而要去追寻的那个神秘消失在荒野中的库尔兹先生。

　　二十世纪末之后，这位一百年前的，在《黑暗的心》中名唤"库尔兹"的神秘人物，经由美国大导演柯波拉的"考证"，成了由马龙·白兰度在《现代人启示录》中饰演的那个战功卓著的美国上校。

　　"太可怕了！"

　　无论是康拉德笔下的船长马洛，还是柯波拉镜头中的那位年轻美军军官，当他们终于找到了"迷失"在原始森林中的"野蛮人"库尔兹时，都在临死前发出了惊恐万状的号叫。

　　无人知道库尔兹先生失踪后都经历了什么，也无人知晓这个本来前程远大的人为什么要让自己神秘消失，从而变成了一个森林深处的野蛮人（似乎在土人中间还是一位首领）。他究竟为了什么？那声"太可怕了"意指究竟又是什么？是指原始的生存状态让人感到可怕，还是说他所执意要逃避的那个所谓的"文明世界"令人生畏？

　　这是康拉德通过《黑暗的心》率先向文明世界发出的质疑

和拷问,并将它作为一个巨大的谜案,留给了今天的我们。

问题是,又整整过去了一百多年,今天的我们找到谜底了吗?美国导演柯波拉其实是没有找到的,所以他依然沿用了康拉德抛出的那个回答("太可怕了")。当"文明"又进入了一个新的世纪后,我们找到答案了吗?

康拉德的小说有着惊人的深刻,且入木三分。在十九世纪欧洲殖民时代,一个波兰裔、说法语却用英文写作的伟大作家,其作品虽具文学史上的一流水准,但相较于十九世纪的其他一线作家,我们显然对他的了解和关注是远远不够的。我读他的小说,时常会被他惊人的深刻所折服,在那个疯狂掠夺非洲自然资源的年代,他就能超前地开始反思且痛击殖民文化的罪恶,批判白种人的无耻与贪婪,这真的让人难以想象。他的作品体现了人类崇高的人道主义关怀与良知。

我一步步追随着船长马洛,在苍莽的原始森林的河道中徐徐而行,行程危险而莫测,尽管目标是明确的:寻找英国白人殖民者位于非洲荒野的贸易站的站长库尔兹先生。

在这里,我所说的"一路追随",其实具体指向的,乃是伟大的、先知般的作家康拉德的小说《黑暗的心》。

确实遭遇到了风险。在人迹罕至的茂密森林中的航道上,马洛和同伴们受到了当地土人的袭击,射向他们的,是密集的、也是最为原始的、粗糙的且削尖了的木箭头。

马洛身边的黑人舵手,骤然死于蜂拥而至的箭下,倒下时,在马洛的记忆中留下了挥之不去的一张惊惧而又不解的眼神。

马洛知道,隐藏在丛林深处的土人们之所以向他们发起突然袭击,并非是出于刻骨的仇恨,而是出自紧张与惊恐,他们此时只有一个想法:

这是我们生存的家园,请尽快离开,你们的到来让我们感到了害怕。

文明(在此,以马洛们的白人身份与蒸汽船为代表)与野蛮(撒哈拉沙漠以南的非洲未开发的原始状态与当地土人)之分别,在这里,在这样一种特殊的情境之下,被定义了。

来自西方文明世界的库尔兹和马洛一行人是这块土地贪婪的掠夺者,而非洲土人,不过只是为了守护和捍卫他们的神圣家园。

这部小说是由马洛来诉说的,他几乎成了小说中唯一的叙事者——是由那个巧妙隐藏着的旁观者与倾听者康拉德,以"我"之身份予以引出的叙事者马洛。

马洛的内心独白充斥着布满小说页面的文字,阴森而诡异,且隐含着一份莫测的神秘。这神秘,又像在提前预告着一个可怕的故事——它在黑暗深处,隐秘地窥伺着我们这些贸然的闯入者。唯有此时,闯入与阅读,在这个虚拟的时空中形成同构对应。

那又会是什么呢,那个引而不发的故事?悬疑也就由此而生了。我读了很久,神秘人物库尔兹的名字早已如雷贯耳,但他此时并不在场;也就是说,他就像荒野中一个模糊的影子,一个潜伏在黑暗之中的幽灵。

他究竟是个什么样的人？马洛在内心追问着,同时驾船追寻着他那消失在森林深处的足迹。也唯有这时,在马洛喋喋不休的独语中,我突然醒悟:原来康拉德是将马洛设定为象征性的所谓"文明人"的集体原型,他授命与意欲追寻的那位库尔兹先生,并非别人,正是我们每一个"文明人"必然携带着的,潜伏在我们黑暗心灵深处的潜在意识。

库尔兹还是没有出现,因为《黑暗的心》我还尚未读完,但我快要见到他了,虽然他已先声夺人地站在了我眼前。

我还得跟随着马洛继续寻找库尔兹。是的,那也是在寻找和发现我们自己——我们心灵中的那个寻常看不见的可怕的魔鬼!

小说进入最后的尾声了,那个千呼万唤的库尔兹先生终于露出了真容:一个病入膏肓、奄奄一息的人,一个挣扎着仍想逃离"文明人"再度汇入野蛮人行列的不可思议的人。究竟是什么让他刻意要改变自己的身份与立场,执意地去追寻一种虚无缥缈的人生?那里究竟又隐藏了什么样的人生密码,让他持之以恒地欲以生命为代价去找寻?小说并没有告诉我们答案,而只是留下了这个犹如苍天般的永恒而沉默的疑问。

这个疑问,或许人类永远无法解镇,从我们的先祖走出原始森林那一刻起,它就一直徘徊在我们的身边,但对它进行思考与探寻,又是我们这些号称进化为"文明人"的人类所无法回避的——它一直都在,像个谜,一如那个我们还无法真正了解的库尔兹先生的选择。

康拉德的伟大就在于此——他抛出一个命题，这个命题穿越历史时空，抵达了我们正在亲历的时代，但我们今天依然无法回答此一命题。

是的，它是一个永恒的不解之谜！

《牛虻》：我们那个年代的爱情经典

"不管我是活着，还是死了，我都是一只快乐的大苍蝇。"

时隔几十年之后，我依然还能记起在艾捷尔·莉莲·伏尼契的小说《牛虻》中亚瑟说过的这句话。在我的记忆中，这是亚瑟身在狱中写给琼玛的绝笔信中的一句——是绝笔信吗？我忘了，真的记不得了，我只是记得，当我在小说中读到这句话时，竟被它深深地触动了，并流下了感动的热泪。

我们这代人——凡爱读书的人，皆以读书为荣、为乐，一个人，若饱读诗书（这个诗书并不指向中国古代经典，而说的是翻译过来的外国小说），是会受到周围人的尊敬与景仰的。在当时，有几本小说是脍炙人口的——《静静的顿河》《卓娅与舒拉》《九三年》和《牛虻》，我想，但凡那一代知识青年，你只要问他读过这四本小说吗，他们可能会自豪地回答："哦，我读过。"

我读这些书时，还是一名共和国军人，记得在当时，我因所在部队里一次人际关系上的"受挫"而备感失望，主动要求从机关下放到了狂风呼号的一座孤岛——小帽山上，那里驻扎着我们一支小分队,统共才十八个人。我们戏称自己为"十八棵土人参"——以此对应京剧样板戏《沙家浜》里的"十八棵青松"。

入驻小帽山半年后,我的脚趾没缘由地发生了溃烂,举步维艰,上级领导闻讯后立即要求小分队领导安排我下山住院,于是我住进了一家野战医院。在那家医院里,我认识了一拨在海军服役的干部子弟。

我至今还记得我结识他们中的第一个人的情景。那天,我一个人孤单地坐在医院的院子里晒太阳,百无聊赖,这时有个人走了过来,他也穿着一身病号服,外面还套了一件天蓝色的海军士兵的军服。他在我周围转了好几圈儿,用眼神乜斜着我,似在犹豫,终于,他向我走了过来。

"你是子弟?"他问。

我一怔,没反应过来,因为"子弟"这一称谓于我是陌生的,我还不知此一指称能够说明了什么。他看我一时愣在那儿了,笑了笑,嘴唇上的一绺小胡须调皮地跳动了几下。我心想,这人挺好玩儿的,心里便有点儿乐呵。

"干部子弟?"他又问。

这下我明白了,我点了点头。这时我才注意到,他操着一口标准好听的普通话,而且有些卷舌音。我心下明白了,他一准儿是个北京兵。

我们聊了起来,他告诉我,这家医院还住着几个北京的干部子弟,可以带我认识一下。"我们子弟会有共同语言的。"他笑着说。

"你是怎么看出我是子弟的呢？"我好奇地问。

他转过脸，认真地看了我一眼，一脸严肃地说："一看就知道，干部子弟有副与众不同的样子。"他说。

后来我们聊起了当兵的感受，还有对当时时局的看法。他忽然仰起了脸，面朝明媚的蓝天，嘴里喃喃自语："不管我活着还是死了，我都是一只快乐的大苍蝇。"

也就是在那时，他告诉我，这是一本名叫《牛虻》的小说中的一句名言。

"你没看过这本书吗？"他嘲笑般地问。

我摇了摇头，心里掠过一丝惭愧，还有些脸红，因为我看出他对我的失望。

"一般子弟都会看过这本书的。"他自豪地说。

他叫张平。

后来彼此聊深了，我才知晓，他居然在大帽山服役，与我所在的小帽山遥遥相望，中间仅是隔了一道深山峡谷。他是一名雷达兵，而我呢，是小帽山的侦听员，我们都属于技术侦察性质。于是我们聊得更欢了，有点儿相见恨晚的意思。

再后来，他又介绍了一位子弟与我认识。那人五短身材，身上的衣服永远是脏兮兮皱巴巴的，还长了一副流氓相，一见了女兵，眼睛就放光。他也是来自北京的子弟。他的手肘被一条宽宽的绷带包扎着，且弯曲着吊在胸前。熟了之后，我才知道，此兄入院是因为有一天晚上轮班站夜岗，站了一会儿，困了，想趁着四下没人，蒙上一觉，于是就近找了一块大岩石躲后面，眯瞪着睡着了,一只手下意识地蒙在了枪口上,另一只手却不知不觉地滑向了扳机。睡得鼾声大作后,他一不留神,让搭在扳机边上的手指出溜到了扳机上⋯⋯

一声枪响,把他自个儿给惊醒了,还以为有了敌情,吓得直哆嗦,抄起枪,扯开嗓子龇牙咧嘴一通嘶喊。战友们被吵醒了,还以为大事不好,急匆匆地从军营冲了出来,衣服都没穿利索,一个个手里还没忘抄起枪,都以为敌军来偷袭了呢。

结果呢,除了黑灯瞎火,啥也没见着。就在这时,人群中有人仍在那儿跳着脚狂呼乱叫。这又把大家吓了一跳,紧急卧倒,持枪向外。可半天也没见动静,只有狂呼乱叫的那个人依然挺身站着,还跳着脚,哎哟哎哟地嚷嚷。直到这时,战友们才在月光朗照下看见此兄的一只手鲜血淋漓,血还在滴滴答答地往下淌。大家心里又开始犯了迷惑:是不是还是出状况了?否则这人怎么可能流血呢?

一直到最后,大家才终于搞清楚了。原来是虚惊一场,这哥们儿睡迷糊了,一不留神把自个儿的掌心给一枪击穿了。

一聊起此事,张平总是嬉皮笑脸地嘲弄这个人,此兄则大嘴一咧,极为不屑地对我们说:"那只是一传说,告诉你们实话吧,老子其实就是当兵当腻了,想跑医院一趟,然后打道回府,哥们儿我不想再当兵了,所以有意给自己制造了一起事故。"他说得信誓旦旦,但我们谁都不信,知道他在吹牛皮。

后来张平说:"你把自己藏的那本《牛虻》给咱这哥们儿瞧瞧,别弄得像一宝贝儿似的不让人看。"

就这样,我终于看到了那本著名小说《牛虻》。

我看得如饥似渴,有几次甚至连饭都忘了打。快读到尾声时,有一天傍晚,张平与那一位(真名叫郑志国)来找我,让我和他们一块儿出去玩儿。我摆了摆手说:"各位,都快到吃饭的点了,还出去干吗?"张平诡异地笑笑,瞅了郑志国一眼。郑志国用他的那只好胳膊,将我一把拽下床来,大声说:"你丫的就是一傻子,跟我们走,还能没你的饭吃?医院那点儿猪食是人吃的吗?走!"

结果,我们跑到了一个丛林密布的小山丘上,张平从军裤里掏出了两瓶玫瑰色的酒(我还记得酒瓶上标注的度数为60度),郑志国则从他的口袋里摸出了两个铁皮罐头——一个是那个年代最牛的凤尾鱼罐头,一个是香喷喷的牛肉罐头(奇怪,我这个一向味蕾欠奉之人,一想起那两个罐头的味道,竟然又感觉嘴馋了)。我大喜过望,肠胃立马开始辘辘蠕动,亦有了强烈的饥饿感。

那个夜晚我喝醉了,酒后头疼欲裂,奇怪的是,醉意是在半夜开始发作的,难受得我都不想活了。也是从那以后,我发誓再不贪酒。这一诺言,我终于在我以后的人生中兑现了。此为后话,暂且按下不表。

我们一边喝酒,一边聊着《牛虻》。张平说,他就想当牛虻那样的男人,隐忍而坚强;郑志国则不以为然。他说:"牛虻就是一大傻×,你不爱着琼玛吗?把她办了不就齐了,干吗非弄得那么拧巴?真没意思,装蒜呢!"

而我则有另外一种看法。在那时,别看我平时装出一副凡事都满不在乎的样子,但骨子里,却隐藏着一股别人难以察觉的羞涩,尤其当大家谈起女人和爱情时。他们这么肆无忌惮地聊着,我听着挺不好意思的,脸上发着烧,但好在有烈酒掩护了我:我这人沾点儿酒就脸红。

　　但微醺的他们,仍在催促我说说读后感。我略微思索了一下,问了他们一个问题。我说:"我没太懂亚瑟(即牛虻的真名)的那所谓的爱情,你们说,他真爱琼玛吗?"

　　"废话!"他们两个人异口同声地回答,然后纳闷儿地看向我。

　　"那我就不懂啦,"我说:"既然他那么爱琼玛,而且坚定不移,为什么身边还睡着一个妓女呢?真正的爱情能允许这种行为存在吗?"

　　哦?他们两个人有些茫然了,一时答不上来,只是互相看着。

　　我又说:"这个问题始终让我困惑不解,所以我读着读着,会停下来想一想这个问题,但还是没有答案。"

　　"有什么好想的,他就是一傻×,把琼玛睡了不就得了!还瞎他妈睡一个他不爱的女人,还是一妓女。"郑志国醉醺醺地说。

　　但张平沉默了,显然,他也在思索我提出的这个问题。

　　"而且,"我说:"牛虻每次见了琼玛都不告诉她他是谁,其实牛虻就是亚瑟,他明明知道琼玛是那么地爱他,从没有过一刻的忘怀,十几年来都在痴情地等待着他的归来,虽然她也曾以为他死了;可是他呢?反而对琼玛表现得极端冷酷,这个我也不明白。"

"这就是一个革命者的意志,爱情在革命者面前算什么!"张平激动地说。说出这句话时,他赤红的脸膛上亦有了一副坚毅的表情。

我很想告诉他,在我看来,牛虻做得太过分了,不近人情。他其实深爱琼玛,爱得那么痛苦,甚至几次欲言又止。他就这么折磨着自己,也折磨着坚贞不渝爱着他的琼玛。我真是不懂!但我没敢说出来,我怕他们会数落我为小资产阶级思想。在那个年代,一旦被人说成有这种思想几近耻辱。

在我以后的人生中,我始终带着这个疑问行走在属于我的历史中,岁月在静默的无言中流逝着,而我,一直在心中存留着关于亚瑟与琼玛之间的那种特殊的爱情,这种爱情让我困惑,亦让我为之深深感动。与此同时,我还牢牢记住了亚瑟(牛虻)在走向绞刑架前写给琼玛的那份绝命书:

不管我活着还是我死了,我都是一只快乐的大苍蝇。

托马斯·曼:捍卫文学的尊严

没想到《魔山》如此好看。

咦,我为什么要说好看呢?其实也才看了 15 页:表弟坐火车去了一地儿,探望他的表哥。表哥住在一座山上的疗养院里,从那里可以眺望冰川与雪山。而在此期间,就见这哥儿俩扯西皮了,无主题变奏——这就好看?

是的,眼下的情节是没啥情节的,但就是吸引了我——而且是每个字、每个被描述的情景。

也许,是译文太棒了?是的,译文是一流的,非常难得!

我很多年前就想读它了——《魔山》,许多历史及西方文学史方面的书或文章都会提及它。托马斯·曼是继歌德、席勒之后,德国最伟大的作家。二十世纪九十年代,我读过他的名作《威尼斯之死》,非常棒的一部中篇小说。

所以《魔山》,我始终惦记着要读,毕竟西方人评选史上最佳的十部小说,它必榜上有名,且排名靠前;而托马斯·曼在他26岁时写的,也是被诺贝尔文学奖予以点名加冕的《布登勃洛克一家》,反而时常榜上无名。托马斯·曼本人也认为诺贝尔文学奖该给他的《魔山》以荣耀,显然,他本人更偏爱《魔山》。

当年因为《魔山》太厚,又说的是疗养院的故事,我也就先搁置了。再说,整个二十世纪九十年代因为失去了良好的读书心态,又被电影弄得焦头烂额,就将这事给撂下了。二〇〇六年之后,离开了电影界,重新回归了文学写作,心态也就恢复了正常,心里首先想的是要多读点儿书,好好地补补课。后见一文说《魔山》是一部哲学小说,我不禁一激灵:我这个人是酷爱哲学阅读的。

是啊,德国文学一向有哲学的传统,歌德、席勒不就是哲人加文学家吗?所以我决定必须读《魔山》,不能再往下拖延了。

那一天,我上网搜了搜《魔山》的译本,结果显示有好几个不同版本,然后又一一试读,新星出版社的版本以绝对优势从中胜出,我二话不说当即拿下。这一版本我还真拿对了,翻译文笔果然大好。

在校改我关于读书的随笔时,我见到一篇过去写下的关于史学大家彼得·盖伊《现代主义》的读书笔记。

托马斯·曼在"二战"前便已然敏锐地嗅出了灾难将要降临他的祖国,取道奔向了美国。后来他都一直没有原谅德国之罪,再也没有踏上故土一步,最终客死他乡。

今天,当我又一次重温远在一九四五年由托马斯·曼所发出的怒吼,竟情不自禁百感交集。伟大的作家托马斯·曼,其一生忠诚于自己的良知与道义责任,没有让纳粹时代玷污了自己的作品,他以文学之名,最终捍卫了人之尊严,以及文学的尊严。他的那声响彻云霄的怒吼,穿越了阴沉的时空,至今依然回荡在我耳畔,震撼着我,让我于反思中意识到作为一名作家的崇高义务与责任。

卡夫卡的隐秘世界

卡夫卡有一双引人注目的眼睛。

我喜欢观察不同作家的肖像——照片或画像,尤其是他们那一双双眼睛。在众多作家中,唯有卡夫卡的目光予以我一种奇异的感觉:深邃、病态、敏感且高度神经质。他的神经末梢似乎始终是紧绷着的,像警犬一般高度警觉。

卡夫卡这种独特的目光也贯穿在他天才的小说中,无论是他的短篇,还是他的长篇——他的长篇全是未完成式的,就像他欲言又止的那种目光。他似乎一直在试图看透这个冰冷的世界,但又犹觉世间的冷漠与荒谬让他目光的切入频频受阻。此一受阻,又必然伴随着一种莫名袭来的恐惧,像梦魇一般缠绕着他。

　　他又无法脱逃了。更重要的,他根本不知该逃往何处。或许,正是卡夫卡的这份"不知",让他的三部长篇小说都终止在了一个余音未了的悲情之中。

　　读卡夫卡小说时,我们会有一种特别的显在体验——他本人巧妙地隐藏在了他的文字背后,不露一点儿身影。由此,你也看不见他的表情,一切都是疏离和冷漠的,甚至情感亦寡淡而倦怠,几近零度写作。也就是说,他个人的情感拒绝外露。如此一来,在卡夫卡文字中唯一显在的就是他笔下的那一个个人物了。无论是他短篇小说中变形的甲虫,抑或那位可怜的饥饿艺术家;又或者是他长篇小说中的土地测量员 K(《城堡》)以及《审判》中的银行高管约瑟夫·K(这个人的身份倒是比较贴近卡夫卡的职业),他们均以第三人称"他"的名义进入卡夫卡的小说世界,貌似成了一统天下的叙事者。

　　是的,我们只是在跟随着这一个个叙事者的目光与心理轨迹,去勘察和体味他所呈现出来的那个诡异的世界,我们几乎忘了这其实是卡夫卡的世界——这能怪谁呢?哪个让他把自己隐藏得那么深!此时,他就像是一缕空气般地飘浮在他虚构世界的上空。但读者若能悉心体察那个已然化作空气的卡夫卡，你还是能够依稀窥见他的——在他的叙述中偶尔出现的一丝冷幽默、不屑、嘲讽的表情，此刻，卡夫卡立时现了原形。

卡夫卡的小说为我们呈现了独一无二的寓言性。他的小说，一方面细节是即物的——现实中习见的或有可能发生的人与事；另一方面，这些逼真的细节一旦统合而成一种叙事结构，立刻就像插了翅膀似的获得了一种哲学性的形而上学寓意，从而，它竟然将人的生存境遇毫无保留地体现在他的小说中。

卡夫卡的小说中也会出现男女情事，但又明显地表露出他对此类事的淡漠和抽离，你甚至会怀疑他患有厌女症或属于性冷淡。于是乎，卡夫卡这个人变得更加地神秘了——因为读者无法从他的小说中捕捉到一丁点儿他日常生活中的真实模样。

《卡夫卡与少女们》的出现是让人惊喜的，因为它恰恰从一个我们对卡夫卡的身世感到疑惑和好奇的角度切入，一如这本书它的书名。只要是人，皆不能免俗，当读者对卡夫卡这个人有了足够的兴趣时，自然会对他的隐私充满好奇。更大的好奇，莫过于卡夫卡在其真实的人生中与和他有过交际的女人的关系了。

那么好吧，这本奇书——作者还是一位纯粹的作家，因此文笔与叙事堪称一流——将满足我们对于他的私密的好奇。这个看上去不近女色的卡夫卡，在他短暂的一生中居然有那么多的女人,而且他对待他的女人竟然也像他在小说中描写的一般奇特。

卡夫卡的《审判》

我在重读卡夫卡的小说《审判》。咦,怎么会有这么多长篇大论的人物对话?而且基本上都属于没话找话似的废话,没完没了——为什么我三十年前初读时没留下这个印象呢!

或许接下去的叙事对话会少些?

废话其实构成了一种无意义,也就是意义上的疏离,或者说,作者故意要让一种貌似无意义的言说从小说中醒目地凸显出来,从而让读者注意话痨式对话的絮叨、无趣、干涩和空洞。于是,一种无意义般的对话又因此产生了"意义":一种反意义的意义。

小说开篇的第一句叙述:

> 一定有人对约瑟夫·卡进行了诬陷,因为他没有做什么坏事,却在一天早晨被捕了。

这里所说的无意义,体现在上述句式结构中:K没做什么坏事,却在一天早晨被捕了。也就是说,被捕者是一个没做坏事(未触犯法律)的人。

如此一来，那个以执法名义实施的逮捕便在瞬息之间显现出一种骇人的荒谬，因为执法的名义，在此自我解消了它赖以存在的正当性，也即合法性，还有比这更荒诞的吗？

荒诞还在继续。宣布逮捕 K 的警察"监督"又宣称他并不知道 K 的罪名，不知他究竟犯了什么罪，他不过只是公事公办地在执行"上面"交代的指令，而他，又对"上面"的指令确信无疑——认定 K 是有罪的。

于是，抽象的"法之名"以及相对具象的"上面"与"监督"，突然间被一种看不见摸不着的东西"工具化"了——他们只是一台运转的机器，而机器背后的操控者，却是一种隐而不见的形而上学意义上的"在者"。

小说没读完，先留下点感想吧。

离开了美剧《摩登情爱》，进入了卡夫卡的世界——一个与摩登世界截然相反的世界。它们，一个是虚幻的迷梦，一个是寓言性的梦魇，都分别涉及了梦的概念，但其呈现出来的人生色彩迥然有异：一个是玫瑰色的，而另一个呢，则为黑色——黑色属于我们真实的世界，足以抵消虚假之梦对人的侵蚀与欺骗，就如同此时此刻的我，是卡夫卡让我从虚假的"摩登情爱"中返回真实之境。卡夫卡的世界不就是向我们呈现了这个漆黑无边的世界之真吗？

你当然可以拒绝，选择逃避，闭上眼睛继续做你的"摩登之梦"，体味所谓的岁月静好，但你能从残酷的现实生活世界中脱身逃离吗？

其实我们每个人都是卡夫卡笔下的那位可怜的 K 先生，笼罩在"莫须有"的悖谬中，一如网络上一语不慎就会被"莫须有"，而那个置你于"莫须有"境地者又像是一个无物之阵——你感觉到它的存在，却不知它究竟在哪里，也不知道它冷不丁会从你防不胜防的旯旮儿里突然跑出来，然后大声地宣告你有"罪"。

这就是卡夫卡世界中那位 K 先生的境遇，但这也是你和我的境遇。你可以忽略或忘记真实境遇的存在，陶然地享受你的岁月静好，但它却一直伴随你左右，且张着血盆大口，虎视眈眈。

卡夫卡的《审判》，竟然是由大量的、不厌其烦的台词构成它的叙事主体，过去读时竟没留意。若论叙事技巧，它多少显得有些笨拙，好在它本身追求的就是怪诞，而荒谬与叙事技巧之拙，便也就自然而然地被一种"怪戾"所遮掩了。它的伟大在于它的小说理念，也即它独一无二的寓言性。

卡夫卡《审判》中最有趣的，是它故事中的故事，专业名词曰"嵌套结构"，即在此一结构中所内植的一则"法的门前"。它一反卡夫卡在小说中一以贯之的话唠性，即和人物交流时没完没了的喋喋不休。一如我前边所言，卡夫卡在叙事技巧上是有严重缺陷的，有太多的名家，尤其是哲学家，他们确实也不懂小说写作技巧，对卡夫卡小说大加赞赏，推崇备至，以致没人再去关心小说文本写作的技巧性。可也正是基于卡夫卡叙事技巧的匮乏，卡夫卡小说的另一独特性被逼现了出来，亦即让人迷惑的梦魇感,近似弗洛伊德精神分析学中的噩梦。

也正因此,套中套的故事——"法的门前"的怪诞与荒谬,在卡夫卡式的叙述风格中反而获得了梦魇般的合理性,而且极为精彩。

首先它简洁明了,其次它的叙事逻辑至为清晰,人物关系亦简单到了只有两个人——一个是法的看门人,另一个是想进法之门的乡下人。而道具,除了那个法之门,就是看门人递给乡下人坐下等待的小矮凳了——可他这一等,就等了一辈子,直至死去。那个在看门人嘴里"有可能"进入的法之门虽然看上去始终敞开,却让乡下人终其一生都不得进入。

卡夫卡在此试图说明在极权制下(他所生活的那个摇摇欲坠的奥匈帝国),抽象的法(形而上)与具象的人(形而下)之间的"法理"关系——貌似此法之门为"人"而敞开,其实你是永远也进不去的。

而最具讽刺意味的是,这一则"法的门前"的俄罗斯套娃式的故事,在《审判》中,居然是出自一位为法院服务的神父之口。他还振振有词地宣称"法的门前"的叙述,是法律文书(相当于宪法之书)的序言,言下之意这是绝对真理。

卡夫卡式的幽默是晦涩而灰色的,同时也是尖刻而犀利的,剔除了世间的伪装与遮蔽,直指本质。这也是为什么它的小说也是哲学的,甚至超越了哲学。

卡夫卡的名作《审判》终于读完了,让我没想到的是,最后的尾声竟然如此精彩。这一切都发生在关于"法的门前"的故事开始之时,然后出其不意地迅速进入残忍的结局——K竟被以"莫须有"的罪名处死了!而且是有如一场颇像一出滑稽剧的暗杀:两个白胖子实施的绑架、夜晚、城市郊外、一片废墟中,"死得像条狗似的"——这是K的临终遗言。

问题是,这最后的一章"K之死",居然是卡夫卡在这部小说中写得最具华彩的一笔,文字也帅极了,抒情且富有诗意,还掺杂了点儿不无俏皮感的黑色幽默。

此前的卡夫卡几乎不见表情,那么的理性、冷静,至多流露出几分讥讽和嘲弄,接着又是滔滔不绝的絮叨,大段大段不厌其烦的人物对白,还有沉闷、枯燥和阴郁;唯有这个黑色调的杀人结局,卡夫卡似乎一扫脸上的阴沉、刻薄和冷漠,犹如微笑般把K像条狗似的就给"打发"了——打发给了恐怖的死神,而这个匪夷所思的寓言故事也就到此戛然而止。

略谈《尤利西斯》的节奏

临睡前读几页乔伊斯的《尤利西斯》,蛮舒服惬意的。首先是叙述语句让人舒服,有音乐般地韵律感,其次是它的意识流——你必须让自己的意识先舒展地流动起来,把物理时间击碎,转化为点状的心理时间。它是错乱和跳跃的,宛若绿草坪上的蚂蚱。你能事先知道被惊扰的蚂蚱腾空而起后飞向何处吗?

是的,你不知道。我们有时也不知道我们的意识在下一时刻会流向何方。

它时常是瞬间的,一个念头闪过,稍纵即逝,然后又恢复到了某个意识状态的"主旋律"上,但不排除我们会继续走神,让意识飞翔、翩然起舞。

这就是意识流。它就像不规则的山涧小溪,哗哗地流淌着,流到哪儿算哪儿。

《尤利西斯》就像一条涓涓流淌的小溪。别问它为什么流向多变,忽东忽西,行踪不定,别问,先把自己的意识也调整至无定向的涌流状态。如此,你就跟上了《尤利西斯》的步伐和节奏,然后乐在其中了。

尤金·奥尼尔:人生与面具

初读奥尼尔的话剧《大神布朗》是在一九八二年,它刊登在那个年代对于思想界极具启蒙意义的《外国文艺》上。那时,我还是一名工厂不起眼的小工人,一个对文学充满了梦想的青年。

如今,三十年匆匆而过,岁月在不知不觉间染白了我的双鬓。我在人生之路上磕磕绊绊地走到了今天,有些书,始终存留在我的脑海中不曾忘却,且隐隐地伴随着我的成长。《大神布朗》就是一部对我影响至深至重的书,我背负着它予以我的人生启示,步步走来,今日重读,让我感慨万千。

这是一部奇异的话剧，充满了惊世骇俗的思想和洞见，对人世与人性，亦有着太多的悲凉与愤懑。我还清晰地记得，当年在杂志上读到它时，竟觉浑身都在颤抖，周身流淌着彻骨冰凉的寒意。但我还是如饥似渴地一口气读完了它，随之发出一声喟然长叹。我掩卷思索，又似无所获。

那时我读过的书还太少，人生经历似还尚浅，还不能完全感悟《大神布朗》的思想内涵，只是隐约觉得它悄然推开了遮蔽我双眼的一扇窗。我好像看见了一个陌生和恐惧的世界，人性在其中扭曲挣扎，令人窒息。人与人之间竟是如此疏离和陌生，充满莫名的敌意，我那时还不知书中究竟是什么东西竟如同磁石般地吸引着我。

重读时我蓦然发现，我的眼角竟淌下了泪水，可那并不是感动的泪水。这部奇异的话剧不会令人感动，它只会引发读者灵魂的战栗。泪水，只是伴随着我联想到悲凉人生后发出一声悠长的叹息。

我的心在战栗中感到了疼痛，那是一种锥心的刺痛感，我隐约感到人生这部大书，经由它的揭示，显露出我一直在逃避的面相。对人生与世界还充满着浪漫想象与情怀的我，由此而产生的思想的颠覆与震荡，一时是难以用语言来表达的。我的灵魂仿佛在暗夜中哭泣——这就是我再读《大神布朗》后的真切感受。

在此剧本中，对我的心灵产生至深影响的人物，并非是剧中的那个"大神布朗"，尽管他属于剧中的一号人物；让我感兴趣的,是剧中的二号人物——戴恩·安东尼,那个必须时时用面具来掩饰自己内心的人。

戴恩与布朗从小一起长大,二人两小无猜。戴恩聪明伶俐,富有智慧;而布朗,在他面前则显得笨拙而邪恶——

有一天,戴恩痛苦地说,我四岁那会儿,在沙滩上画一幅那个小男人(指布朗)画不出的图画。他偷偷地走到我的背后,用木棍揍我的脑袋,踢掉我的画,我哇哇大哭了起来,他哈哈大笑。不是他的那个行为把我惹哭了,而是他!我一向爱他,信任他,而突然他身内那个善良的上帝被证明是不存在的,人的邪恶和非正义产生啦!从此他管我叫哭娃娃,所以我变得一辈子默不作声,设计了一个坏孩子潘的面具,戴着它生活和反抗另一个孩子的上帝,保护我自己免得遭受他狠心的对待。

这就是那个悲剧性人物戴恩的自述,他向我们道出了那个超现实的面具存在的理由。

在剧中,我们知道了当他们长大成人后,戴恩深受女孩儿玛格丽特的爱恋,而布朗,亦在一旁暗暗地爱着玛格丽特。但玛格丽特心无旁骛,痴情地爱着戴恩。可奇怪的是,她痴情的不是那个脆弱的多愁善感的真实的戴恩,而是那个冷嘲热讽、玩世不恭且戴着面具的戴恩——一个根本不属于他的“他”。一俟戴恩因不堪隐忍而摘下面具时,她便会发出一声歇斯底里的惊叫,戴恩只好慌忙地戴上自己的面具——她不认识她挚爱的那个戴恩了。

他们终于共结连理,拥有了三个可爱的儿子,但在痛苦中不能自拔的戴恩却陷入了无所事事的酗酒——成天精神恍惚而又迷乱,自甘堕落。终于有一天,他偶遇了一位在街头揽活儿的妓女西比尔,在西比尔母亲般的呵护下,戴恩无须再戴着他那个象征虚伪、无奈、沮丧且又令他感到窒息的面具了,因为唯有西比尔能看到并接受真实面目的戴恩,他也就无须再在面具后面隐藏起真实的自我了。奥尔尼将这位具有博大情感的妓女西比乐当作"大地母亲"来塑造,而被冷酷无情的生活折磨得疲惫不堪的戴恩,唯在她的面前才能找回真实的"我",他情不自禁地叫她"母亲"。

这段描述令我感动。我当年困惑于奥尼尔为什么要将一个身份低贱的妓女设置成戴恩的精神拯救者和知音,她和"大地母亲"这一崇高的称谓如何匹配且由此产生精神上的联结呢?我甚至带着这一巨大的疑惑走向了我的人生。"大地母亲"的形象盘桓在我的脑海中,始终未曾离去,并会在某一时刻蓦然涌现,让我不由自主地在心中追问一句:为什么是她,是这个人,这个身为妓女的人,成为奥尼尔笔下的大地母亲,一个精神拯救者,而不是把大地母亲设置成一个身份高贵的人?

但我又知道我自己。我知道我在我的人生中,也不得不为自己铸造一副面具,一个为了适应社会生活和周旋于社会人际关系的人格面具,而那个最真实的"我",却隐藏在了我的面具背后,被"我"悄然地自我囚禁了。我不能让"我"肆意妄为、随心所欲地放开自己。"我"鲜明的个性、率真而又固执的人生姿态,即便偶尔泄露,也会让"我"在现实的残酷中失败得惨不忍睹,甚至鲜血淋漓。渐渐地,"我"不再相信社会,不再相信别人了,"我"必须像戴恩一样戴上一副人格面具,以虚伪的假象示人,而那个真实的"我",只能在漫漫暗夜中发出嘶吼般的悲鸣——但它也仅仅发生在"我"的灵魂深处,而不曾真正发出过丝毫的声响。

"大地母亲"在奥尼尔看来一无所有,除了无须在戴恩面前遮掩的肉体,她只是一个彻底的无产者,一个可以任人宰割的"玩物"。也正是因为这个,她才在无形中成了一个人生逻辑的反证——因为她地位的卑下与低贱,因着她赤裸裸的无须掩饰的人生,也因了她的"坦然"而无须以面具遮掩,让她迅疾地洞穿了人世的假面,从而也就掀去了遮盖在人生表象上的虚伪面纱。

西比尔了解戴恩,了解精神上已被严酷现实折磨得伤痕累累的戴恩,了解他的脆弱、他的绝望、他的悲伤与痛苦,还有他内心深处的哀号和苦涩;而戴恩,只能在西比尔母亲般的怀抱中获得短暂的憩息。他委实太累太累了,他需要一个温暖的怀抱,他需要向人道出埋藏在他心底而又不能说出的巨大痛苦,唯有西比尔,是他能够倾诉和吐露心声的对象,因为她是——大地母亲。

当戴恩起身离去时,他冲着西比尔深情地说出一声"妈妈"时,那一刻,我感受到了心的破碎。

布朗内心崇拜着戴恩,因为戴恩无疑是他渴望成为的深藏在他内心深处的另一"自我",他妒忌戴恩的爱情(他始终深爱玛格丽特),妒忌戴恩惊人的才华。于是,他以朋友的名义将他延揽在自己麾下,做他的建筑设计师,以便能够剽窃他的创作成果,将其据为己有。但戴恩最终不堪人生重负,在他面前酗酒而亡,临终前,他揭穿了布朗的邪恶欲望——他想成为戴恩。在此,我们不妨先听听戴恩的临终遗言,也许听着听着会令人潸然泪下:

> 我不行了。我的心脏,不是布朗——(嘲讽地),我最后的遗愿与遗嘱!我们把戴恩留给了布朗,让他去爱和服从,让他变成我,那么,玛格丽特会爱我,我的孩子们会爱我。布朗先生和太太,还有孩子们,从此以后永远幸福!什么也没有了,只有人最后的姿态,凭着这姿态,他赢了。笑吧!哈——(他的面具掉下来,露出他那张快要咽气的基督教殉道者的脸)饶恕我吧,布朗,埋藏我,把我藏起来,为了你的幸福忘掉我吧!愿玛格丽特爱你!愿你设计人的灵魂的圣殿!温柔的人和虚心的人有福了……布朗,我真困……

戴恩就这样离开了他憎恶的人世,他将在他的长眠中找回本真之我,而把虚伪和痛苦的人生留给他的"朋友"——大神布朗。而布朗,当他狂热地追求玛格丽特时,被她恐惧地拒绝了。

他沮丧地戴上了戴恩的面具,在面具的掩饰下,他却得到了玛格丽特的爱,但她爱的仍然不是他——布朗,而是戴恩。

但人生之悖论则在于,玛格丽特深爱的戴恩,并非真实的戴恩,而是戴着人格面具的戴恩。亦由此,人生之谜,在此显露出不可思议且冷酷无情的一面——布朗想隐藏他真实的面目,从而成为戴着面具的戴恩,唯有如此才能获得玛格丽特的爱情,可最后,他还是被命运带着走向了他无可违逆的悲剧终点。

奥尼尔通过这部悲剧要向我们揭示和说明什么呢?

面具,仅仅是一个戏剧性的道具吗?究竟是什么,让我们的人生充满了悲苦?又是什么,让人与人之间陌生化而又相距遥远?在我们的人生旅途中,我们何尝不需要一个西尔比式的大地母亲,可以倚靠在她温暖宽广的怀抱中坦露本真之我,可这个人人皆在渴望的愿望,又为什么会让我们彼此间噤若寒蝉、谨小慎微,甚至充满了戒备和敌意?

我们似乎不再会去信任真实的东西了,我们甚至已然认不出它来了,我们渐渐习惯了为自己佩戴一幅面具而招摇过市,这面具甚至随着时代的变迁而升级换代,而让那个本真的"我"浪迹天涯、流离失所。

我们还能重新找回失去的本真之我吗?

诺贝尔文学奖的启示:直抵心灵的现场

二〇〇九年诺贝尔文学奖获奖作品让我充满了阅读期待,坦率地说,很久以来我几近失却了这份热切的期待。诺贝尔文学奖虽然保持了它一贯的水准、一贯的立场、一贯的世界眼光和人类的救赎意识,而没有像各大国际电影节那般充满了巧智的艺术投机,但它在我的心中,不会再像二十一世纪以前那般光芒万丈了。

进入二十一世纪后,只有印度裔的 V.S.奈保尔于二〇〇一年得奖让我为之激动了一番,那是因为我曾在他得奖之前,读过他的一本短篇小说集《米格尔大街》。那本动人的小说让我重温了只有名著才能散发出的气息和味道,它让我对自己的成长,有了一份深切的感悟和认知——它所叙述的,乃是一个少年的视角以及他的成长经历,那时的我,就暗暗认定此人可能会荣膺诺贝尔文学奖。

果然,有一天,奈保尔终于众望所归。

从那以后,虽然仍有作家荣膺诺贝尔文学奖,我亦追逐着他们的著作阅读,但热情骤降——这是为什么? 我一时之间还说不清个中缘由,而我更愿意相信,这完全是出自我个人的原因。每一个阅读者皆具一种潜在的审美趣味与品位,他只能选择适合他个人口味的作品,一个人,一旦到了成熟的年龄段之后,一般情况下便不会再像过去那般盲目跟风了,他会坚守着一种个性化的趣味和立场。

似乎从二〇〇八年开始，每每在诺贝尔文学奖颁发之前，文学界就在盛传以色列作家阿摩司·奥兹将会冲顶——冲击诺贝尔文学奖，当然，具备冲顶实力的作家还有在中国影响甚巨的拉美作家略萨和日本作家村上春树。我私下始终认定奖项最终会花落奥兹之手，因为作为一名犹太作家——一个具有充沛的犹太民族历史情怀的作家，一个持之以恒地书写犹太民族的苦难、敢于面对和撕裂自己灵魂的人，他荡气回肠的历史描述与叙写，将会成为某一届诺贝尔文学奖的黄钟大吕。

　　可是他在二〇〇八年落选了。荣膺大奖的是一名法国人——勒克莱齐奥。在我看到的他的小说译本中（我也相信可能是由于译文拙劣的缘故），我还没找到我所期待的"诺相"来。那时，我为奥兹惋惜。

　　二〇〇九年我再次期待，而又再一次冀望落空，但是——这一转折之语，让我心中充满了一种隐隐的激动——这一隆重而又庄严的诺贝尔文学奖，颁给了一位我们中国人完全陌生的罗马尼亚裔德国女作家赫塔·米勒。

　　这一"意外"让我好奇，我开始在有限的信息中搜寻此人的消息，如饥似渴。很快，在我所订阅的报纸上，大量涌现出关于这位诺奖新科得主的文字，言语之间似乎超过以往对诺奖得主的推崇，尽管米勒的得奖超出了我们所有人的意料，甚至可以称之为横空出世的大意外。她曾经的资历几乎被国内所有人所忽视，这其中，就包括了国内的外国文学研究者。

　　这是为什么？

在我的印象中,自马尔克斯凭借《百年孤独》获奖之后,诺奖还从来没有像今日这般喧阗,大多只是意思一下,简略地介绍一下得奖者的生平及创作履历。二〇〇九年这届则非同一般。诺贝尔文学奖评审委员会称其"以诗歌的凝练和散文的坦率,描述了一无所有、无所寄托者的人生境遇"。这足够让我们的想象空间充分地敞开,足够让我们去充分地捕捉这些质朴的评语中所蕴含的文学奥义。赫塔·米勒自己这样说:

　　　　对我来说,最有意义的生活便是在罗马尼亚极权统治下的那段经历。德国的生活非常简单,而就在几百公里外,便是我那些过去的记忆。当我离开的时候,我打包了自己的过去,并且意识到极权统治在德国仍旧是一个尖锐的话题。我总是警告自己不要接受政府供给人民"词"的意义,我也意识到语言本身不能作为抵抗的工具。语言唯一能做的就是保持自身的纯洁。

　　她的人生履历以及她非凡的创作生涯,这一切都让我好奇。同时,我亦坚定地认为这一届的诺奖她当之无愧。
　　我想,米勒之所以引起我们的兴趣乃至获得我们的尊敬,有一点是毋庸置疑的,那就是她在专制极权下的经历和人生体验。在我得知她一生都在以诗一般的凝练与散文般的坦率,描写被掠夺的"一无所有者"时,我的心热了一下。也不知为什么,我突然有了一种感动——什么也不用解释了,因为她曾经的存在的境遇,已然足以说明她笔下所描述的对象。从那一刻开始,我又重新点燃了阅读诺贝尔获奖作品的热情,我甚至有些迫不及待了。

可是,这位从纳粹统治苦难阴影中挣扎走出的罗马尼亚裔女作家,在她曾经默默无闻的写作生涯中远离了至死的娱乐,而执着于对历史和心灵真相的揭示与还原。

我始终认为,人类在保存历史记忆时,除了研究性的历史著作,除了搜集来的一手乃至二手历史资料,小说是一种极为特殊甚至是至关重要的对历史的保存和记忆,更重要的还在于,它能够通过"虚构"(情节、人物、故事)而直抵精神和心灵的"现场",拷问人类的良知,追溯历史的真相。这是小说作为一种文学叙事的使命。

文学在这个时代无疑已开始了它无可奈何的精神流浪,就像多少个世纪以前犹太民族离开了上帝赐予他们的"应许之地"而流落他乡。但在他们心中,依然存留着对那片"流着奶和蜜"的神圣土地的向往,九死一生而不怨无悔,终于有一天,他们重返了昔日的故土与家园!

赫塔·米勒:拒绝遗忘

我在一家报纸上看到了一则对米勒小说思想的简略评价——"拒绝遗忘"。就是这句简单明了而又明白晓畅的语句,让我体内的血液一下子沸腾了起来。

是的，任何一个经历过压抑和被掠夺的峥嵘岁月的人，都没有权利拒绝遗忘。遗忘，意味着对历史的背叛，甚至是对自己心灵的背叛。我们怎么可能遗忘呢？那种痛苦的挣扎，那种命运的无奈，那种在苦难的失去人性尊严的岁月中我们的成长，以及我们对于光明与希望的期冀，我们的内心中所潜藏着的对于人类至高道义、责任和良知的追求和呼唤。

我不知米勒的得奖，对于中国作家将是一种什么样的启迪与鼓舞。于我，并非是奔着她诺贝尔文学奖得主的名气而去，而是因为她唤起了我对过往历史的珍重和回溯。珍重和回溯，不是仅为了对记忆进行一种形式上的挽留，而是要从这淌血的历史记忆中汲取人生的教益和启示，让我们能够更勇敢地去面对未来。

我的兴奋，还来自我终于找到了一位真正的志同道合者。我如饥似渴地想尽快读到她的文字。虽然我们并不相识，虽然我们置身不同的地域和国度，但凭借我们共同的人生信仰，以及人性的悲悯，我们成为素不相识的同志和朋友。

这次颁发诺贝尔文学奖的意义重大，在当今人类还迷恋和陶醉在虚假的物欲狂欢中时，它发出了警钟长鸣，同时，它再一次强调了文学不该丧失精神和立场，坚定地指出了文学创作的方向以及它应担当的时代使命。

佩索阿的启示

我写随笔,或曰笔记,深受一本书的启发——《不安之书》,作者是葡萄牙人费尔南多·佩索阿。这是他众多署名作品其中的一部。世间恐怕没有另外一个人会像他那样马不停蹄地在不同的作品中不断地更换不同的名字,就像犯了毒瘾一般。

他是一个罕见的奇才。

我最初读到的,是此书的另一译名的版本《惶然集》,翻译文笔不是太好,不如另一人译的这部《不安之书》。吸引我的,不仅仅是其文章的短小易读(都在千字文上下),更是他独思的形态:沉浸的、私己的、自言自语的,完全不顾及除己之外的读者,一味地沉浸在自己的天地中;但其情感之抒与形而上学之思又恰到好处地融为一体,让个体之思上升到了人类普遍的生存境遇。

后来听人说,他的这本随笔集,是欧洲知识分子必读的床头书,其文学地位与价值直逼卡夫卡——欧洲的另一文学怪才。

卡夫卡不也是这么一个人吗?基本不考虑别人究竟想看什么,而只关心"我"看到了什么,以及"我"想说什么。

互联网时代是一个众声喧哗的时代,少见有人愿意以避世(精神和心理上的)的方式思考我们的人生遭际。我们总在逃避,逃避世俗的困扰与劳烦,与此同时,个人这个概念,或者说个人作为我们存在之主体,已然向庞然大物般的社会妥协或投降了,从而自动放弃乃至泯灭了自我这个具体的个人性的存在。

也正是在此意义上，佩索阿之思变得至关重要。他的述说就像是醒世恒言，且以一种忧伤和惆怅的笔调，向我们娓娓道来。他的叙述语调一点儿也不张扬，亦不显凌厉嚣张，也无丝毫的躲闪与矫饰，相反，一如卡夫卡般的（他俩的气质委实太像了）敏感和羸弱，你甚至可以认为还带着点儿病态，仅是在诚实地记录自己的遐想与当下的处境与心境。

就是他的启示，让我明白了，个人的存在才是永恒的，它的永恒性，指向一个人该如何在他有限的人生空间中最大可能地去获取自由，而不被尘世所击溃。这种永恒性也必将为你的作品（你的一生）命名，成为你未来的墓志铭。

纯粹的写作永远拒绝媚他以及媚俗，无论这个他者是社会还是他人，一旦你动心欲媚了，那么你其实已然背叛了你自己。

海明威：不可抗拒的魔性

连续几晚，我都在津津有味地读着《海明威传》。

也不知道为什么，我就是蛮喜欢这位或许是"胸口贴着几撮假毛"的汉子。传记中说，海明威最好的作品是他为世人扮演的那个传奇般的角色，但这又有什么关系呢？毕竟，他是影响了我的，这就足矣。

要说我有多么喜欢他的小说，那也不尽然。说实话，除了几部中短篇小说，他的三部代表作——著名长篇《太阳照常升起》

《永别了武器》和《老人与海》并不那么吸引我。听说他的《丧钟为谁而鸣》颇棒，我没看，立即下单买了一本，颇厚，是他写的最厚的一部长篇小说，长达五十万字，但我匆匆扫了一眼就知我会喜欢了。还是海明威那独有的叙述语调，而这种语调、这种简约，在他另三部代表作中倒显得不那么突出，或许，我正是因此而不是那么喜欢。

海明威的中短篇小说我看着爱不释手，迷死我了，以致我会在不同时期反复看，百读不厌，这也是奇了！

海明威从未上过大学，成年后，只在家乡小报混了个记者当，后来一时兴起，又流窜到"一战"时的意大利战场当了一名医疗救护队员——结果刚上前线才七个月，仅仅为了给伤员送一块冰激凌，被飞来的炮弹碎片弄了一身伤，真是个倒霉蛋儿。从此，这家伙一生都跟这类飞来横祸牵连上了，比如开摩托车翻了车，弄成了脑震荡；坐别人的车车翻了，又弄了一次脑震荡。

最离奇的，是他生命中的两次灾难。一次，他旧创复发，严重困扰了他的写作，好不容易熬了过来，正准备续写他已然进行了一半的小说时，房顶上又砸下一块带尖的玻璃，直击额头，这汉子就从此被破了相了。

第二桩意外就更奇了。他和妻子去非洲玩儿，在当地租了架飞机，飞机中途栽了下来，两个人均受了轻伤，赶紧呼救。救援飞机来了，二人自然大喜过望，赶紧爬上飞机，走起。

飞机刚飞没多久，又一头扎在了地上，这下可就没那么幸运了，虽逃过了死劫，但海明威为了获救，用脑袋撞碎了飞机玻璃窗,死里逃生,但大脑也因此受到了严重创伤。

好像命运净跟他那颗出奇硕大的脑袋过不去,以致他到晚年,时常头痛无比,性情也为之大变,暴躁易怒。有猜测说,他的自杀亦与此有关。

当然,命运对海明威还是蛮仁慈的。他在美国时认识了赫赫有名的写《小城畸人》的大作家安德森——海明威的中短篇小说技艺明显受到过他的影响,可海明威成名后死活不承认,谁说他们的作品相像他跟谁急,甚至,还无端攻击这位无辜的、曾经无私地帮助过他的好人安德森——海明威初到巴黎混文学圈,就是安德森为他写了一封推荐信,海明威也是凭借此推荐,非常顺利地进入了巴黎最时髦的文人圈,他亦首先成名于那个圈子。显然,若没有安德森之荐,还真没人知道一个当时还不为人所知的海明威混迹在巴黎,日后究竟能混出个什么模样来。所以海明威后来无端攻击安德森,从道义上说,是不够意思的,在道德上是一重大缺陷。在此,允许我鄙视一下。

也是在巴黎,海明威的作品开始崭露头角,他也成了一个人物。

海明威的第一部短篇小说集就为他赢得了名声,而随后的两部长篇小说,则可以说为他博得了大名。此时,海明威也就二十七岁,不能不说这是一个奇迹。

海明威删繁就简的中短篇小说是独一无二的,他最棒的小说,均是那些有读者能隐约感觉到的其小说文字言外之意之作。当然,这也是安德森小说的长项,只是被海明威再风格化后发扬光大了，可一旦光大了，海明威就不认这位引路人了，还生怕别人说他受了安德森的影响。从海明威传记来看，没有安德森就没有海明威，这一点恐怕不容否认。

而在海明威之后享誉美国文坛的短篇小说大师卡佛，在小说语言风格上，则可视为地地道道的"海明威二世"，所以卡佛也是我心仪的一位纯粹的作家。

对于我来说，海明威的小说及文字，具有一种不可抗拒的魔性——我指的是他的中短篇小说，而他的长篇小说，我认为要略逊于他最好的中短篇。这是因为他那独一无二的"电报体"之极简语言，没有在他的长篇小说中发扬光大。

但似乎《丧钟为谁而鸣》则不然，这也是被我唯一忽略的海明威小说。前一阵刚入手，匆匆扫一眼，便已然认定它才是海明威最棒的长篇小说，而非《老人与海》。

刚到手这本海明威传记《整个巴黎属于我》——啊，多么狂妄自傲的语句，但伟大的海明威又的确配说这句话。巴黎的确是曾经属于他的，他让"一战"后的巴黎有过一场令人艳羡的"流动的盛宴"，从而也成就了他在那个年代之巴黎神话一般的传奇名声，海明威大名之所以能名动天下，恐怕也当拜巴黎所赐予他的那份恩泽吧。

过去的海明威传记，都在展现他的一生，而此著作则另辟蹊径地独写海明威与他的巴黎，别开生面，翻译文笔也极棒。

杜拉斯的《琴声如诉》

我很怀念我读书的那个年代,怀念那个时代人人手捧一本西方名著热烈谈论的神情,怀念那个时代人们眼神中透露出的纯真与执着,以及我们的单纯和质朴。

那还是在二十世纪八十年代,我通过一位老同学的介绍,进入了省图书馆工作,可我真正的读书生涯并非始于此一时期——比这更早,四人帮一粉碎,我很快就进入了我的读书时代——图书馆顶多是为我在工作时间读书制造了冠冕堂皇的理由,因为这也是图书馆人的"特权":可以看到各种各样的书。

我的读书生涯其实始于二十世纪七十年代末。我是在进入江西省图书馆之前,读到玛格丽特·杜拉斯的《琴声如诉》的。彼时,杜拉斯于我还是一个陌生的名字,不像今天,她在文青一族中已然如雷贯耳。

当时在文学爱好者中还流行一种小开本的杂志,它的名字叫《外国文艺》,那是一本在那个时代足以影响我们所有人的启蒙读物——从装帧到内容,它的封面、封底均为西方现代派的绘画作品,那种抽象的线条与扭曲变形的人体皆在昭示一种来自另一世界的精神反叛,让我们感到惊异和刺激,因为这一切在过去闻所未闻;再就是它刊登的小说,大多数均为西方现代派的经典作品。

其实对于西方现代派的全盘接受,我们没有受过任何人的影响和引导,它就那么自然而然地在我们中间发生了,一如默契,直抵我们的心灵深处。我们仿佛不约而同地摒弃了对传统现实主义的尊崇,而豪情满怀地踏入了现代主义的滚滚潮流中。此一选择,好像又与我们决心要开创崭新时代的心境,是不谋而合的。

虽然现代主义潮流诞生于西方世界的十九世纪末和二十世纪初,我们仅仅是一群迟到者,但它在我们心中所引起的激烈的反响,让我们这些迟到者在晚了大半个世纪之后,迅速开始了与世界文化潮流的接轨。今天回想起来,恐怕只有一个原因让当时的我们义无反顾,那就是现代主义向我们这一代人展示出了一个更为真实而又非人性的世界,而我们恰恰又刚从一个非人性的世界中回到了人间。

也就是在那本杂志中,我大量阅读了后来深刻影响了我人生的作品,杜拉斯的作品便位列其中。

《琴声如诉》的小说叙述,把我彻底迷倒,那还是我人生第一次领略到这么一种独特的讲述故事的方式。小说中的语言和语感都是那么的奇特,令人爱不释手。

杜拉斯的叙述语言是迷幻的,就像是在阴晦的毛毛雨中飘过的一片雾霭,迷迷蒙蒙中我们依稀见到了那雾中风景,朦胧和暧昧,又像是一个人在半梦半醒中发出的呢喃呓语,似清非清。我还记得,当小说的序幕甫一展开,我就被吸引了——一个小男孩儿在弹奏着钢琴,钢琴老师则在一旁大声训斥,而小男孩儿的母亲却将目光转到了窗外,一艘货轮缓缓地从窗前驶过。那么浓郁舒缓的叙事语调,有一种诗意在舒缓地荡漾,只是这诗意透出了些许残酷的意味。

果然,后来小男孩儿跟随母亲下了楼,在楼下的咖啡馆外,他们看到了一起谋杀案。一个男人的胸口上被扎了一把血淋淋的匕首,而痛下狠手的女人,此时正扑在那个男人的怀中嘶声号啕。

小男孩儿的母亲静静地看着,她不由得陷入了幻觉,而那个迷惘的幻觉,又引领着她进入了另一个属于自己的故事——那是一段奇异的爱情故事,一个红杏出墙的动人故事;而爱情,最终终结在了一个时间的刻度上,故事也就戛然而止了。

杜拉斯似乎并没有将这个故事讲完,而只是将它终止在了一个似乎不该终止的地方,让余音缭绕,余味悠长,可那个故事就是这样深深地镌刻在了我的记忆中,长久地挥之不去。

直到有一天,我才终于明白了这个天才女人——杜拉斯为什么会留下一个似乎未解的尾声,一个巨大的人生问号:那是因为她看到了命运的轮回,她其实已将她的尾声写下了,就看人们是否能够感悟到她的绝望和哀伤。

在小说序幕中小男孩儿母亲所目睹的那场谋杀,便也是杜拉斯这部小说不是尾声的尾声,因为她知道,这个母亲,这个坠入爱情之海中的女人, 如果没有终结她自己的那段奇异的爱情,她便会是那个在序幕中出现的杀人者……

独一无二的昆德拉

我一直不明白，为什么昆德拉始终未能获得诺贝尔文学奖，而让另外一些相当不错甚至可以说十分优秀，但远不及他伟大的人，先后摘取了诺贝尔文学奖的桂冠。

或许有人会说昆德拉小说的成就在政治批判，而非文学。此言我认为大谬。这就像在说海明威的小说成就仅在于表现了战争，福克纳的成就也仅止于描述了小镇风情一样荒谬。

昆德拉最伟大的小说的确事关政治（但他最新的小说《庆祝无意义》就非常一般，且思想在自我重复），但在这里，在这位堪称伟大的小说家手中，政治已然不仅仅是一个浅薄的、具有人文局限性的狭隘符号了，它由此转换成了一种特殊却又具有普遍存在意义的人类的生存困境：一种极端状态下的生存困境。

正是因为此一带有普遍性的人类"极端"处境，人性以及人与人、人与社会的关系，得以淋漓尽致地展示或揭示。

从貌似政治的角度出发（这显然也是昆德拉独一无二的经验感悟所在），昆德拉的小说在形而上的意义上囊括了"类"（人性）的存在意义，而此一意义，从某种角度来说又是反意义的——一如托马斯（《生命中不能承受之轻》中的人物），他自身面临的生存性之荒谬或荒诞，使得他亦以个体行为的荒谬或荒诞来与生存处境进行彼此间的相互消解。就是在这种卑微个体与强大命运的抗争中，传统概念上人生的意义最终走向了它的反面：无聊、玩世不恭、自我嘲弄与自甘堕落，于是有了貌似趋向生物本能的及时行乐。

意义之背离，看似荒谬或荒诞，而恰恰在此，又将被表面之假象所遮蔽的人世真相予以揭示，且让其毫无遮挡地裸露了出来；一个被蒙昧的人类所"迷恋"的尘世的面纱被掀开了，这时的我们，不得不"赤身裸体"地面对这个已然疯狂且又陷入荒诞的世界。

所以昆德拉乃是独一无二的。

V.S.奈保尔：未谙世事的少年视角

好像是在六七年前了，我偶尔进到一家书店，意外地发现了这本书——《米格尔大街》，花城出版社出版。

我当时之所以买下了《米格尔大街》，是因为这本小书被安置在了出版社归类的"先锋丛书"中。我蓦然间想起了一位作家曾经向我推荐过这本书。我感觉此书的装帧太差，犹豫了一会儿，因为我不希望需要保存的传说中的好书会是这种样子，但最终我还是"拿下"了它。

我是在漫不经心的状态下读了这本书的，结果却让我大吃一惊。

V.S.奈保尔这个名字，在当时，还是一个陌生的称谓，甚至他曾经所处的区域，特立尼达，也是一个从未听人说起过的小地方，而且最重要的，从作者简介来看，他还是一位印度裔移民,潜在的种族偏见亦使我对《米格尔大街》写作水准的期待大打折扣。

但我读过后的结论乃是:这是一本真正的奇书。否则,我也不会写下这篇文章了。

《米格尔大街》充满了令人惊叹的智慧和才华,它是从一个少年人的视角,举重若轻地叙述了发生在一座小城——西班牙港的生活,小说背景是二十世纪三四十年代。作品由十七个短篇小说构成,而每一篇都可以独立成章,但又遥相呼应。据说这是奈保尔的成名之作,若如此,那也就一点儿不用奇怪诺贝尔文学奖为什么最终会落在了这位名不见经传的作家头上。

小说语言叙述之干净简洁自不必说了,奈保尔那种独有的娓娓道来的少年语气,皆在他的不经意间陡生出一种奇异的魔力。在这十七个短篇小说中,几乎每一篇都写到了不同的生活形态,以及这座小城中貌似不起眼的凡人小事,那种栩栩如生的白描功力足以令人叹服。

奈保尔总能用寥寥数笔,就让他笔下的人物跃然纸上,甚至呼之欲出,仿佛他们就是曾经生活在你身边的某个熟人或朋友,你甚至能聆听到他们的呼吸声。

让我最难忘的,是《米格尔大街》中的一个短篇小说写的是某一天一位衣衫褴褛的人来找叙事者"我",说是有一首伟大的诗要卖给"我"。"我"在激动之下,带着他去找了母亲,结果换来的是母亲的一通臭骂。"我"和自称诗人的人,又来到了米格尔大街上,"我"十分抱歉地将诗还给了"诗人",结果他微笑地感叹了一句："这就是诗人的命运。"

后来"我"经常去找"诗人"玩儿，但他永远在信誓旦旦地宣称在写一首世上最伟大的诗篇，而在此过程中，这位"游吟诗人"还给"我"讲述了一个如泣如诉的爱情故事——你的阅读经验会立刻提示你，此人讲的，其实是他自己的一段刻骨铭心的经历——"我"对"诗人"的痴迷，在小镇上遭到了许多人的嘲笑，因为大家都看得出来，这个人根本就是一个骗子，他绝无可能写出诗来，更别说是伟大的诗了，他不过是在妄言欺世。只有"我"，坚信他是一位最伟大的诗人，尽管"我"从未读到过他的诗。

终于有一天，这个人消失了，也没留下他一直在宣称的那首最伟大的诗。

可是这篇小说的力量就在这里，就在这个由人物关系和社会结构组合而完成的叙述中。读完后我知道了，那个"诗人"，无疑是一位真正的诗人，他用他的在世之行为，完成了一首从未诉诸文字表达的浪漫之诗。如果这还不是诗，那么所谓的诗又是什么呢？

这个人坎坷又浪漫的人生之旅，构成了一首超越人类语言的"无言的诗"。在这里，奈保尔颠覆了关于"诗人"定义的传统观念——那是一种表层的，仅停留在文字字面的定义，奈保尔从一个未谙世事的少年的视角，从一个人的人生及其特异行为，肯定了诗歌之于一个人的人生更为深层的精神意义。

《米格尔大街》——这是一本我时常会拿起重读的书，每次重读，均能再度唤起我对往事的追忆和感慨。就像是在南方某一个细雨蒙蒙的清晨，你望着笼罩在雨雾中的灰色远山，心里，会油然徒生出丝丝缕缕的惆怅，会突然觉得在我们的生命旅程中，似乎有什么东西遗失了，可它却又在你心中一点点地激荡着、回响着，像是从没离去……

卡佛的意义：呈现，但不要告诉

小说表达的真谛

知道雷蒙德·卡佛这个名字，是二十世纪末的事了。一次逛书店时，我意外地发现他的一本短篇小说集。尽管那时我自以为对西方大多数当代著名作家基本上了如指掌，但对于他的名字我却颇感陌生。如果不是因为这本小书被冠以"西方当代名著文丛"，我可能会在匆匆瞥上一眼过后，从它身边滑过了，毕竟那个小开本的小说集的包装显得过于简陋了。

有时候，阅读的奇迹就发生在不经意的意料之中，与卡佛的相逢，在我看来亦如是。当我翻阅完卡佛的小说后，大吃了一惊，这位貌似海明威式的叙述者令我着了迷。从那一天起，我便牢牢地记住了这个人的名字——雷蒙德·卡佛。

但当我如饥似渴地通读了那本卡佛的小册子后又备感"失落"，不是小说让我失望，相反，它太吸引我了，只是这本小薄书里收集的卡佛的小说实在是太少了，让我读完后还不过瘾。从那时起，我就期待着卡佛小说的再度出现——不是一本小薄书，而是卡佛更多的小说译著。

后来我又见到了卡佛的小说集《大教堂》，随后，又见到了我要盛赞的人民文学出版社出版的《雷蒙德·卡佛小说精选》。前者，虽然亦为卡佛的小说集，译文不可谓不认真，但似乎不是我曾经熟识的那种卡佛式的小说调性——卡佛小说的魅力，很大一部分来自他的那种不可替代的独特味道；而后者，则让我在简单的阅读中，迅速地闻到了从卡佛的文字中所散发出的浓烈的卡佛式的小说味道。

卡佛——这位小说奇人，以及这本由他本人精选的小说集的问世，是读书人的一件乐事。他让我们在读过了他的文字后，由衷地为小说这种文体的尊严而欢呼，它是无愧于文学经典的称颂的。

但让人又颇感意外的是，卡佛，居然是来自于美国的蓝领一族，且长年累月为了养家糊口而不得不四处奔波，一旦挤出一点儿时间，便会站着码下他的小说文字（据说这是因为他平时难得有时间坐下，并害怕随时会有人来抽掉他的座椅）。或许也正是因为这种困窘的人生境遇，这位来自生活底层的天才终生只与短篇小说为伴，而从未写过一部长篇。让我难以想象的是，就是凭借着他才华横溢的短篇小说，他居然当之无愧地跻身世界小说大师的庄严行列。

卡佛在世时得到的盛赞和美誉绝非浪得虚名，他的小说风格既秉承海明威小说一脉，又有自己鲜明的个性。与海明威一样,他们在文字上都属于极简主义者,所谓惜墨如金、字字珠玑,在一种貌似粗鄙、冷峭的叙述语调中,深藏着寻常看不见的生活的奥秘。

读卡佛的小说真乃一种难得的享受,亦是对我们亲历的生活体验及感悟的一种考验。因为卡佛极擅长于在常人看似平淡无趣的生活细节中发现人生的秘密,而此一秘密一旦被他简洁而精准的笔触挑拣出来,我们便会发出一声恍然大悟的感叹。

我至今仍在琢磨,从这个人的文字中所透露出来的神秘力量究竟缘于何处?琢磨这个人——这个被叫作卡佛的人,是如何练就了异乎寻常、洞若观火的眼光,使得他能够穿透生活表象的重重迷雾,触摸到生活的本质。此本质一旦被他揭示,我们会深感世间充满无意义中的意义。

我在内心里是非常感谢卡佛的,他的叙述角度,以及他那特有的漫不经心的冷峻语调,还有他用最简单直接的语言所抵达的人性深度,都给予了我深刻的感悟和启示,从而也让我知道了,一部叙事作品的好坏,其实不在于那些华丽辞藻的招摇和卖弄。文学不在于炫耀,不在于炫技和展现花拳绣腿,文学之所以乃为文学的最高境界,是因为其褪尽所有华而不实的语言外衣,还原为语言最质朴和本真的文字力量。唯有如是,才能更让我们穿越生活的重重迷雾,窥伺到人生和人性的本质和意义。

卡佛还给予我了另一启示:我们不妨换一种眼光,来看待我们所遭遇的这个世界纷繁的乱象。

卡佛真正弄透了小说表达的真谛,即:呈现,但不要告诉。

捕捉人物的微妙表情

卡佛的小说让我着迷——那么简洁洗练的文字,居然荡漾出一种耐人寻味的味道,而那味道,又出自生活本身,这其间究竟有什么叙述秘诀呢? 我一边看,一边在潜心琢磨。

我喜欢这种极简主义的小说叙事,以前迷的是海明威——他的短篇和中篇,相较之下,海明威的长篇小说的成就在我看来倒是没那么伟大, 也没有他的中短篇小说那么精致与地道。海明威的那个以"尼克"命名的短篇小说系列是标新立异、独树一帜的,他删繁就简地将文字浓缩为简单的描述,而正是因为这份"简单",小说的意涵与题旨亦尽在其中了。

现在轮到这位叫作卡佛的作家了。他显然继承了海明威的叙事风格与传统,亦为极简式叙述,貌似不动声色——但他的文字又会泄露出他丰富的各种表情,大多是苦哈哈的,小人物的苦涩而又无奈——但总能捕捉到人内心中最微妙也最难以言传的意绪;貌似冷静而克制地把你带入"现场",让你"目睹"人物的言谈举止,又让你不由自主地感同身受。此时,卡佛就像一个隐形的躲在门缝后的窥伺者,将那些人物的行为举止纤毫毕现地尽收眼底。他好像并不想草率地对他笔下的人物做出蹩脚的道德评判,而只是手术刀式地加以客观呈现,但思想则又巧妙地隐藏在了对细节的描述中。看得出来,卡佛其实并不具备像卡夫卡、托马斯·曼或陀思妥耶夫斯基式的明晰的理性思想,他只是凭着一种天赋那样直觉,将他引领至他所要发掘的人生或人性的秘密。

《梦游的大地》:当世界像我们一样年轻时

小说在阅读方面的选择必须是好的且具经典价值。毕竟时间和精力都有限,不能耗费在无价值的读物上。

该选择哪本小说呢?这时忽想起了"八五后"金心艺翻译的莫桑比克作家米亚·科托的小说。这是心艺不久前专门买来快递给我的,到手后才发现竟然是中国台湾版,由此亦见了她的诚意,我心生感动。

先读了心艺写下的序言,我有些吃惊,这是出自一位"八五后"的女孩儿之手吗? 文字的大气、严谨、从容、沉稳先不说,单是从此一序言中所反映出的思想,就已断然抹去了她的年龄。"八五后"的那个标签突然消失了,我所面对的,是一位颇具全球化眼光的思考者。

最怪的是,心艺写的这个并不太长的序言,竟让我读着读着有了隐约的感动。心艺的文字中激荡着一种灼热的痛和对苦难的怜悯。也就在这一刻,我激动了,我已然断定此次阅读将会是我必须踏上的阅读之旅。那里必有我所要求索的东西,但我还不知道那会是什么,只是有了隐隐的预感。

才读了几段正文,我就被吸引了,不仅仅是文字,还有内容,诗性的忧伤已开始在我心中回荡。我迅速进入了小说中所描述的苦难世界,我仍被一种奇异的氛围所包裹,它就像一股巨大的磁场,只要稍一触碰,即刻就会被吸附。

我们不妨先看看在《梦游的大地》中所写下的第一句话吧,它让人读后为之震动:

在那个地方,战争杀死了道路。

《梦游的大地》越往下读,越难以想象,这竟是出自一位遥远的莫桑比克作家之手,语言冷峻,但又透着童稚般的纯真,还有对苦难的深切怜悯,且以一种我从未读到过的诗性,丝丝缕缕地传达了出来。这语言也太令人惊艳了。还有的,便是经由作家的文字所传达的那份独一无二的感觉。

车窗外,万物都融入了夜色之中,荒蛮的幽暗笼罩四野,穆易丁嘎望着黯然的世界,不禁颤抖。这是一个连乌鸦都不愿吞食的黑暗,仿佛所有的阴影都降临在大地上。(《死亡之路 金祖的第一本笔记本:当世界像我们一样年轻时》)

这语句竟像诗,亦如歌,但却宛若从凛冽的冰峰上诞生的诗与哀伤的歌,透着刺骨的寒冷。那里正在发生战乱,一个老人在逃生的路上收留了一位奄奄一息的少年。老人及时地救助了

他,从此这一老一少共同上路了。逃难的路。他们见到了一辆侧翻在路上的汽车,里面是一具具被烧焦的尸体:

"这些人可真是烧透了,看他们都变得这么小,好像火就是喜欢看我们变成小孩子。"

这是老人见少年吓得直哆嗦后,说出的一番话,而这番话,又见证了老人处变不惊的对人间苦难见怪不怪的心境。

他们在一具尸首边,发现了一个上了锁的箱子,而这具尸体身上的东西早已被人抢先扒光了,唯独留下这个上了锁的箱子,于是,另一个故事亦从这个上了锁的箱子里诞生了。小说的叙述,是以两条平行的线索展开的,也就是说,它的故事乃是双重视角。

老人让少年将从箱子里发现的纸张拿出来引火驱寒,但少年却偷偷地留下了其中有字的笔记本。他在笔记本里发现了一个被记录下的秘密。就这样,小说又引领着读者进入了另一个世界,是一个笔记本里所记载的世界,它的名字叫"当世界像我们一样年轻时"。

读到这儿,我几乎可以肯定这是一部杰作了,它的叙述,充满了一个文学家应当具备的才华和不朽。

《梦游的大地》中有许多句子会让人不由得陷入沉思,有时读者就像在读一本耐人寻味的人生启示录。比如这一段落中,笔记本中的叙事者,非洲少年金祖,他的兄弟们都相继死去或失踪,父亲也"走"了,母亲疯了,此时,他只有一个好朋友——一个在村里开小店的印度人,待他如同己出。有一天,他们坐在

沙滩上,瞭望着浩瀚的印度洋,印度人告诉少年金祖:

> 我们这些生活在海岸边的人,是海洋的居民,而不是陆
> 地的居民,我们拥有一个共同的祖国,它的名字叫印度洋。
> …………
> 我们的种族是一样的,金祖。我们都是印度洋人。

后来,土匪洗劫了印度人的店铺,还放火烧毁了它。少年得
知后跑去看望印度人,他黯然地告诉少年,他要走了。印度人在
这里是孤独的,没人来往,就连他雇用的黑人店员此刻也对他
一脸的轻蔑,幸灾乐祸。这时,又出现了下面印度人与少年的一
段对话:

> 金祖,我不喜欢黑人。
> 什么意思? 那你喜欢谁,白人吗?
> 也不喜欢。
> 我知道了,你喜欢印度人,你喜欢自己的种族。
> 不,我喜欢没有种族的人,所以我喜欢你,金祖。
> 我喜欢没有种族的人!

以上两个人的对话像一把锋利的刀,在我的心口上划了一
下,我好像听到了汩汩的血涌之声。我欲哭无泪。

它竟然这么无与伦比的好,翻译文笔亦难以想象的妙。

它太迷人了。金祖日记的这条叙事线上,他与神秘而美丽的法丽达(第四章)云雨后的告别,金祖承诺他会找到法丽达的孩子——那个法丽达被强暴后生下的私生子。有一天,他从修道院失踪了,从此杳无音信。

读到这儿,我忽觉失踪的孩子可能是双重叙述中的那条情节线:少年在逃难的路上意外地捡到了一本日记,从而,金祖日记所记载的故事,便由少年的阅读或朗诵开始进入了小说的叙述。

那么,那个失踪的孩子会是这个少年吗?

像,又不像。在金祖日记中,由法丽达向他讲述的她那长大的孩子,是在依稀知道了自己的身世后忽然"失踪"的。从这个意义上说,读信的少年若正是其人,当会有所反应。

可是没有,起码眼下没有;当然,并不一定等于以后没有。挺好玩儿的,这一悬念蛮让人好奇的。

我喜欢这样的悬念,它并不仅仅是为了情节的需要,更是为了揭示命运的不可预测。

真舍不得读完,因为《梦游的大地》写得真是太好了,禁得起反复品味,总是让我流连忘返——我总想更长久地沉浸在这些耐人寻味的情节、人物乃至文字之海中。我也读过不少名著了,但如此神奇而又妙笔生花的小说还真是不太多见,它有一种独一无二的语言特质。

虽然这是一部超现实的小说,却具有惊人的现实深度和命运之感,真乃小说创作上的一个奇迹。

一直到读完时,我还稍稍一怔,有片刻的恍惚。结局不可谓不妙,两个时空的"故事"终于以某种形式"相遇"了。

多好,难道不是吗?

是,也不是。结尾之同归固然妙哉,但这部几乎完美的杰作,似也在什么地方并不显得那么尽如人意。

是什么呢?我追索着我一路读下来的感受,心里大致了然了。

这是一部"在路上"的小说,因战乱而逃难的一老一少,于途中意外地在一具尸体上捡到一摞笔记本,于是,这一对形同父子的人便边寻找生机,边由少年阅读笔记以解闷消遣,老人只是一名忠实的聆听者。

而笔记又牵涉出了另一个故事,此一故事,也是"在路上"的类型,是一个叫金祖的人的故事。他亦属逃难之人。这部小说最精彩的部分,恐怕非金祖的故事莫属了。但是,当金祖的故事进入他最后的劫难时,他的"在路上",竟然停止不动了。金祖也确实找到了那个失踪的孩子,而这个孩子,并非那位读信的少年。

他不再行走了,却开始纠缠于一个陷入灾祸的小镇上的是与非,还有梦幻般的奇遇。但是,由此一来,故事的张力相比较之前也就略显草率地宣告终止了。

这让我不由得感到些许的不满足,感觉中,总以为《梦游的大地》似乎——仅仅是似乎,少了点儿什么!

少了什么呢?

我惊异于米亚·科托超凡的想象力与深刻的思想,他对苦难人生的叙写几近巅峰状态。

我见人就隆重推荐:《梦游的大地》达到了小说艺术的最高成就。

可是,太可惜了,这部翻译版仅在中国台湾出版,而大陆版则另有一译本。

带着如此感叹,我便与此书的译者、葡语博士金心艺在微信号随便地聊了几句。我们不曾谋面,以前亦不认识,这本小说寄到,我也没想到自己会马上开读,可是一读之后,竟被强烈地吸引了,且深度沉醉。它太好太好了,甚至堪称伟大,灵魂的伟大,没想到一个非洲作者能写出如此这般的诗意和启示录般的小说呢?当然,这也要拜心艺美妙动人的译文所赐。我流连忘返于小说中的文字,在有些段落中,反反复复地来回读着,体味它隽永的味道。

最初,我还以为对《梦游的大地》的喜欢可能仅是我个人的阅读偏好。我偏爱这一类小说,以及其独特的叙述方式与语言,可那天与一位教授老兄聊起时,他一脸的兴奋:"《梦游的大地》你看完了吗?这小说真好,越往后越好,最后一个情节把两条不同的叙事线全兜住了。"

那位老兄还说,小说中一句"时间遇难了"置诸上下文,和"战争杀死了道路"同为佳句也!我们还都认为,译者金心艺的译文文字甚妙。

还是在那一天见面时,这位老兄又说:"好小说有时比理论重要。"我们又聊了几句后,我对坐在我边上的贺卫方说:"所谓真正的好小说,不像理论似的,仅是改变你固有的概念或观念,那是理性的范畴;好小说所改变的是一个人感受世界的方式,你读后可能并不知道被悄然改变了,但你再去看你过去曾经熟悉的事与物时,它已然不一样了,对它的感觉不再一样。"

米亚·科托是一个真正的文学天才,任何一个人读完小说后都会发出如此感叹!

三、日本文学:独特的文学风景

东瀛之国:日语中的"逻各斯"

因为受邀,便有了一个与我时间已然切近的日本之旅。而此"旅"之身份,又愧受导师之称,这一切于我,似乎就变得有些尴尬起来。

此行的主题,乃我所先行定下的川端康成,以他的小说作为想象中的日本文化向导,一步一行地去小心探问日本之谜。

它确实是个谜——菊与刀的两重性,若以此说来表象日本,不可谓不准确,甚而一针见血:外向的柔美与内向的刚烈,鲜花与鲜血,居然毫不违和地构成了东瀛之国的文化统一性,这便让人多少有些陌生与诧异了。

为了解读这个谜,这一段时间,凡是有价值的有关日本的读物与文字,我都会迫不及待地找来一阅,比如读完了川端康成的小说后,我又读起了三岛由纪夫的小说,并非仅仅是因为他们之间是亦师亦友的关系,而是因为他们正好分别昭示着菊与刀的两极。

偶见公众号载有一文,提及海德格尔的《在通往语言的途中》里有一篇他与日本学者手冢富雄的对话,这引起了我的好奇,因为此对话据说是关于对日本词语中"粹"的探讨的。

粹,乃吾族之文字,东渡日本后算是它们的引进字了。粹,乃纯粹、精粹之意,在我朦胧的语词意象中,此"粹"(いき)犹似切中了日本文化的某个要旨或意趣。

原来"粹",乃是海德格尔与手冢富雄论辩的逻辑起点,他们真正关心的,其实乃是语言的本质。

那么,什么才是语言的本质呢?

海德格尔是不懂日语的,而他基于对语言的形而上学定义,却恰好进入了独属于他的现象学式的阐述。他不满足于语言之为语言的反复论证,他所要思考的,乃是语言源始于何处?

海德格尔在论证时,特喜欢重返西方哲学的源头——古希腊哲学,他在苏格拉底的对话中发现了诗人(原初的发话者)即是"诸神的使者",由此他又引申出行吟诗人乃是那些带来有关话语音信的人。因此,所谓语言,在其始源之意涵上,就是存在澄明的呈现,也即"消息"的传递者。也因此,海德格尔在他的哲学中,以"道说"(被译者译成"大道"与"居有"双重含义)来取代"语言"的言说。而这一切,乃是基于"语言"是居住在西方哲学中的形而上学的故地,而"道说"则是居有者(人)消息的传递——它是反形而上的、具象存在的存在者。

他们终于在对话的某个关键点上,论及了日本文化中的"粹"。

"'粹'是优美。"手冢富雄强调说,"把眼下被译作'优美'的'粹',从美学那里,也即从主体、客体关系中分离出来。我现在所说的优美并不是一种魅人的刺激。"

也就是说，手冢富雄所"道说"的日本文化词语中所涉及的"粹"，并非西方哲学中的感性、印象之授受或被给予的东西，而是"居有"在别处。

接下来，手冢富雄又论述道："'粹'乃是照亮着喜悦的寂静之吹拂。"

海德格尔以他的哲学睿智，似乎理解了手冢富雄对此一词语所讲述的深层意涵，他进一步论述道："于是，一切在场，或许就在优美中有其渊源——此处所谓的优美，是在那种召唤着的寂静之纯粹喜悦意义上的。"

上述所引他们之间的对话，于我颇富启示意义，而"粹"这个字，在日本之文化中显然是一个至关重要的字词，或者说，是可以据此而切入日本文化核心所在的字词，尽管它仅是以一字之名。它在中文中的语义——粹，亦即纯粹、彻底与无瑕，而在东瀛之国，它则是以单字之身，将日本文化之圆融与纯粹性揽入了其所指代的意旨中。而在两位东西方哲人的对话中，这几个关键词尤其引人注目——优美、喜悦、寂静与吹拂。

显然，要找到一种形而上的语言解释"粹"，将是徒劳的。"粹"在这里，在它所居有的日语的故乡，只能以意会的直觉方式被捕捉或领悟，由此便引申出了那几个解说式的词语符号——优美、喜悦、寂静与吹拂，用它们的形象的意境来予以建构。

"'粹'乃是照亮着喜悦的寂静之吹拂。"

在这个颇富美感的句子中，"粹"的意蕴，其实已被"照亮"在优美而喜悦的寂静之中，并将此一被照亮的"粹"，吹拂于历史演化之中,这也就是作为一种"消息"的送达与传递了。

接下来,当海德格尔追问来自日本的手冢富雄"语言的日文词是用什么词来表示"时,手冢富雄的回答让我一惊。

此一惊,并非手冢富雄的回答多么的惊世骇俗,此回答恰恰是平实的,甚而是日常化的,只是一种对事实的陈述。

语言在日语中被称为"言叶",而叶亦指花瓣,如盛开繁茂的樱花之瓣。而对作为叶的前缀的"言"的解释,又相对复杂而多义,手冢富雄认为它泛指"色"和"空":

> 我们所谓的"色"的意思多于色彩和任何可由感性感知的东西。"空"即敞开、天之空虚,其意思多于超感性之物。

无疑,手冢富雄对"言叶"之"言"的解说,已进入了经中土传入日本的佛学,由此也见证了佛学融入日本民族文化意识后,与西方人对于"语言"一词的解读有所分殊。或者说,当西方词语中的"语言"以日语中的相对应的词语表述时,一旦剥离了它们共有的共相(表达与交流),其差异与歧义竟也是微妙而暧昧的。

"语言"这一词语的原旨,在西方源头是古希腊的"传信者",而在日本,居然指称的乃是对美的赞叹("叶"),其前缀之"言",又乃是对于宇宙空间的佛学式的领悟与意会,但这二字组合,殊途同归于美学式的禅悟——色("物"的显现与归宿)与空(宇宙空间的无边无际、无限敞开之空无,而无中又"见"居有——时间在"无"的遮蔽之中渐显其身)。

"语言"或"言叶",在海德格尔与手冢富雄追问下,其实是重返了它们的词根(元语言之"逻各斯")所在。我们的先祖在创造词语之时,乃是以直觉的被给予方式,以同一性原始的那一词语,给予了自身本体以规定。只是随着人类文明的进化,我们在漫长的演化中"遗忘了"此一词语的初始之意,而两位哲人之追问,在这里,就是一次真正意义上的哲学返乡之旅,回到人类从无到有出发之时的第一个语言的原始基站。

作为"语言"语义表达、传递的意涵,其内里,显现的渊源所在,乃是第一性的,亦即,人当先具"'语言'之源生意识",然后从此出发,才能衍生出繁复多变、多义、多向度的延伸的语义、语言的表述。它是语言之为语言的原始根脉,或者说,是语言的发祥地和最古老的故乡,亦即语言之为语言的"逻各斯"。

可在东瀛之国,它们的"语言"(亦即"言叶")的第一定义,或曰发出的第一个"消息",便是赞颂美的事物——花瓣。也就是说,在日本文化中,花,乃是日本人急切要表达出的第一个有关美的赞颂与叹息,随后演化出的繁复的语言表达,便与"美"须臾不可分离了,因为其文化之根脉就植根在"美"的永恒性中,亘古不变。

这或许也是为什么,日本文化中的菊与刀在他们看来,亦是美的合一之共体。

由此,"言叶"作为日本元语言的第一性,作为第一个语言意识中所要传达或传递的"消息",便是赞颂美;而此美,在这个美妙无比的语言表述中,被简化为了"花之瓣"——亦即"言叶"。

川端康成:旧时日本的回眸者

殉美的人

一九六八年,诺贝尔文学奖首次授予了一位日本人——川端康成。

在斯德哥尔摩举行的授奖仪式上,他发表了纪念讲演《我在美丽的日本》。

讲演中,他大量举证了禅宗对日本文化的影响,其中,也谈到了他笔下时有涉猎的茶道与花道。他对日本古往今来的文化传承,有一份难掩的深挚之爱,尽管这份爱,隐着一份物哀和忧愁,亦有一份闲寂与幽玄,它们却几乎构成川端康成小说显而易见的品相。

但他就是没有谈到正在日本风云激荡的学生运动。对正在他的国家发生的"现实",川端康成选择了视而不见,不为所扰,他只有沉浸,沉浸在对故国家园的追忆与赞美之中。

但他却谈到了"死亡"。

1927年,芥川三十五岁就自杀了。我的随笔《临终的眼》中曾写道:无论怎样厌世,自杀不是开悟的办法,不管德行多高,自杀的人,想要达到的圣境也是遥远的。我既不赞赏也不同情芥川,包括战后太宰治等人的自杀行为。

川端康成在他所提及的随笔《临终的眼》中还写了一句话:"我讨厌自杀的原因之一,就在于为死而死这点上。"

自杀现象,在日本文坛乃至艺术界是一个令人不可思议的"景观"。许多人在盛名之下"莫名"地弃绝了人世,留下了一个个不解之谜,也一如川端康成,他在斯德哥尔摩发表了那个获奖演说(六十九岁)之后,没过几年,于一九七二年(七十三岁)突然在公寓口含煤气管自杀身亡。他没留下遗书,也只给世人留下了一个悬置的谜团。

我们很难揣测川端康成究竟因为什么,如此决绝地独自一人驾鹤西行,究竟是出于绝望呢,还是出自他的另类开悟?就在川端康成选择辞世的两年前,他一生之好友作家三岛由纪夫,亦在写完了最后的皇皇巨著《丰饶之海》的四卷后,又在日本防卫厅一兵营死谏失败,最终切腹自尽。生前,三岛由纪夫曾有过感叹:人生四十岁前自杀是最美的;可他的仪式化之死,则过了他这个"最美"的年龄。

在日本文化"物哀"之美学谱系中,艺术家自杀,似乎隐含着一种"殉美"的人生道义,仿佛唯在生时以自绝之方式结束生命,乃为美感的至高境界。他们中的许多人亦从了这个"美",以己之身殉彼之美。

这就是艺术家的必然归宿吗?抑或唯此行为,才能一举成为他们艺术人生最完美的句点?如此想来,若以文字追述殉美者的人生轨迹，倒也是兀自浮现出了一缕璀璨而凄美的死亡之光。

斯人已逝，那"美"——死亡之美，还是会让贪生如我者，叹惋和仰慕的。

《古都》：川端康成的绝望

川端康成的代表作《雪国》《伊豆的舞女》《古都》：景与人，皆美。

典型日本式的孤寂的凄美，乃为川端康成不变的语调和思绪：《雪国》让人遥想皑皑白雪覆盖下阴冷的"小国"；《伊豆的舞女》又令人犹见了阴雨连绵下那条阴湿的山间小径，娇羞腼腆的舞女头戴斗笠，匆匆地隐没于小径下的丛林深处；《古都》这次写的是都市，依然寂寞而哀婉。

川端康成是旧时日本的回眸者，与此同时，他又不无凄婉地为消失的古老传统轻声吟咏着一首首挽歌，你总能从他的文字中，清晰地听到他怅然的叹息。

《古都》里那种淡淡的伤感和忧愁，像烟雾一般轻笼着川端康成的文字，这几近成为他文学的标识了。是因为东瀛岛国的阴冷潮湿吗？他的《伊豆的舞女》与《雪国》中有苦闷的寂寞与孤独，而《古都》则多了落寞般的孤寂感。这或许是由于写作它们时年龄的差异以及入世之深浅，所反映出的不同心境吧。

我没查川端康成的创作年表，但直觉《伊豆的舞女》与《雪国》属早期作品，而《古都》则有了"暮色"的气象，虽然它写的是京都,而非《伊豆舞女》和《雪国》中僻远寂寥的日本乡村。

川端康成对家国之美有着异乎寻常的忧思与敏感,但又在文字中将其呈现为颓败之美,此一颓败是因为它萦绕于古老的传统吗?而那个遥想中的昔日传统,和传统中所凝结的大美,在现代文明的冲击下正在走向衰落——他感到了深切的哀愁。

现在的我,亦身处极端压抑的雾霾中。我感到了窒息,这窒息,不也分明裹挟着我的哀愁吗?只是我还多了一份情绪:绝望!

川端康成绝望吗?若非如此,他为什么在盛年与盛名之下,不留遗言地悄然自绝于人世?他是为了去天国寻找"在世"时寻找不到的昔日之美吗?

我很想问问他。

越往后读,《古都》让我越感到失望。虽然它是川端康成步入晚境时的作品,但一如他年龄,倒是见了他创作能力的严重衰退。

我还是喜欢他早期的《伊豆的舞女》与《雪国》,那种渗透在他骨子里的苦闷和哀愁,以及对美的迷恋与期盼,竟也如此动人,撩人心弦,就像永恒的、一年四季凝结在富士山上的雪,映照出一个人心灵的绝美与清洁。

彼时的川端康成,面对的只是自己的心灵。他心里积蓄了太多的幽怨与哀愁——那是他青春期的心灵骚动吗——还有关于美的幻影。他将此一幻影投射在了一个个年轻女子身上,以至让她们犹如雪影般洁白无瑕。

是的,这仅是川端康成虚构的人造幻景,她们只存在于一个人的想象中。在严酷的现实里,这样的女子——美丽如画、一尘不染的女子,是不可能"入世"的。

现实是污浊嘈杂的,而幻景幻影亦只能存在于小说(川端康成的小说)中。

他耽溺于幻觉,让心灵飞驰,他只是在自语。这如雪花飞扬式的自语,构成了他的《伊豆的舞女》与《雪国》。它们并不深刻,但它们很美,很美!

我对《古都》的失望,源于它的过分虚假,以及生拉硬拽的人物关系——一个被富庶人家收养的弃女,竟遇双胞胎的妹妹,而两个人相遇时的心理描绘又彻底失真,随后更多的失真亦接踵而至。川端康成的想象力显然今不如昔。《古都》之源生已然不再是他青年时那份梦幻与遐想,一吐为快,而眼下仅仅成了为写而写,于是失了真。

亦由此,它变得生硬而无趣。

最让我失望的,还不仅仅在那过于刻板的人物关系上,而是他的创作目的——他更像是为了谄媚西方世界,而对日本文化所显现的笨拙加以展示。他不惜将京都人的文化生活和民俗与仪典一网打尽,貌似一览无遗地尽收其间;而人物呢?仅为混杂在这些斑驳色彩中的人形木偶。在这里,没有一个人物是扎实的,他们是僵硬的,而非真实的。

这还是纯粹的文学吗?

《千只鹤》：物哀的符号

我认为，《千只鹤》是我读过的川端康成系列小说中最好的一部作品。

它让我着迷——《千只鹤》。此前，《伊豆的舞女》《雪国》乃至《古都》，均没有让我如此着迷，这么的百味杂陈、感慨系之。

这究竟是因为什么？

我一边读《千只鹤》，一边在悄悄地问着自己，几度想提笔写下这份悬而未决的追问，可又想了想，终究还是放弃了。

没有读完的小说是不好多说的，毕竟，那仅是悬浮着的仍在进行中的思绪与探问，它还不可能有"终极"的结论，因为这份言说所依傍的主体叙事仍在持续地延展中，那个最后的结局仍未显现。由是，川端康成在《千只鹤》中的主题思想，也就尚未真正得以现身了。我必须耐心等待那个最后的结局，由此才能让我知晓川端康成究竟想说些什么。

但它——《千只鹤》，结束得过于匆忙，戛然而止，虽存余音袅袅，但终归留下的，还仅仅是貌似已尽但终究未尽的尾声。这让我感到了些许的遗憾。

它是不该如此匆忙结束的。

但细想之下，这仿佛又是川端康成的创作特点，或曰他的写作个性。也就是说，川端康成乃是一每每沉溺（或深陷）于感觉中而难以自拔的人，日本文坛"授予"他"新感觉派"称号，亦不无道理。

川端康成是一个感官知觉尽度发达的人，他擅于捕捉那些微妙的、一时间又难以言说的感觉，这感觉竟是那么纤细、游移、恍惚，是陡然间的一个闪现；还有的，便是稍纵即逝的人生一瞬了。川端康成的感觉犹如一台高度灵敏的照相机，当那些稍纵即逝的人与物一旦出现，他的快门已然迅疾按下，并以文字的形式予以捕捉、凝固、定型，这也更将成为世间永恒的一瞬。

川端康成显然也陶醉于此——此一令他陶然欲醉的"瞬间"。所以他说，他的小说事先从不构思。这份嗜好，倒也是与我的创作理念如出一辙，由此我亦深知他为何如此，其实就是为了捕捉那些"转瞬即逝"的瞬间。人生毕竟充满了许许多多的偶然和随机，常常是稍一显身，又迅疾消失在了茫茫无际的时空之中，但它作为一种缘发之"因"，无形中又带动了随之而来的"果"。人们素常只注意到了那些显现之"果"，而对于启动此"果"之因则大意而疏忽了，因为它早已消失了，消失在苍茫虚无的时空中，成为"因"之"果"。

而那个消失的"苍茫时空"，似乎又是川端康成小说"物哀"的源头。他总是对日本历史中存留下的美——"仪式"般的"物与事"，充满了无尽的兴趣，以致他竟有些"恋物"癖。

难道不是吗？

我们只需打量一下其代表作笔下的人和物，便可知晓一二了：《伊豆的舞女》中的行走艺人——舞女；《雪国》中百媚千娇的艺妓；《古都》中少女穿戴的和服，以及搭配在和服上富有日本文化韵味的腰带；再就是在《千只鹤》中反复出现的那些古老的陶器，它们都是日本文化的经典符号。这些经典符号，盛满了日本的历史与文化,亦由是,它们便不再是一般意义上的符号集成,而是构成了我们认知和看待日本的一个有效途径和审视角度,从而一并认识和看待川端康成的小说。

"物哀"——此一词语,在日本文化中似是颇为奇特的意指,它的出现,好像是与日本的第一部浩瀚巨制《源氏物语》相偕而生。人们将小说中所流露的那份绵绵情思,以"物哀"之谓来予以命名,但在中文语义的直解中,它似乎指向的,乃是对"物"的哀伤或哀痛。

其实不然。

"物哀",在日语词语中确切的定义并非单向度的,它是双向而又多义的,亦即,它既是对一种美之事物的深情礼赞,又是对此一事物寄托的一份深切的哀愁。

一种民族词语的衍生,总会与相应民族的情感与情思密切相关;情与物的相互缠绕,又滋生出一种绵长的思绪或情愫。日本人最初是没有独属于自己的文字与语汇的,只能借助于汉语之力,但抵达的,却又是他们自己民族的文化心理,于是"物哀"——这一在我们汉语中未曾有过的形容词就此诞生了。而"哀"这个字,在这里既有对美之事物的赞颂,又是对美的事物的一种日本式的不无哀愁的一声叹息。

由是,我们就不难理解在川端康成的小说中,为什么会时时流露着五味杂陈的日本式的思绪了。在他所迷恋的作为日本文化符号事物中,总是寄托着他那份独有的哀愁和叹息。

他是在隐隐的预感中,哀叹日本美的历史、文化的消失吗?

他好像对现代文明的大举进犯有一种本能的抵触。

我记得,川端康成曾在其一文中用疑问的口吻说过:"日本的美存在了一千多年了,它还能再存续一千年吗?"

这是他的疑问,也是他的叹惜与忧愁。

于是"物哀"之忧,构成了川端康成小说的基调,他小说中的笔下之美,亦由此而染上了一层若隐若现的淡淡的忧郁。这哀愁与忧郁,一如他笔下萦绕山间的云雾(《伊豆的舞女》),一如秋叶的枯黄和飘零(《古都》),一如山坡上那条被积雪覆盖的曲曲弯弯的小径(《雪国》),一如《千只鹤》中那个被少女近子摔碎的百年传承的陶器……

哦,物哀!

《千只鹤》的故事是蛮纠葛的。其中出现的那一组人物关系,远不像川端康成其他小说那般相对单纯、清澈、婉约,虽然它依然是川端康成式的一以贯之淡色调的,但当这组人物关系加入了这种淡色调时,一切都变得异乎寻常且又耐人寻味了。

这组人物既构筑起了一种碎片残迹般的关系,彼此又映照出了世间复杂的人生向度。

川端康成大多数小说有一个相对固定的叙事模式,他总是喜欢借助一个年轻男性的眼光,来打量那个于他而言神秘的女性世界,尤其是少女的世界。在他的眼中,这类娇媚迷人的女子总是那么亭亭玉立、冰清玉洁,由此内心泛起一种朦胧而复杂的情愫。因为这份难言的情愫,叙述便染上了一道犹如晚秋般的忧郁。在"性"的问题上,川端康成又总是欲"性"而未"性",给人留下无尽的遐想。

而这一次——《千只鹤》，人物关系的编织，使得"性"在此构成了这一特立独行的小说的一大特征，但他的美学观，依然促使他回避直写，而是曲尽其意。

"性"，似乎成了川端康成小说无言的禁忌。

就因为他过于痴迷美吗？而在他所执着的美中，性，是否会让他备感有违于对美的感知？

写《千只鹤》时，川端康成正值壮年，五十岁，苍茫人生锻造了他更深沉的情感。他不再像《伊豆的舞女》中的男主人公那般，仅像个情窦初开的少年了，幻想着少女不可触碰之美艳，犹如面对一朵阳光下娇嫩欲滴的鲜花而不忍采摘。《千只鹤》让阅尽人间沧桑的川端康成，有了更深邃的入世的眼光，而在此前的创作中，他总是含着一丝出世的情怀。

小说的男主人公菊治父母双亡，在一次由父亲的旧日情人近子举办的茶会上，他见到了父亲曾经深爱过的另一情人太田夫人。她是领着女儿一道来的。而这个茶会，近子的本意，是想给仍独身的菊治介绍一位年轻貌美的女子，而这位女子（雪子），"拿一个用粉红色绉绸包袱皮包裹的小包，上面绘有洁白的千只鹤，美极了"。

"千只鹤"这一意象，虽被冠为小说之名，但其实在小说中它并不重要，甚至完全可以忽略。在此，川端康成真正要叙写的，乃是菊治与太田夫人和她的女儿文子之间复杂的情感纠葛。

就在那次茶会之后，菊治在归途中，意外地发现太田夫人站在山间的小路边,静候他的到来,而菊治对她是心怀余怨的。毕竟太田夫人曾是父亲的情人,而在彼时,他年龄尚小,他感到了内心受到了伤害。

他们站在路边聊着,菊治偶尔会发泄一下自己心中郁积的怨艾,内含一丝嘲讽,但太田夫人对他父亲的思念与哀怨,还是让他心中多了一点儿说不清道不明的滋味。此后,他们一同去了一家山间旅馆。

川端康成从来不会明着写"性",他只写感觉——事前与事后的感觉,仿佛欲令"性"事别来"骚扰"他对美的物事的感知。但我们知道,那一段欲言还休的叙述,其实写的是他们共度了那个难忘之夜,而这一夜,让菊治感受到了太田夫人惊人的温柔与女性的温柔和体贴。

后来他还想见太田夫人,却在电话中听出了太田夫人的惊恐和崩溃,以及她女儿文子在边上的大声呵斥。再后来的一个潇潇雨夜,虚弱的太田夫人突然造访了他。她说她想他,也思念他的父亲,她向他请罪,请求他的原谅,因为他从菊治的嘴里知道了,他们相见的那个茶会,其实是近子为了让菊治相亲的,由此她有了强烈的负罪感。

就在这一天,太田夫人说到了死亡。

一切都像是那一夜的延续,只是多了许多哀伤与痛苦的撕裂。事后,他送太田夫人回了家。

就在当晚,菊治接到了文子的电话,她告诉他,她的母亲自杀了。

在菊治去吊唁太田夫人的那一天，太田夫人的女儿文子，向他述说了她母亲对菊治的爱，以及她的阻止，她恳求菊治原谅她的母亲。那一天两个人的会面，是凄迷的。后来菊治又约了文子，而这似乎也是文子期待中的一次见面。她带来了母亲生前喝茶用过的陶器，说上面还留有母亲的唇印。她再次请求菊治能原谅她的母亲，她向菊治深深地赔罪。菊治心如刀绞，百感交集。

有一天，菊治突然接到文子从公共电话亭打来的电话，说是她后悔将母亲生前用过的陶器送给了他，她请菊治务必将它砸碎。菊治听了不解，而文子又固执地不说出缘由。

接下来，他们在菊治家又见面了，文子不无哀恸地说起了母亲，也说到了菊治的父亲，还说到了自己的父亲。可奇怪的是，这些哀恸、伤悲，似乎在拉近他们彼此间的感情距离。一切都像是意在言外，他们二人却在此过程中心心相印、同病相怜了。

川端康成极擅长写朦胧的情感，他对整个过程的叙述朦胧而暧昧，但作为读者，你的心会忽然揪紧，甚至领悟到那个忧郁的文子其实已然爱上了眼前的菊治，只是她在顽强地挣扎和抗争，与自己，因为他们之间横亘着这么多难以厘清的心理障碍——菊治的父亲，以及她自己的父亲和母亲。一切都像是一种不可饶恕的罪孽。

又是事后。

事后的文子，断然摔碎了菊治珍爱的、留有太田夫人唇印的陶器，她毅然决然地起身离开了菊治。但我们又依稀地感觉到了，在此一"事后"之前，他们二人必是共度了一次鱼水之欢。

第二天一大早,当菊治打电话给文子时,他惊异地发现她"失踪"了,从此杳无音信。

小说竟戛然而止在这个情节点上。从叙述情绪与节奏上看,这是一部貌似未完成的小说,它更像是一个让人无限感慨的逗号,而非句号或感叹号。我只能推测,作为"新感觉派"一员的川端康成,其实并没有想好,在最后,他究竟要在小说中表达什么,尤其是从中他意欲提取出什么样的人生意涵。

他只能如此了,欲了未了,以一个高高悬置在文字上空的大写的逗号结束,悬而未决。

或许川端康成自己也犹觉这是个"悬而未决"的结局,之后,他又写了另一部续篇《波千鸟》。在此小说中,川端康成让文子的失踪终于有了下落——那天之后,她毅然决然地离开了都市,孤身一人,开始了游历日本山川的长旅。她一边走,一边给菊治写长信,信中既汇报她一路上的所见所闻,又诉说着她对菊治纠葛难解的思念。

终于有一天,她留下了这样的文字:

我思念你,为了同你分手,才来到这高原和父亲的故里。我思念你,就难免纠缠着懊悔和罪恶,这样就无法同你分手,也就不能开始新的人生。请原谅,我来到这遥远的高原,依然在思念你。这是为了分手的思念。我在草原上漫步,一边观赏山色,一边还在不断地思念你。

在松树林中,我深深地思念你,心想:假如这里是没有屋顶的天堂,能不能就这样升天呢?我盼望着永远不要再动了,我全神贯注地祈祷着你的幸福。

"请你与雪子姑娘结婚吧。"

我这样说,就同我内心的你分手了。

我承认,读到这里,我不禁潸然泪下。我不知是在为踽踽独行中的文子,还是为内心孤独凄冷的菊治,甚或是为了那个已在天堂的文子的母亲。我内心百味杂陈,心疼不已。或许,我仅是在哀叹命运的无常,以及对人的无情捉弄,以致让这一对好人陷入不幸!

这部续篇,坦率地说,最好的部分,便是文子写下的那封长信了。而小说之叙述主体中的菊治与雪子的新婚,则让人读着索然无味。

一切的阅读情感,都萦系于文子的那一封长歌当哭的信中。

《波千鸟》是思绪未尽的《千只鹤》之延续,尽管如此,还是让我犹觉川端康成的言不尽意,言未尽的也就是那个本当从故事中可以提炼出的形而上的命运的主旨。

在《千只鹤》中,川端康成出人意料地笔涉了日本文化中的"耻感",也即人性的"负罪感",这对于一位一生都在追寻且痴迷于日本文化之美的川端康成而言,是一次让人颇感意外的写作。

川端康成设计了这么一组复杂的人物关系,而这组关系存在本身已然昭示了"耻"的存在性。亦由此,从不事先构思,而任由感觉自由"行走"的川端康成，其实是想探寻他一贯缺少的人性深度的，而此一深度，又关涉着日本人文化心理中"耻"的隐匿——它寻常看不见，被一层表面的、仪式般温情脉脉的面纱精致地包裹着，从不示人，一如被舞女、艺妓和和服裙带遮蔽了的川端康成。川端康成这一次所选择的，是一种极端化的人性表现——乱伦。

说是乱伦，其实也不尽然，只是父亲与儿子共同爱上了一位中年女子，而这位女子的女儿，又与"儿子"双双陷入了一言难尽的爱河。

这是一种爱吗？

的确，川端康成之此一作为，突破或者说颠覆了我们世俗观念上的爱情观——我们在俗世中至为普通而又流行的爱情观，他甚至瓦解了我们固守的传统意识或规矩。川端康成让那些隐藏在人性最深处的"可能性"之爱情，浮出了水面。想必他也为他的此次"大胆妄为"而惊叹不已吧，否则，他为何竟在《千只鹤》中留下了一个"言不尽意"的尾声呢？

川端康成显然不知该如何"认识"和处理他笔下的这两个人物之间的爱情，以及他们之间纠缠着的复杂关系了，于是，以叙写美感著称的川端康成，只能随着他笔涉之人性一同挣扎了。他在其中矛盾着，纠结着，而矛盾纠结的典型体现，便是他言不尽意的"朦胧"了。他既想让这些爱情物语呈现出物哀之美，又被一种罪恶的"耻感"所缠绕。

他无以解脱了。

太田夫人对菊治之恋，是不是亦出自对菊治父亲的一份留恋？而文子之"爱情的陷入"，是否其始源之因，乃是她母亲"恋情"的"诱惑"，从而触发了她那少女欲望的萌动，以致陷落于不幸之中？

而菊治呢？他对她们母女的"爱"和苦思，是否亦是父亲孽债的一种无意识的延续与拓展？这其中，从人的正常心理来看，是有变态性的，但川端康成则将这个貌似"变态"的人性面相暴露了出来，且予以叙写，其实也就一并揭示了在人性中我们所陌生的、一种本然性的人性之存在。

他们之间垂死般地挣扎与扭曲，其实是基于内化于心的俗世道德，这是人类为彼此共处划定的一条"道德界线"。界线的划定，当然源乎于历史，人类为了相安无事地彼此共处，在漫长的历史长河中，不断地为私己之行为，制定规则。此一规则，后被人类命名为"道德"，即以"道"为德，"道"是公共性的，而"德"则属于人的行为规范或规矩，或曰德行。

但文学的道德力量，有时会偏离人类约定俗成的道德轨迹，而道德的使命又天然地事关人性，以及人性在不同历史语境中的流变。任何道德，都是在特定历史语境下诞生的，但历史语境又从来是变动不居的，更遑论道德呢？由此，所谓道德，必然会伴随着历史语境的变迁而有所调整，此为一。

二是文学在当今时代将承担什么使命，它的义务与职责又是什么。捍卫道义仅是其中一义，政治学或伦理学似乎也在做一些相关的必要探索，于是这就像在与文学的使命做"同语反复",并没有显示出文学作为一种独特的艺术表现形式的特殊性。

在我看来,文学的必然属性,乃是去蔽与启示,而"去蔽"之说,便是将被世俗成见遮掩的尘土予以拂除,由此而显现出人生的本然之相。尽管从世俗的角度看,文学所呈之事,完全有可能是丑陋的,甚至是不堪的,但这种揭示,亦显示了文学自身的立场与道义——它从不屈就于世俗习见,也不会为了赢得大众的欢呼和鲜花而廉价地献媚,它只以感性直观的力量,剥去被道德乔装打扮的妩媚的外衣,直见隐藏在人性深处的未被揭示的黑洞,从而完成人类认识自身的启示意义。

以上,我只是在说一种相对完美的文学使命与责任,但在《千只鹤》中,一如我之所言,川端康成表现出了极大的困惑与彷徨,深度陷入了小说人物的情感纠葛与冲突之中,从而引发了他挥之不去的"物哀"愁绪,于是,他的文字笼罩在一种冷色调的驳杂的思绪之中。

我能明显地感觉到,川端康成其实一直想从中突围,寻找一条救赎之道——既为他笔下的人物,也为了他自己,但他终究没能找到。他在无奈的惆怅中,让他的《千只鹤》欲言又止,成了一首缺少句号的"物哀"长歌。

其实在川端康成后续的《波千鸟》中,我摘取的那段情深意长的文子之信,若加进《千只鹤》的尾声,《千只鹤》便不再会是一部"残缺"的文学作品了,而会成为一部结构完整的长篇。显然,当时的川端康成尚未想到最好的命运结局,他只好独写文子的"失踪"而不计其余。但对她为什么而失踪,失踪了又去了何方,当时的川端康成,显然感到了茫然。

他只能意犹未尽了。

但在《千只鹤》中,川端康成以他感性的直觉,触及了日本文化中的道德"耻感";此一耻感,又因为关涉几段凄美的爱情,便呈现出分裂之状。一方面,他不得不为他小说中的人物承担负罪之责;另一方面,他又被其中的刻骨铭心所诱惑。也正因如此,文学完成了一次对世俗道德的"僭越",抵达了我们人性中的陌生区域。在那里,道德之耻与真挚之爱发生了强烈的抵牾与较量,结果未分胜负,只有当事人以逃遁的形式予以自我解脱;而正是这种抵牾和较量,通过《千只鹤》,我们"结识"了我们过去还未曾认识和打量过的人性乃至人生。

人生其实就是一个巨大的悖论,任何冠冕堂皇的言说,在悖谬的人生面前都显得苍白无力,而最好的文学,就是表现命运之悖谬的。

一如《千只鹤》——它没有结论,只有抵达。

三岛由纪夫:菊与刀的殊途同归

川端康成的小说予人之印象,乃物哀之唯美,一如其成名作《伊豆的舞女》,耽于幻想,流连于幽玄的美意,且刻意营造出一种东方式的含有禅意的异彩,但它们是不即物的。它们与浮世之象是隔了一层被文字修饰过的纱幔的，日常之人生，由此幻化为一种虚无缥缈般的和敬清寂之美。但此种美，乃是被制造出来的美，只依存于未及人生深处的浮华表象，但也足以让西方人为之惊艳，他们误以为那便是神秘的东方文化。我想，这也是诺贝尔文学奖之所以授予川端康成的缘由。其实论文学成就，三岛由纪夫远在川端康成之上——三岛由纪夫的小说具备惊人的深刻与力道，并且还力透纸背地揭露了日本文化所谓美之事物背后的"丑陋"。

"我想，我要活下去。"这是三岛由纪夫的小说《金阁寺》中的最后一句话。为此，在小说中，三岛由纪夫放了把大火，焚烧了作为日本文化的象征的符号——金阁寺，却貌似为放火的小沙弥留下了一条活路。

又过了多年之后，写《金阁寺》时还只是一个身为西方主义者的反叛青年的三岛由纪夫，已蜕变成了一位狂热的民族主义加民粹主义者，在他企图"唤醒"国民自卫队官兵起义失败后，切腹自杀了。按照切腹仪式的规则，切腹者在执行切腹程序时，若不堪忍受疼痛，他的受托人可手持长刀砍下切腹者的头颅，这一举措被称为"介错"。按照这一规则，三岛由纪夫死前说出了上述那句"别让我痛苦得太久"的临终嘱托。

但是，为三岛由纪夫博得大名的《金阁寺》，似乎早已预示了三岛由纪夫后续的"宿命"。小说中足以代表日本文化美的象征物——金阁寺，被主人公一把大火焚毁了，而三岛由纪夫本人，亦以一把同样是日本文化象征物的日本刀，切腹自裁了。而就在当天早上,他还将他系列长篇小说的终结篇(《天人五衰》)交付给了出版社编辑,就像给自己所崇尚的"美"的一生画上了一个完美的句号。

不,是感叹号——以切腹为仪式的感叹号。

当然,死亡仪式并非是他当时必定的选择。他与他的弟子绑架自卫队的一位高级将领时,目的仅为"唤醒"民众,而非"切腹"警世;当"唤醒"行动宣告失败,他只能选择自裁,并以日本文化最富尊严和美的形式自绝于人世。

一如《金阁寺》,三岛由纪夫以其惊人的文学才华,浓墨重彩地渲染和刻画了金阁寺的大美——在夕阳下、在晨光中的美,最终,美却毁于一场大火,一如他毁于一把日本刀。

在《金阁寺》中,我们已然窥见了三岛由纪夫异于常人的见识,以及他对日本传统之美的反向认知,或曰美的反动。

三岛由纪夫是一个反常识反美学的人,也就是说,他从一开始就是一个颠覆与毁灭传统美学观的叛逆之子,他用他笔下的《金阁寺》,证明了美的虚无乃至无意义,证明了人其实只是被所谓的"美"绑架的失明者。正是基于此一前提,《金阁寺》充满了晦涩的哲思。这份哲思于三岛由纪夫,虽说具备了"行动"的明晰性(主人公焚烧了金阁寺),但在意识层面,还是有儿晦暗不明的,这就造成了三岛在他的小说中每每生发"哲思"时,思想就像失焦的镜头,朦胧、模糊和暧昧,却又足以显现和预示三岛由纪夫这位奇才以后的人生轨迹。

义无反顾地走向自毁。

美的反动与虚无

三岛由纪夫的传记《美与暴烈》,此书著者亨利·斯各特·斯托克斯乃是一名英国记者,也是三岛由纪夫的朋友。

与川端康成一样,三岛由纪夫由祖辈抚养成人,经历了一样的"囚禁"式的孩提时代,这似乎就为他们以后的人生轨迹奠定了基础,只是两个人分别选择了不同的文学之路——川端康成走上唯美的一端,而三岛由纪夫则沉溺在了审"丑"之中。川端康成柔弱纤细而敏感,三岛由纪夫则血气方刚且极为敏悟,最终,三岛由纪夫在他如日中天的壮年时,以在日本国都已然绝迹的切腹仪式,为他的"理想"而殉国了——他疯了吗?

而川端康成则在他知悉了三岛由纪夫自裁后发出"该被砍下脑袋的人是我"的慨叹后,于暮年吸煤气自杀,而此举,距离他荣膺诺贝尔文学奖也就仅仅过了四年。可在他的诺贝尔文学奖颁奖致辞中,他还叹息日本作家的自杀行为是"没开悟"——那么他四年后的断然自裁,是对"开悟"的另类注解吗?

"别让我痛苦得太久。"

这是三岛由纪夫在完成了腹部的"十"字形切割疼痛难耐时,对他的助手——或许还是他的同性恋人,且要一道切腹赴死——森田必胜说的一句话,也是其临终遗言。森田必胜作为三岛由纪夫指定的"介错人",手持三岛由纪夫交给他的名贵的"关孙六"日本刀,在另一在场者的协助下,挥刀取下了三岛由纪夫的首级,从而也就结束了他最后的痛苦。

三岛由纪夫的这句嘱托，长久地徘徊在我的脑际，挥之不去。

从世俗的眼光看，三岛由纪夫绝无自绝的理由：诺贝尔文学奖已然遥遥在望，在日本本土名气日隆且无人匹敌，几乎成了一则神话，可他竟以切腹这一行为，为自己所创造的"神话"画上了一个句号，留下的，乃是永恒的难解之谜！

美国学者鲁思·本尼迪克特独具慧眼，于"二战"期间，以从未踏足日本国土的人类学家的身份与学识，仅以有限的资料和寻访羁留美国的日本人，便写就了影响至今的传世之作《菊与刀》，将日本民族性格中截然对立的双重性，揭示得入木三分，成为我们解读日本文化的一把神奇的钥匙。

这两位日本文坛传奇式的巅峰人物——三岛由纪夫和川端康成，他们也是一对相濡以沫的文学挚友，三岛由纪夫之所以年纪轻轻就能在战后昂然地走向日本文坛，与当时名声大震的川端康成的提携，不无关系。

我读他们的书，不无惊异地发现，在这两个人身上，居然经典般地呈现出"菊"与"刀"的不同人生向度，而他俩的创作风格与路径，亦分别指向了菊的柔美与绚丽——川端康成，与刀的血性与暴烈——三岛由纪夫。

倘若说，三岛由纪夫以刚烈之切腹而自杀，乃是以一己之身践行了"刀"的壮怀激烈，从符号学意义上乃是"殉刀"，那么，川端康成柔弱谦抑的自杀，则为"殉菊"了。

他们的辞世，都身怀一份对"美"的向往与寄望，似乎在他们看来,死亡乃是美的最高表现形式,或曰境界,也是绝美的呈现,而人世间的沉沦与萎靡,则早已让他们不堪重负。

在这里,菊与刀,似已与死亡之壮美融合为一,而这两个似乎截然对立的文化符号,也只有在这时才开始了它们的握手言和且双向奔赴,由各自的彼岸之域出发,殊途同归。

仿佛肉身之重,唯在死亡之时方可获得解脱与轻扬,菊与刀,在此被极端浪漫化了,并被推向美学意义上的至臻之境。

第三辑 影视：

沉浸在影像世界

一、欧美电影：致敬经典与大师

电影圣者伯格曼：梦魇与现实间沉思的哲人

一

一位世界影坛泰山北斗般的圣者——伯格曼，离开我们而远逝了，他留下了雕像般的身影。或许不需要我们悼念他，因为他为世人留下的不朽之作，使他的生命在无尽地绵延，没有终点。

他仿佛仍活在人世，在他的作品中，那里是他灵魂栖息的故乡，我甚至能在由他命名的电影中，感受到他生命的温度。

可他作品的基质是冰冷的，一如这个冰冷的人世，人与人之间疏离而陌生，生命也在宿命般地循环中寻找着无望中的希望。

伯格曼在世时是绝望的，正是这种高贵的绝望，构成他作品的全部魅力和力量。从未有过一位艺术大师像他的作品那般，一如北欧的冰雪与严寒，那刺骨的冷浸入肌肤，却又让人彻悟人生的奥秘。

看伯格曼的作品，乃是对观者残酷的考验，它在冷峻地考验我们灵魂的承受力——你是否有足够的勇气，直面真实的人生，以及黑暗的人性？

这位大师早年一定是位虔诚的基督教徒，上帝的训诫，曾让他躁动的灵魂从此有了归宿，直到有一天，他在向他一再袭来的灵魂拷问中蓦然发现——"上帝已死"，精神上从此失去了外在的依傍，痛苦和绝望就在那一瞬，像北欧的风雪，将他裹挟覆盖。

他迷惘了，人生好像失去了方向。

于是，他寻找到了后来伴随他一生的亲密的朋友——戏剧和电影。他显然是一位孤独的私语者，于是他通过文字、戏剧与胶片，默默地倾诉着他内心备受煎熬的痛苦和绝望，他仍希望有一个拯救者——上帝，但灵魂深处，有一个固执且可怕的声音在一再地告诫他：上帝已死！

于是他在困惑与迷茫中，小心翼翼地叩问着人世之谜的谜底。这也就是为什么，伯格曼的电影总像形而上地笼罩着一个巨大的无解的谜团。

他是一位真正的智者、哲人，而且是一位真正的电影大师，一座无人可以超越的高峰。

我愿在此向他默默致敬，伯格曼不朽的精神和灵魂，将永远活在我的心里。

二

二十世纪初，欧洲的两位电影大师——伯格曼与安东尼奥尼——去世的消息同时传来时，我悲伤至极，于是我在博客上写下了两篇悼念文章，因为他们的电影曾经强烈地影响过我。

当然，这二人中，安东尼奥尼远远无法跟伯格曼比。倘若说安东尼奥尼的电影描述了他所处的那个时代的反叛精神，那么伯格曼的电影则反映了我们所置身的这个世界。他们俩都是纯粹的艺术家，但伯格曼在他的艺术"名分"上还要加上"哲人"的名号。

在世界电影史上，其执导的电影可与哲学相并列的只有两个人，一是作为哲学电影先驱的伯格曼；二是波兰铁幕时代前后的导演基洛夫斯基——他们所创作的电影如此深刻而伟大，后人恐再难以超越，只能仰望。

不知不觉地竟在记忆的逝水中漫游，不禁自问：我究竟是在什么时候，才知晓了瑞典导演伯格曼这个名字的呢？

伯格曼的那三部早期电影均为传世之作，正是那三部电影令世人惊艳，这三部电影是《第七封印》《野草莓》与《处女泉》。当我知道伯格曼这个名字时，已然是这三部电影诞生后的许多年了。

听人说起伯格曼这个名字还是在一九八八年，让整整一代人记忆犹新的八十年代于此刻正在走向它最后的尾声，而我，于当时，只身离开了石家庄，经朋友李陀和张暖昕夫妇介绍来到了当时思想极为沸腾和喧嚣的北京城，暂时栖身在北京青年电影制片厂当一名文学编辑。那是我的人生第一次正式开始"触电"，在此之前，电影与我的关系乃是那么地遥不可及，仿若置身在两个截然不同的世界；彼时的我，仅仅是一个偶尔会坐在大银幕前，瞪大了一双惊奇的眼睛，盯着晃动的影像而一动不动的好奇"看客"。

当时的我，是以一名活跃在文学界的批评家的身份进入电影界的。一九八八年文学思潮风起云涌，它经由伤痕文学、改革文学、寻根文学，继而进入了文学之"形式革新"的令人激动的年代。也就是说，中国当代文学昂然地开始进入了追求先锋与前卫思想的年代。值此之际，我们自然而然地也将艺术审视的目光，从文学转向了对西方现代派电影的关注。也就是在此时，伯格曼这个名字也躬逢其盛地开始频频进入我们聊天的话题。那时的我，虽然以电影人的身份也能十分荣幸地偶尔流窜至小西天的电影资料馆，去看一些所谓的内部电影，但却始终未能幸运地在那里与伯格曼的电影邂逅。伯格曼在那时对我而言，依然还是一个遥远的充满诱惑的传说——传说中，在他的名下，电影属于探索性的先锋电影之类型，晦涩而复杂，一般人还难以看懂，且充满了耐人寻味的哲学意蕴。这些"传说"也由此对我产成了一个看不见的巨大磁场，让我对他的电影更加仰慕和向往，与此同时，他的电影也就更显得神秘而莫测了。

那会是一种什么样的电影呢？彼时的我，时常会情不自禁发出内心地追问。不久之后，我认识了一位朋友，他家里居然秘密收藏了许多不知从哪儿搞来的电影录像带，都是些令人艳羡的西方电影经典，而且还没有中文字幕，其中有几部就是伯格曼的电影。也正是因为这位朋友慷慨，我第一次领受了传说中的伯格曼的电影。记得当时看的是《野草莓》《秋天奏鸣曲》与《芬妮与亚历山大》。说真的，的确看得我云山雾罩、稀里糊涂，似乎一点儿也没看懂，更何况影片还未经翻译。但奇怪的是，尽管没看懂，但我还是看得津津有味，甚而滋生了一种莫名的荣誉感——此生，毕竟我看过了伯格曼的电影。

再后来，我就没有机会再去看伯格曼的电影了，虽然二十世纪九十年代后期是 VCD 与 DVD 的时代，有中文字幕的伯格曼电影也突然多了起来，我也买到了几部，但不知为什么，当年我看他电影时的那份好奇和偷窥般的激动心情消失了。自二十世纪八十年代结束之后，许多我们曾经拥有过的精神生活、内心状态，以及关于艺术的美学兴趣，的确改变了，这其中就包括了对伯格曼的迷恋与好奇。虽然此时我已然深度介入了电影创作，而且被别人视为电影人，但对此我自己从来没有认同过。我始终认为我是从事文学创作的人，而且在我的审美意识中，文学的价值远高于电影。

伯格曼驾鹤西行的那一天，我是从自媒体上获知此消息的，心里还难过了一阵，因为他让我想起了那个特殊的、永远消逝的美好年代，还有在那个沸腾和充满朝气的年代里，我看到他的电影时那种隐隐的激动。为此，我还专门写了一篇悼念小文，以此表达我对他及其电影的缅怀与追忆。

一晃又是许多年过去了，这一段时间在家，除了读书，晚上总会抽空看几部电影。有一天，我年轻的朋友傅兴文通过微信对我说:是否能写写伯格曼的电影？深埋在我记忆深处的一种蛰伏着的感觉又骤然浮现出来。我觉得我好像无法拒绝，就像无法拒绝自己曾亲历过的八十年代一样，毕竟在那个永远消逝的年代里，有过一段时光记忆是由伯格曼的电影留给我的，虽然模糊、朦胧，而且暧昧不明，但我犹觉那个记忆，仿佛还负载着某种我难以言明的缥缈的思绪，正在向我悄然袭来。

于是我花了几个晚上，陆续看了眼前唯一能找到的伯格曼的三部早期电影——《第七封印》《野草莓》和《处女泉》。这三部电影均诞生于二十世纪五十年代，也是他早期电影中公认的经典。这几部经典作品，似乎也不可避免地挟带着他强烈的个人成长的痕迹，虽然是以至为隐蔽、含蓄的方式在影像中不经意间流露出来的。很遗憾，我无法找到伯格曼后期的电影，也是基于此，我也只能以这三部能看到的伯格曼电影，重返记忆之河，来一番自由而又舒展的精神畅游。

《野草莓》乃是为伯格曼带来巨大声誉的一部黑白影片，同时它又是一部貌似超现实主义的电影。叙镜中含有大量稀奇古怪的梦境，匪夷所思的场景，令人一时间如坠云里雾里，难得其解。这其中，最具典型性的一个段落乃是那场奇异的梦中之景：

影片主人公坠入了一个怪诞而又恐怖的梦境，在梦中，他独身一人出现在了一处奇异的环境之中——空空荡荡的大街，扭曲而变形的街道，路边还有一个夸张的悬挂在立柱上没有指针的时钟，似乎世界陷在了一个可怕的末日景观中。正当主人公不知所措地处在迷茫中时，突然从街道的斜角处驶来一辆无人驾驭的马车，在空旷的大街上发出不祥的辚辚声响。主人公惊恐万状地上前探查，见车上载着一具木质棺材。主人公呆住了。马车从他身边无精打采地缓慢滑过，但车身却被街边的那根耸立的柱子绊住了,几经来回磨蹭,马车的一个轮子滑脱了,恣意地从主人公身边滚过,吓了他一跳。紧接着,车身不由自主地发生了倾斜,那具棺材从车上滚落,棺盖赫然敞开,只见一个"死人"从中滚了出来。

主人公见之大惊失色,原来那个在棺材里躺着的人正是他自己。更为恐怖的是,"死人"突然伸出了一只手,紧紧地抓住了主人公的手臂。主人公被吓得魂飞魄散。

在这一叙事段落中,我们若稍加留意就会注意到,这其中存在几个关键性的视觉元素,或曰能指符码:主人公(一位白发苍苍的老人),空无一人的街道,无指针的挂钟,骇人的棺木,以及棺木中主人公自己镜像般的尸身。

这些能指符号在喻示着什么呢?或者说,它们的象征意味究竟又指向了什么?一切都是那么的诡异难解,就像一个悬置之谜。但是在这里,我们还必须审视这三大视觉元素的隐喻之义。作为符号学意义上的能指,它必定也必然地意指某种未解的意涵,而对于此一观念性的意向之所指,或许伯格曼本人也仍处在自我懵懂状态,仅因一种直觉把他带往了那一陌生地带,也即那个奇怪的梦境,让他犹觉在此梦境中似乎隐匿着某种在向他悄然暗示的某种东西。那么,这些以影像构成的能指符码究竟意着什么呢?在其中又隐藏着什么莫测玄机?

在这里,我们先将《野草莓》中的三大视觉元素视为三个具象化的能指符号:空旷的街道——连接着人之孤独与无助;失去了指针的挂钟——意味着时间的空洞与消匿;棺木中躺着的死者——另一个属于主人公自我映照的镜像,也即向死的存在。

　　的确,伯格曼的电影充斥着这么一类自我镜像,也就是说,他将自己心照的印象自我投射在了他所营造的影像之上,虽然那一映象之所指,或者说暗示出的某种意味,于他是暧昧不清的,但他好像意识到了它们必定通往某种他暂时尚不知晓的隐秘之域,也就是弗洛伊德精神分析学说所揭示的人的无意识黑洞。那一黑洞,只有在人的梦境中以置换(意义转换)的形式出现,才能被我们所意识到,但它仍旧是混沌和意指暧昧的。因此,在很大程度上,伯格曼的早期电影始终徘徊在镜像式的自我追问和独语中。他将现实性的具象元素纳入到了他所独有的镜像式的语境中,然后以此来完成(或检测)他在无意识之中所泄露出的自我观照。亦由此,伯格曼电影便以一种独异的影像,履行了他自我映照式的省悟性的仪典或曰精神救赎。它们——伯格曼的电影——是独属于伯格曼个人的世界的,而那个梦魇般的世界,因超现实元素的不断插入或介入,而得以自我圆融和自我映照,由此又构成了一个我们解读伯格曼世界的独特视角。

　　于是,在伯格曼的《处女泉》中,我们同样发现了一个超现实的景观,那就是当影片中的父亲为女儿血腥复仇后,众人刚从地上抬起女儿的尸身,准备举行葬礼时,一股突如其来的清泉从死去的女儿身底喷涌而出。这一奇异的非现实的景象,将在此之前始终处在现实图景中的视觉语境,一下子拽入了一个超现实的幻象空间中,亦由此,它似乎又是对现实场景的一个反身性的“否认”——也就是说,现实被一种神话般的叙镜所击破乃至颠覆，似乎神迹在这一时刻蓦然现身了。而神迹的出现，自然也表明现实性与时间性的消隐，因为上帝的永恒性恰恰预示了它存在的无时间性；而清泉突兀地涌流，则仿佛喻示着神迹的在场，这也表明现实与时间的消隐与退位。我们都已知晓，此时此景，若真的是由父亲所代表的这一众人等在现实中的遭逢，那么，那股泉水突然涌流是不可能发生的，而它也只能发生在一个想象和被给予的时空中。在这个时空中，神迹可以在场，并以影像之名得以印证。

那么在伯格曼的名片《第七封印》中，我们又看到了什么样的超现实元素呢？——一个中世纪的骑士与执意要索取其性命的死神下了几盘象棋，而棋局的输赢，又将决定骑士命归何处。在这里，电影又一次出现了死亡意象——如《野草莓》中那具主人公自我镜像般的棺材中的死者与《处女泉》中那死于非命的女儿。在《第七封印》最后的结局中，骑士与他的仆人们终归没能逃脱死神的"纠缠"与追踪，竟然在电影的最后尾声中以舞蹈的姿态跟随死神的引领，去了那个神秘的将由死神来统领的魔界，当然，它也明确地指向了剧中人物终极性的死亡归宿。

在上述三部电影中，死亡意象毋庸置疑成了影片中一个潜含的主旨，它构成了伯格曼本人对人之生命乃至精神归宿的基本价值判断。而最终的救赎，在伯格曼的《处女泉》中，"父亲"向上帝的祷告与忏悔，而做出了一个虚妄般的导向——那就是父亲在处死了那几个杀死女儿的真凶，还连带着手刃了一位其实是无辜的少年后，在影片的结尾处，他仰脸向上，面朝苍天，向至上且至圣的上帝发出了渴望获得宽恕与拯救的祷告。

在这里，显而易见的症结在于，相对那个虚妄的渴求上帝的救赎，父亲刺杀凶手和"解决"无辜少年的那一幕场景，还是过于残忍，让人见之不寒而栗。于是，凶手杀人与父亲杀人在抽象的道德含义上，竟由此而获得一种"同构"之义——尽管父亲仅仅是为了正义而复仇，但他杀死无辜少年又在无形之中消解了其"正义"行为的正当性，亦由此，他的"复仇"之举曲折地显现出了悖谬性，也使得他的复仇行为具有了伦理上的双重含义：一，原则上，它符合人类原始律法的对等律，也即一报还一报，以牙还牙；二，其行为所牵连的那名无辜少年，又相应地抵消了（最起码也是降低了）其正义本身的正当性。于是，那个面朝苍天的救赎之望，也就成了一种自我解脱但又无法洗脱的空无之举。

伯格曼的《处女泉》，乍看上去它更像是一出影像化的舞台剧，而影片中各个人物的表演亦属戏剧程式化的——在适度的夸张中强化人物的心理、动作和行为的张力。这或许与伯格曼乃是正宗的戏剧导演出身有关，他似乎更愿意在一个相对集中的合适场景中将人与故事戏剧化，与此同时也予以抽象化，以便让超现实情境获得其存在的"合理性"。亦由此，他对《处女泉》中的场景和人物皆做了必要的简化处理——以"父亲"为族长的农庄似乎没见几个人，场面是干净而无杂人的，电影中出现的那些叙镜场景亦如是：除了戏剧性的需要，似乎没有任何人间所故有的"嘈杂喧闹"气息，看上去更像是抽空了许多现实元素的虚化场景。也就是说，伯格曼为了戏剧性的需要，剔除了所有在真实生活中可能存在的旁枝杂叶，而将其剧情浓缩在了一个虚拟般的有限空间中。

此类设置，在《野草莓》与《第七封印》中亦如法炮制。由此我们不难看出，伯格曼早期电影的创作特点，乃是他执意要虚构一个相对封闭的舞台式的"戏剧化场景"，以此让他的形而上学哲学思考能在其中获得淋漓尽致的无障碍表达。而此一表达，又仿佛让在人世间的我们可以感知到的物理时间戛然而止，而他独异的叙事，也就必然地搁置在了由他挑选出来的一段仅为叙事时间之需要而呈现的横切面上——而这个被伯格曼单独挑选出来的"无时间的时间性"是必须存在的，否则的话，故事就将失去它所有存在的叙事载体，因为任何事件或情节只能在时间的流程中发生和延展。

当《第七封印》的叙事出现了一个阴森森的黑衣死神时，时间在这里已然是被否决了的，因为就人的现实性而言，死亡乃是时间的终结，一切将归入空无。也就是说，所谓时间性乃是相对于人的存在而存在的，人去则时间也去。时间乃是人之存在性的载体，并赋予了人的生命的意义。而在《野草莓》中，时间的"被否决"，乃是经由影片中的主人公——那位年迈的教授，对似水年华的追忆来完成的。也就是说，此一被影像呈现的"追忆"形式之所以能够得以呈现，它必然意味着铁律般的作为人的客体的"物理时间"被主体以时间的形式予以展现，这种被特殊的人化的时间形式所撬动和敞开的人性内容，也就在此一被时间所展露的过程中被一一揭示了出来。于是，骑士与死神的对弈(《第七封印》),以及教授对如烟往事的追忆与怀想,皆以伯格曼式的窥探人性内容的形式而被深刻地揭示了出来。

伯格曼对人世悲观的态度在这三部电影中均有曲折而含蓄的表达。在这里,没有一个真正意义的人生赢家:在《处女泉》中,善良天真的"女儿"因为向流浪汉施善而被他们残忍地奸杀,而她的父亲——一位虔诚的基督徒,仅仅为了复仇,而让自己的双手沾满了杀人者与无辜者的鲜血。在《第七封印》中,无论骑士与其忠诚的仆人如何表现出对上帝的虔诚与信仰,皆无法逃脱死神最后的追逐,最终还是被死神带走了;而《第七封印》中的那些貌似愚昧的基督徒们,也皆以上帝之名无辜地剥夺了人的生命尊严——那个被绑缚在十字架上活活烧死的年轻"女巫",就喻示着上帝存在的虚妄与荒谬。

我们知道,伯格曼本人是在一个宗教气氛浓厚的家庭中长大成人的,他的父亲就是当地一名虔诚的新教牧师。小时候,他常跟随父亲出外布道,这也给他成长的童年笼罩上了一层挥之不去的心理阴影。长大后,伯格曼对宗教产生了许多挥之不去的疑惑,因此,他早期的电影必然会呈现出对宗教的迷惘与质疑,这同样也是始终盘旋在他心头的一份难解的心理情结,他只能通过艺术创作来纾解他纠结于内心的困扰与迷惑。死亡在基督教教义中,意味着人将依据其在现世中的行为,来接受死去后由上帝所做出的最后审判;而死亡的彼岸,又将以人在世时的善与恶,来决定他最终的灵魂归宿——是天堂,还是地狱。在伯格曼的电影中,尤其是他的《第七封印》,善行(骑士与其仆人)并没有让他们逃脱死神的追踪与纠缠以及地狱式的(以死神之胜利为象征)惩罚,这也就从某种意义上否定了由《圣经》所许诺的死亡天堂的存在性。

死亡意象在伯格曼早期影片中的一再出现,似乎也意味着人之地狱般的无以逃脱的命运归宿。至于《野草莓》,尽管没有出现死亡显在的阴影(只是作为一种非直接性的象征符码而存在),但那位功成名就的年迈教授,在其孤独的晚境中,也只能依靠对往事的回忆来支撑他最后的生命时光,而那一幕幕他追忆中的昔日场景,虽然被虚化或诗意化为美好的人生图景,但它们似乎又反过来证明了他在"现世"之中的困顿和失败。尽管在现实的层面,教授似乎被授予了"终身成就奖",但那又能说明什么呢?在伯格曼看来,这一切竟也是如此虚妄和徒劳。教授本人并没有因为"授予"而从他的精神困窘中获得最终的解脱,他依然被过往记忆所缠绕,而那美好的非在场记忆,更强化了他在现实生活中在场的,且因此陷入的虚无与惆怅——宛若在叙镜中出现的那个卡夫卡式的梦魇空间——教授走进了一简教室,端坐课桌前的学生们像一具具呆若木鸡的无生命的木偶。他还见到了一具横躺的女尸,经由他仔细察看后,宣布此人已死时,那具死尸突然"醒转"了过来,发出骇人的狂笑。与此同时,教授还被人当场宣判为"自私、无情"。

是的,《野草莓》的剧情,乃是以教授要去领受"终身成就奖"而开始的,而在他去往领奖地途中所发生的一切,又在不断地证明他在现世中(过去与现在)的彻底失败。荣誉嘉奖不过只是一个名义上抽象化的存在,而实际之"他",作为一个活生生的具体的人,生活所能"授予"他的,不过只是一次次的失意与挫败,留下的只是孤独和无解的困扰。他无法了解和认识真实的那个在现实与回忆中无尽徘徊的自我,一如处在现实生活中的我们——我们了解我们自己吗?我们的人生究竟是成功的,还是失败的?成功与失败的终极标准又何在——究竟以什么样的标尺来衡量此一成与败?抽离了我们自身实存的,来自外在社会的荣誉与嘉奖,与我们真实的内心活动究竟又有多少实际的关系?我们是活在别人所授予的外表光鲜的"荣誉"中呢,还是活在我们自己的让外在的物理时间从中消泯的世界中?只有当我们处在自主的意识活动中时,那似乎无处不在的物理时间才会悄然地自动消失,如《野草莓》中悬置在头顶上的那无指针的怪异挂钟,唯在此时,"我"作为一个具有存在性的主体,才会从淹没了我们的时间中浮现出来。

现在,我还是回归到我对艺术的基本观点上。纯粹的艺术,是要让创作者持有必要的道德勇气的。也就是说,他要敢于通过揭示和认识自己从而认识和揭示社会与人性,在此,世界真实的面相也在此一认识和揭示中被展示了出来。艺术的使命从来就是揭示与敞开,亦由此,我们看到了一个个一向被主流话语所遮蔽的真实的世界、社会与人,当然还有我们的人性。作为导演的伯格曼就是这么一位伟大的艺术家,他从自我出发,由对自我内心的探究,发现了人生世界的秘奥,与此同时,他又将自己成就为一位艺术家中的哲人。

基耶斯洛夫斯基：一个诅咒自己导演身份的人

真正意义上的哲学电影

倘若只允许在电影史上选出一位自己最喜欢的导演，我会毫不犹豫地念出他的名字——基耶斯洛夫斯基。

我喜欢的并非是他后期作品《红》《蓝》《白》，而是苦难深重的波兰仍处在苏联控制下之时他拍的《十诫》，尤其是其中的《杀诫》与《情诫》。

以我之见，它们堪称绝世经典中的经典，真正意义上的哲学电影。为此，我还专门撰文谈了我的观影体会。

基耶斯洛夫斯基是真诚而又可爱的，少有导演会像他那么坦诚且直言不讳，因为以他的说法，其实他是在否定自己的导演生涯，而此生涯又在无形中连接着他过往的荣誉与名声。

还有他在书中反复说的，无论在巴黎的生活、工作多么方便，波兰作为他的祖国，依然是他的整个世界，去国外无论多久也仅是"去"，只有踏上波兰的土地才是"回家"。

我读基耶斯洛夫斯基之"传"，功利目的是为了我的一个网上说电影的节目，我发现，单说电影少了点儿意趣，需要添加点儿"准八卦"的作料，而现在，我已转化为非功利阅读了，因为我被这个人对导演身份的"诅咒"与贬损迷住了。我从没遇见过这么一个人，以如此恶狠狠的语言"攻击"自己的职业，而且这个职业是电影导演。

最后我仍要强调，若让自己选出一位电影史上最好的导演，我会毫不犹豫地选他——基耶斯洛夫斯基。

《情诫》：一个关于爱情的追问

在当代导演中，基耶斯洛夫斯基的哲思是令人仰慕的，虽然他已驾鹤西去，但他通过影像留下的"命题"依然是当代人必须面对的生存境遇。

在基耶斯洛夫斯基电影系列中，让我最为心仪的乃是《十诫》。并非他的《红》《蓝》《白》不好，而是在哲学思考上，《十诫》最为有趣和深刻，就像一个哲学命题的哲学化形象本身。

自伯格曼之后，可以在影像中进行纯粹哲学思考的导演非基耶斯洛夫斯基莫属。在《十诫》中，他借用了摩西受戒的条律——十诫，延伸出了十部反映当代生活的电影，由此隐喻了人类社会被忽略的人性思考。其中，《情诫》和《杀诫》是最具华彩的乐章。

我这里首先要论及的是《情诫》。

基耶斯洛夫斯基的视角是独特的，他总能找到巧妙的哲思般的观照角度，稳稳地栖息其间，静静地打量着人性的弱点，以及我们未曾俯察和审视过的隐秘角落。他深邃的目光便在此时悄然地掠过人生表象，穿越笼罩在上空的乌云，一步步抵达人性深处。

《十诫》的伟大就在于，基耶斯洛夫斯基并未给我们厘清一个确定的答案。他也是困惑和迷惘的,人生、社会、世界及人性,在他面前亦是混沌而晦暗的,但自人类诞生以来就久已存在的人生存在的谜,正是他要叩问和深入探究的。

《情诫》中所要探究的命题是:人生中,究竟何为"爱情"?

故事是从一位少年的视角开始切入的。他是一名"偷窥者",他那张呆滞和迷惘的脸,似乎正预示着其内心一种"声音"的苏醒,悄然而又无声。苏醒的明证,便是影像中反复出现的那个重要道具——望远镜。

被望远镜锁定的目标是一个女人—— 一位成熟、惶惑而又极具风尘感的中年女子。由此我们知道了,那位偷窥少年,显然还停留在朦胧的青葱年代。

我们最初以为这只是一名无知少年的好奇,他情窦初开后一个可爱的"劣迹";我们也确实看到了他在俏皮地捉弄那位他偷窥中的女人——当时她正准备与情人进入"状态",没想到楼对面已然有一双眼睛将他们的行为尽收眼底,并以她的名义谎称家里的煤气漏了,于是修理工来敲门,结果一场原本美妙的欢好被扼杀在了"萌芽"状态,她因此驱走了"求欢"的男人。她的恼羞成怒可想而知。

随着镜头的缓慢推移,我们大致了解了那个女人的"日常生活"。她是放荡的,以随意的约会和发泄来排遣内心的苦闷和失意,一次次地用性爱的快感来获得近乎变态的满足,但我们在影像中看到的,依然是她内心难以掩饰的更深层的痛苦。

少年终于开始了他的行动。他要当面见到这个女人,而不再在镜头中偷窥，保持远距离的观望，这不能让他满足。他的行动看上去虽然幼稚，却行之有效。他利用了他的身份——一名邮局职员，为她送去了一份伪造的取款单。

果然，女人如期出现在了邮局，少年呆滞的目光终于略显欣喜。他目不转睛地呆呆凝视着她——那个女人。可女人却因此遭受了难以忍受的人格羞辱，因为她手持的是一张做假的取款单。女人愤然而去。少年追上她，嗫嚅而又不无恐惧地向她道出了真相，并将一摞信交给了女人。女人一看，欲哭无泪。显然，那一摞信件是她朝思暮想的恋人写给她的，却被少年截收了，而她却一直误以为是恋人对她绝情，她后来的颓废堕落之举，皆源自于此。少年还告诉她，他一直在偷偷地窥视着她，甚至知道她昨晚哭了。他胆怯地说，他只是想能见到她。

女人震惊了。就这样，他受邀来到了她的家。现在，他和她终于可以面对面了。她沉静地看着他，甚至还带着一丝暗暗的挑逗。而他的身体则瑟缩着，眼中含着一丝畏惧，紧张地看着她——这个女人。女人说，她把性爱和性看成不受约束的东西。他反对，但还是用受惊的眼神望着女人，胆怯地说，他爱她。

她笑了，笑得放浪而无羁。

然后她问他："你知道女人在做爱的时候下面什么也没穿吗？"他胆怯地说，知道。她又说："当一个女人想一个男人的时候下面会湿，你想感觉感觉吗？"

这时，少年的身体像筛糠一般开始颤抖。女人拿过他的手，一点点的，甚至是强行放在了她的大腿上，并往上部挪动。终于,那只被女人牵引的手,越过她的裙裾,正向女人的私处滑去。他抖得更厉害了,像一片寒风中的秋叶。

女人的目光是淫荡的,还夹杂着些许报复性的快感。

少年崩溃了。他发出一阵阵低哑、闷沉的呻吟声,接着,几乎是哭号般吼叫了一声——他的身体在剧烈地抽搐。女人的脸这时阴冷了下来,幸灾乐祸地看着少年,不屑地说:"现在你知道什么是爱情了? 去浴室洗洗吧。"

直到这时,基耶斯洛夫斯基的思考才开始初现端倪:我们已然在此之前通过少年的眼睛,通过他和女人的对话,知道了女人对爱情的绝望和鄙视,她一如行尸走肉游魂般地行走在世上,用无数次肉体的狂欢来掩饰空虚和迷惘。她没有爱情,爱情之于她只有性,只有肉体的机械运动。于是,她在少年身上实施了她刻意的报复——她不再相信爱情,并要将她的这一信念通过此种她自得的方式传递给天真无知的少年。

可少年却自杀了。这是一次未遂的浴室自杀,幸亏他被家人救了,及时送进了医院。静夜中,楼下不断鸣叫的救护车鸣笛声引起了女人的注意,她预感到是少年出事了。她开始重新关注这位曾被她鄙视的懵懂少年。

情节之逆转,就是在这一刻发生的。此前,我们可以通过细节清晰地感受到女人的爱情观(如果可以称为爱情观的话)——她对爱情不屑、麻木乃至冷漠。显然,这一切乃是基于一次她所遭受过的她自以为的爱情"背叛"。在这里,人生之悖谬在于,此一爱情悲剧是由那个少年造成的,而少年之所以这么做,又是出于对女人的单相思。

从此女人不再相信所谓的爱情,走火入魔般地开始了她的性爱之旅。与其说这是寻找刺激,莫如说她是在与男人相互捉弄中,完成她的情感发泄,因为所有的"事实"在告诉她,男人的爱情始于性,也止于性。这才会使得她在面对一位纯真少年的"爱"的表达后,以"性"的回报来"启蒙"他何谓爱情。于是在女人的意识中,性行为成了她的"信仰"、她奉行的行为法则、她游戏人生的哲学。

可她现在却进入了莫名的不可名状的焦虑。影片的视点也从这一刻开始转向了女人。她的那张"风尘"之脸,开始呈现出了些微变化——一个女人为一个男人由于牵挂和忧虑而产生的变化。她开始打听少年的消息,直至来到了少年的家。她看到了那个曾被少年用来窥视她行动的望远镜,它仍架设在少年房间的窗台前。她也从少年家人的口中,略略知道了有关这个少年生活的"信息",但她没有见到少年——他还住在医院里。

她开始了无尽的等待,一个在她看来漫长的等待。当时的她,显然自以为,此一等待亦因少年的自杀她负有责任。这位从电影一开始就缺乏责任感的女人,陡然间获得了巨大的、不可思议的责任感,她于是为少年担忧,甚至愿意为他做任何事情。

等待的焦虑终于有了结果。一天晚上,她看见少年的房间亮出了一缕灯光,她是那么欣喜若狂地向窗口招手,甚至一反常态地亮出了字体大大的标语(她相信,少年此时仍会像以往那般用望远镜窥视她):我在想你。这是写在大大的白纸上的字符。见没动静,她还拿着电话听筒冲着窗外拼命摇晃着——她了解少年熟知她的电话号码,因为在少年出事前,他给她拨过多次电话,她接了,但他从不开口,然后默默地将电话挂断。那时的她尚在"风尘"中,不解爱情——现在的她,仅仅只是为了能听到他的声音。这时,我们在女人的脸上清晰地读出了爱情,它奇迹般悄然潜伏在了她体内。或许,她并不自知,正是这焦虑、这担忧、这等待,让她在不自知的情况下获得了爱情的新生。

努力是徒劳的,少年的身影没有出现。但镜头一转,我们看到了他,那个少年,他确实在家里,他被抢救了过来,现在伤愈出院了。

他的脸依然是落寞的,但少了他以往固有的那份痴迷。

电影结束在女人再次来到邮局的时候,她那样惊喜交加地看着隔窗而望的少年。低头工作的少年似乎也预感到了什么,侧过脸,向窗外看去,看向那个一脸欣喜的女人。他没有表情。那张脸,少年的脸,显然已成熟了许多。女人激动地敲打着玻璃,用手势强烈地比画着。

少年默默地看着,还是没有表情。但他开口了:

"我以后不会再用望远镜看你了!"

《十诫》戛然而止,就像是一个急促的停顿,而把悠长的回响留给了我们,留给了与基耶斯洛夫斯基一道步入思考的观影者。

基耶斯洛夫斯基的《十诫》最伟大之处,是它的不确定性。区别于基耶斯洛夫斯基的《蓝》《白》《红》三部曲——因为这三色分别代表了法国国旗上宣示的自由、平等、博爱,这三大概念是人类普世的终极价值，它代表了颠扑不破的真理，自然也就毋庸置疑。基耶斯洛夫斯基这时所要做的，无非是在这一价值前提下，发现新的可能及真理，提出新的问题——但还是在此一概念框架内，无从僭越。

《十诫》则不然。基耶斯洛夫斯基从摩西的十大戒律中发现了人性中基于根性（原始性）的弱点，或者说与生俱来的天性，而它的存在，又是与人类社会的至高宗旨相龃龉的，由此而衍生出了基耶斯洛夫斯基的困惑。他并没有用任何"至高"的观念和思想去鞭挞所谓"根性的弱点"，而是将它小心翼翼地从人性中筛选和剔除出来，放在显微镜下予以放大。基耶斯洛夫斯基在此不给结论，他只是在追问，一个近乎形而上学的追问。例如《情诫》，基耶斯洛夫斯基要追问的是：

人，缘何而爱？

爱情究竟是什么？

《杀诫》：一个关于人之生命的思考

该说说基耶斯洛夫斯基的《杀诫》了。

我之所以如此推崇基耶斯洛夫斯基，乃是基于人类在进入了二十一世纪以来优秀电影的衰落，这让我备感惆怅。喧嚣浮躁的时代，已没有多少人在思考了，世界也已然变得是非莫辩。逝者如斯，基耶斯洛夫斯基的远去，让我在沉重的悲悼中，感受着他灵魂的游荡，我似乎依然可以强烈地意识到他深邃的目光在穿越时空。时光并没有伴随着他身影的消逝而停止流动，他的生命兀自凝结成了永恒。

我向他致敬。

很多年前,张艺谋、余华和我在谈《活着》,我们的讨论热烈而富有生气。那时我还住在东大桥的寓所中,一室一厅的屋子空间狭小,但并不妨碍张艺谋的激情洋溢,他的滔滔不绝让我和余华时常无话可说,好像话都被他一人说尽了。我们只是静静坐着,听着他对未来电影所描绘出的愿景。

闲暇时,张艺谋说起了一位让他崇敬的电影人:基耶斯洛夫斯基。他说到了基耶斯洛夫斯基的《十诫》,并谈及《十诫》这一命题的由来与《旧约—圣经》的血缘关系。他说,基耶斯洛夫斯基仅用了这十部小电影就震惊世界影坛,被推举为公认的世界级电影大师。他认为,《十诫》中最棒的作品乃是《情诫》和《杀诫》。

也是在那一天,我才知道世界上有这么一位导演,他来自欧洲中部的波兰,在那里,他还度过了他的前铁幕时代。

几天后,张艺谋拿来了《情诫》《杀诫》的录像带。因为没有字幕,他自己充当起了解说员,只是大致地说了故事的梗概。显然,他也是在电影节上听别人讲解了一个大概。但我们已然看懂了,很受震憾。张艺谋和余华在《情诫》《杀诫》中皆认为《杀诫》更好,因为它更趋向于哲学的表达;而我,则更喜欢《情诫》——虽然它们都是史上最伟大的电影。

《杀诫》是一部结构性作品,是通过匠心独运的结构的主题构建和衔接而产生哲学意涵的。也就是说,这部电影的结构性创意一旦形成,电影的价值和意义就已然成功了一半。《杀诫》无须像《情诫》那般对人物的心理进行手术刀似的层层剥离,人物在其中仅代表一人性符号,他们的被抽象正好可以就此逼视出作品的深层意蕴。它只需通过几组最初互不相关的人物,经由一个不无残酷的情节转折而"殊途同归"。

基耶斯洛夫斯基在《杀诫》中又要质疑什么呢?

基耶斯洛夫斯基从来就是位怀疑论者,而非一位简简单单的相对论拥护者,呈现在他眼中的世界是充满悖论的,因此他不给出定论。他将自己的思考和盘托出,然后将他的"凝视"不动声色地搁置在影像之中。

《杀诫》是通过三组人物来平行展开情节的:一位无所事事浪迹街头的青年;一位到处找活儿的出租车司机;还有一位,便是正准备毕业答辩的实习律师。

但叙述的焦点,却凝聚在了那个青年人身上,因为他是被基耶斯洛夫斯基用来思考人生和审视死刑正当性的,也就是说,在他的身上呈现了基耶斯洛夫斯基所要表达的哲学主题。

在电影中,我们看到了青年从杂货店里买了一根粗麻绳,他漫不经心地使劲拽了拽,他是在试试麻绳的坚韧程度。接着,他又开始了街头游荡,脸上充斥着麻木、空洞、愚昧与无聊。

那位出租车司机则在漫无目的地揽活儿。他驾车穿行在大街上,留意着行人的反应。他不想错过自己的生意。

而年轻的律师,此时正在进行论文答辩,现在他所面临的是一次临场辩护,这将是他取得律师资格的第一步。与此同时,基氏也悄然将观照角度隐藏在了他的身上。

出租车司机终于等来了一趟活儿。是一家人,他们也确实拉开了车门,只是还没有闪身进入车内。就在这一刻,青年出现了,他粗暴地将他们推开,堂而皇之地坐进了出租车里,随口说了一个地名。于是,出租车驶离了,由此司机也踏上了自己的不归路。

出租车司机在青年的指引下,驾车驶向了人迹罕至的郊外。天空是阴沉的,灰蒙蒙的天际充满了令人窒息的压抑。青年在后座上看着正在驾驶位上开车的司机,不紧不慢地从包里掏出了粗绳子,冷静地将绳子在手腕上绕成两股,然后,猝不及防地从司机背后圈住了司机的咽喉,开始拼命地往后勒紧。

司机是位壮实的汉子,身体的强壮程度大大超过看上去瘦小的青年。这是一场触目惊心的生死搏斗。司机奋力挣扎着,青年眼看就要功亏一篑,他只能用膝盖拼命地抵住前座的后背,借力咬牙勒紧。终于,司机不再挣扎了。青年将他从驾驶座上拖出来,搁在地上,从路边找了一块石头,拼命地向司机脑袋砸去,一下,两下,三下……

镜头仿佛始终不动声色,详尽无遗地记录下了谋杀的整个过程,不肯放过任何一个微小的细节,让观者有如身临其境。

就这样,青年结束了这场残酷的杀戮。那张自始至终毫无表情的面孔,依然是平静的。他没有恐惧,表情坚韧,就像他刚刚买下的那根粗壮的绳子。

基耶斯洛夫斯基省略了复杂的破案过程。这不重要。他的焦点叙述完全不在破案的故事上。他不想猎奇,他要说的是他想要表达的哲理。

青年被拘捕了,律师受命为他辩护。看起来这是一套完全必要的体现司法正义的程序,几乎所有国家都是如此对待嫌疑人的,概莫能外。

这时我们却糊涂和疑惑:基耶斯洛夫斯基究竟要对我们说些什么呢?

作案动机是简单的,也是极其荒唐的,只因为青年最爱的姐姐在一次意外事故中被出租车撞死了,为此他要报复,于是出租车司机便成了一个他必须付诸报复的职业符号。至于这个人究竟是谁,在他看来已然不再重要。

基耶斯洛夫斯基是要说这个吗?好像还不是!

终于,当着青年的面,死刑判决书被宣读了,那位一直在麻木中"沉默"的青年开始了他的反抗。他奋力挣扎着,像是要通过挣扎而牢牢地抓住最后的生命之光,但这一切都是徒劳的,身为彪形大汉的警察很快就制服了他。

接着是执行死刑——绞刑。

镜头引领着我们进入了一个阴森可怖的房间,那里垂吊着绞索,在半空中一动不动,但也预示着它将要被启动,一个生命就此消失。

刽子手无聊地拉了拉绞索,试了试松紧,又试了试它的强度——注意,这情景与青年买麻绳时的动作如出一辙。绳索还好,他满意地松开了手;随即又顺势踩下了藏在地上的机关,绳索正下方的一块铁板像扇门似的洞开，里面是一个用于盛污秽之物的容器。刽子手漫不经心地拿起，去别处洗了洗，又搁回了原处。地面上的机关又合上了，看上去一切如常。这一切都是在镜头冷静而又理智的聚焦下，细致入微地加以展现的，甚至不放过任何一处细节（和青年杀人时的细节展示同构对应）。作为观影者的我们，视此不禁毛骨悚然。因为我们知道，一个生命将从此消失。

虽然被绞者残害了无辜的生命，该当死罪，但我们仍然不由自主地被即将到来的绞刑所震撼，由此也进入了这样的思考：

死刑无疑属于正义范畴，它是文明制度下一种必要的惩戒手段，因为文明也需要震慑，以便维护文明的秩序。在这里，它的确是以正义的名义杀人；而那位即将被处死的青年，的确曾经以罪恶的名义杀人，但问题在于，在影像中，两种不同"名义"的杀人被结构性地并置，并且从镜头上得到了详尽无遗的细节展示，我们会从心底深处发出一个疑问：

虽然杀人之"名义"乃是截然不同的，但同样是在杀人。

接下来的质疑将是：在上帝眼中，同为杀人，是否同属有罪？杀人这一行为本身，是否真的具有正义与非正义之别？

我无语了。

《白》：关于"平等"的哲学审视

与友人谈及基耶斯洛夫斯基时，我会说，除了《十诫》，最喜的就是《白》了，可响应者甚少。一般来说，在基耶斯洛夫斯基的

"三色"中,大多数朋友喜欢的是《蓝》,而赞赏《红》者亦不乏其人,偏偏少赞的就是《白》,这弄得我很有些郁闷。

这几日赋闲在家,除了看书听听古典音乐,便是修身养性。室外的扰攘之声常会败了我的心境,闭关自守也算是对自己的心灵有个交代,于是想说说我心目中的《白》。

但凡笔涉剧本之人皆知一个道理:以概念为先的故事最难写。并非是写不出,而是常常会弄巧成拙——将一个似是而非的所谓"思想",搁在脆弱而又不堪一击的情节架构上,结果是与他欲追逐的"深刻"南辕北辙;而且往往一个不小心,"成全"的乃是"浅薄",令人贻笑大方。

所以,能以理念为先,纵横捭阖、终成正果的,前有伯格曼,后为基耶斯洛夫斯基了。虽然安东尼奥尼的《放大》及黑泽明的《影子武士》也属于理念先行,堪称杰作,但在严谨的哲学意义上终归是略逊一筹。

基耶斯洛夫斯基在拍摄"三色"之初,便已开宗明义地宣称,三色分别代表了法国国旗所喻示的自由(《蓝》)、平等(《白》)、博爱(《红》)。对于"红""蓝"两色我暂时按下不表,今日只谈《白》,因为它构思奇特,独辟蹊径,显示了基耶斯洛夫斯基天才的想象力以及深刻的洞察力。

一天,一位友人将我招到他的家中,将刚弄来的 LP 光盘放进了影碟机中。他的神情是肃穆的。对大师的作品我们一向毕恭毕敬,此次亦然。

此前,我已看过了《蓝》和《红》,所以对基耶斯洛夫斯基"三色"的风格多少了然于胸,可《白》还是让我惊愕了。

它并非是在诗意的游荡中,漫溢出一种忧伤的凝视,而是在剧情和人物心理逻辑细致入微的演绎中渐显深邃的哲学意蕴:《白》是"三色"中的另类。

在其中,演员不再是一张呆滞而又略显深思的面孔,不再有那么多静默的凝视和沉思,他们是活泛的,更显出了有质感的生活气息,已然褪去了那刻板的"思想"的表情,而恢复了世俗化的面容。

如果说这仅是风格上的畸变,那么基耶斯洛夫斯基关于"平等"的观照角度则着实让我大大地兴奋了。

我在想:如果有人让我以"平等"为主题专门写一个剧本,我将会从什么角度切入? 我在大脑中思考了无数个构思,做了无数的回答,可我依然无法找到犹如基耶斯洛夫斯基那样的独特视角,于是我告诉自己,他是一位伟大的思想家和艺术家,是不可超越的。

故事是从巴黎的一对夫妻的离婚诉讼开始的。男人其貌不扬,甚至有些猥琐,他来自波兰,是一位难民;而他的妻子,则是一位地道的巴黎人。当男方的辩护律师代表当事人反对离婚提案时,女方突然语惊四座:男人阳痿,所以她坚决要求离婚。

理由显然是充分的,在巴黎这么一个浪漫之都,此说等于是在宣告女方已在婚姻生活中丧失了基本的"人权"。

接下来的情景颇见蹊跷,被判离婚的两个人回到家中,男方骤然间激情澎湃,心中性爱的激情如火如荼地燃烧了起来,女人的欲望也被充分唤起。显然,她并未完全丧失对男人的热情。可"战斗"即将进入短兵相接的实质性阶段时却突兀地戛然而止了——还是因为男人的阳痿。女人又恢复了冷静和理性,轻蔑地看向男人,将他赶出了家门。

可怜的男人已无家可归了。我们知道,他来自波兰,巴黎不是他成长的家乡。这时,男人来到了位于巴黎地下的地铁通道,开始了他流离失所的落魄生活。但他还想做最后的挣扎。他给女人打了个电话,可电话中传来的,竟是女人有意让他听到的连连的"呻吟"声——以此来告诉他,她正在享受性爱的极致快乐。

在一位同为波兰难民的朋友的帮助和启发下,他设计将自己装进了一个大拉杆箱,以行李的方式通过飞机空运回了他的祖国——波兰。在那里,他曾经是一位成功的著名美容师。

这位相貌猥琐而又善于把握机会的小人物,利用波兰变革时期的混乱以及自己狡黠的聪明才智,以及可以说是"卑鄙"的手段,竟然一鸣惊人地跻身地产大亨的富豪行列。现在的他,成了一位一掷千金、腰缠万贯的大富人了。应该说,此时的他,已然前程似锦,风光无限。他不再是过去那位猥琐可怜的小人物了,现在的他可以说是呼风唤雨,应有尽有,只要是他想要的,唾手可得。

他真的应有尽有了吗?人除了物质享受与精神上的自我陶醉,还有其他的人之为人的要求吗?这正是基耶斯洛夫斯基在影片中要去思考和探究的。

就在这时,基耶斯洛夫斯基开始了他在整体构思上的峰回路转。毕竟此片导演，是颇具思想的基耶斯洛夫斯基，他不会一味地沉浸在情节中，而他所设计的情节，也是为他最终的思想表达埋下的伏笔。

男人开始策划一次死亡，一次完全逼真的死亡，而在他留下的那份"遗嘱"中，人们不无惊异地发现，他将所有的遗产留给了现在与他毫无关系的前妻——那个巴黎女人。但他的"遗嘱"却特别注明，"前妻"必须亲临墓地参加他的追悼会，如此才有资格领取这份巨额遗产。

"前妻"出现了，穿着黑色的衣装，一脸哀戚，而这时，男人就潜伏墓地不远处，目视着他的"前妻"。

"前妻"回到宾馆，开始收拾行李，准备离开这个国家。她的"使命"就此结束了，她成了一名贵妇人。

男人悄悄地出现在了她的身边。她看见了他。她由最初的惊愕渐渐地转化为了激动。她不再感到意外，她明白了，通过这么一场不无戏剧性的"游戏"，他们二人彼此又重返了他们生命中曾经有过的幸福时刻。

他们开始进入无言的疯狂，犹如重新被点燃的烈火，熊熊燃烧着，像是要焚毁过去的一切，从头再来。烈火的蔓延是顺畅的，一泻千里，势不可当。他昂然地进入了她的身体。她发出一声惊呼后，便卷入到了激流涌动的性爱旋涡中……

这时的男人彻底恢复了正常的性能力，他终于重新征服了他所爱的女人，他终于可以自豪地承担起一个男人对其女人应有的"责任与义务"，让女人真切地感受到爱的真谛。

影片至此,我们不禁要问:这么一个似乎事关爱情的故事和基耶斯洛夫斯基的哲学命题:平等,又有什么关系?看上去它好像仅仅只是一个因性而别,又因性而聚的非正常爱情故事。

在上述故事的叙述中,我有意简化了故事情节,突出了基耶斯洛夫斯基故事的情节主干,而就在这个故事情节的勾勒中,基耶斯洛夫斯基在电影中的思想脉络,一点点地凸显出来。

或许我们注意到了故事是从法庭辩论开始的,而判决的最终依据乃是女人的证词——男人阳痿;而我们又注意到这位被告阳痿的男人,是个来自波兰的难民,这就决定了他身份低贱而没有社会地位;我们同时也注意到,基耶斯洛夫斯基选择的那位巴黎女子,瘦削而清秀,有一张妩媚动人的面孔,风度与仪态具有一种巴黎式的高雅。

在此,基耶斯洛夫斯基没有专门说明女子的身份,但他告诉了我们她是巴黎人——作为导演的基耶斯洛夫斯基是波兰人,因此在他眼中,巴黎不仅仅是作为时尚之都的存在,与此同时它还是一个象征,一个高雅奢华而又时尚的象征,它完全可以用其高贵的眼神俯视不起眼的波兰。在它面前,波兰显然是卑微的,这就决定了男人与女人之间在地位上的悬殊和不平等。也是基于这种不平等,长此以往的共同生活在男人身上留下了深深的创痕,也即一种压抑和扭曲,这种压抑和扭曲最终通过一种生理性现象而获得形象的呈现——阳痿。

为了让"哲思"得以进一步展现,基耶斯洛夫斯基让影片故事情节急转直下。他让男人逃离了压抑之都——巴黎,返回了他的故乡波兰；然后，他用智慧改变了自己的命运，驱散了心头压抑的阴影。于是男人成为意志的胜利者，他又在高贵的巴黎女人面前重获心理平衡，亦由此，他不但为自己赢得了性别上的平等，而且还拥有了压倒性的心理优势，这就是他不再阳痿的潜在缘由。

平等，在政治家眼中仅是作为一个抽象的概念而存在的，即使为之奋斗，也只是在形而上学的抽象层面上予以展开，很少有人如此鞭辟入里地从生理和心理机能上来审视和拷问"平等"基于人性的最潜在的辩证关系。所以平等在基耶斯洛夫斯基的电影《白》中，不再仅仅是一个政治性的抽象概念，而更是一个生理或心理的人性概念。基耶斯洛夫斯基就是从这种别具一格的视角切入，驾轻就熟地为我们提供了一个思考的角度，他的伟大也由此可见一斑。

塔可夫斯基与安哲罗普洛斯

塔可夫斯基在我的审美观中排在安哲罗普洛斯之下，在我看来，这就像是东正教精神（塔可夫斯基）与古希腊精神（安哲罗普洛斯）的一次隔空较量，而作为西方文明原始的古希腊精神终究更胜一筹。

安哲罗普洛斯胜在其在艺术上的彻底自由，其诗化的叙事也更为洒脱与浑然。安哲罗普洛斯是电影史上迄今为止唯一一个让艺术抵达无拘无束之自由境界的大师，直至走向永恒；而塔可夫斯基，则仍在对自由的寻找与追寻的途中。

同样发出面对上苍的叩问，同样有人世的困惑与悲伤，塔可夫斯基是属于大地的，而安哲罗普洛斯却走向了形而上学意味的超越，因此其思想也更为宽广和深邃，还有通达。

昨天晚上，我想重温一下塔可夫斯基的电影，结果失望而弃——《牺牲》《镜子》《潜行者》，也就只分别坚持看了十多分钟而已。

相较于二十世纪九十年代曾有过的观影体验，确实今日之重温不可与往昔的同日而语，当然，这也与我们随后又接触了大量的电影作品，以及读过了大量的思想著作有关，毕竟那个年代我们还相对闭塞、单纯与幼稚，这造成了我们见识的有限性。

塔可夫斯基的电影很艺术乃是毋庸置疑的，在此，我们也只是在此一前提下去谈论他电影的高与低。今天再回望，塔可夫斯基的长镜头与带有哲学意味的人物之絮叨显得太矫情、太做作了，这也不是一部电影所要承担的思想使命。塔可夫斯基只是在他的《乡愁》中完成了影像与自我乃至思考的浑然天成，而余下之几部则显得过于刻意，而影像之承载的哲思也并不那么惊世骇俗。

我知道塔可夫斯基想要携着影像执意闯入一种具有特殊性的宗教与哲学的精神语境，但坦率地说，他并没有做到真正的感性消化，而这才是艺术之为艺术从而区别于哲学的特殊属性，故而塔可夫斯基的电影常显出几分理性化的夹生和生硬，因此也就变得过于概念化了。

沿着塔可夫斯基路径而来的安哲罗普洛斯与之一比，则显得比他技高一筹，这首先体现在思想表达的艺术方式上。安哲罗普洛斯的《尤里西斯的凝视》与《永恒与一日》，并没显得生硬和概念化，却能舒展地在一派诗化的浑茫和冷郁中几近极致地抵达他所追寻的精神高度。当然，安哲罗普洛斯的系列电影也仅仅是这两部最好而已，其余的几部也属于处在思的困境中，尚未悟透，所以也就显得过于混沌和暧昧了。

我最仰慕安哲罗普洛斯的，乃是他从悲郁和感伤的叙境中时时飘逸出的自由精神，它是以诗境化的形式呈现的，而且贯穿影片始终，一如沧浪之水弥漫在叙境之中，由此，时空在安哲罗普洛斯的电影叙事中是完全服从于他的精神旨归的；影像中出现的人与事，也是以反时空逻辑的方式成就了一个人（当然是安哲罗普洛斯本人）经由其思想、精神和情感逻辑的重组而形成的博大而自为的世界。这个世界我们完全可以将其命名为"自由"，因为它超越了俗常的、习惯的、自然律的时空局限。在世界电影史上，安哲罗普洛斯的确乃是唯一做到了这一点的电影导演。

安哲罗普洛斯的心灵世界是伟大且深邃的，还因为他是一位时刻仰望且追寻着消失在远古尘烟中的古希腊精神的人，也由此，他对现世的悲观与绝望也就有了坚实的历史根基，于是他在电影中对人间悲剧、孤独和痛苦之源的追问，也就更加发人深省。

安东尼奥尼：精神永在

二〇〇七年命定般地成了一个多事之秋，许多令我尊敬的电影大师撒手人寰，归尘入土，留下的，是他们不朽的精神遗产和在我们的记忆中永不消失的年代。

我这里要说的是意大利导演安东尼奥尼。

初次知道这个名字，是因为他的一部纪录片——《中国》。

我永远忘不了那天在《世界电影》中看到《奇遇》剧本时的心情。纯属偶然，我随意地翻阅着，在无意中看到了这个剧本。上面有译者对作品和作者的简介，我注意到他说《奇遇》的作者是一位著名的意大利电影导演，并且在其所列的作品名单中赫然出现了《中国》，这便迅速地唤醒了我过往的记忆，也唤起了我的好奇。我想看一看这位被说成"污蔑"过中国人的意大利导演究竟是个什么人物。彼时的我，对他还一无所知。

我是一口气看完《奇遇》的，我记得我像疯子般地吮吸着他的文字（尽管经过了翻译），那文字字字句句都潜藏着被激情点燃的火焰，当我的目光触碰它时，它便会迅疾地在我的心灵中燃烧。太奇异了，我还从来没有触碰过这样的作品，全身的热血在急剧膨胀、奔涌，不可遏止，所有的画面通过文字的凝聚都在我面前一一展现。更重要的还不在于画面，而在于《奇遇》中的人物和情节。它是反情节、反常规的叙述，竟然也能如此贴切地给我打开一扇让我认知世界和人性的窗口。

我震惊了!

我又回视了一遍译者的评述,他在其中说到这部作品的晦涩和凌乱,人物和情节是无逻辑、非传统的,属于当时西方风行一时的现代派作品,很难让人看懂。可让我奇怪的是,在我看来,它不但丝丝入扣,而且明心见性、引人入胜,能在我的思想和精神上引发巨大的波澜,令我久久难以平静。

从常理看来,剧中人物的行为选择的确怪诞,不合逻辑:一对相爱的人,女方为何会莫名其妙地失踪?而那位焦急的、深爱着女方的男人,为什么又与女方的朋友在寻找途中狂热地坠入了情海,而最终失踪者仍然杳无音信?可我发现我理解他们,理解他们所有的心态及行为,且为之亢奋和激动。

那时我还不真正了解何谓"现代派",何谓"现代主义",我只知道我本能地被吸引,被召唤。

很多年过去了,当有一天我也成了所谓电影界的"圈内人士"时,我就一直在设法寻找《奇遇》的录像带,可我终究没有找到。直到DVD的出现,让我欣喜若狂地发现其中便有安东尼奥尼的这部我寻找中的电影——《奇遇》。

我记得,我是与我的朋友、电影导演胡安一道看的,我告诉她这部电影对我思想的启蒙意义。我抑制不住我的兴奋,因为那时我已然知道它在电影史上的至高地位了,我甚至暗暗地为自己在懵懂无知时居然能判定它的"伟大"而得意,暗暗地将自己也提升到了"发现者"的行列。

结果没想到,电影看下来竟然是让我感到失望的。我没法找到当年阅读剧本时所产生的激动。我开始后悔,我想,如果自己一直抱着对这部电影的幻想,也许这样更能让我记住这部电影;而它一旦在我的眼前如实呈现了,反而失去了它的巨大魅力。

我喜欢的安东尼奥尼的电影仅有《放大》和《云上的日子》。《放大》的背景是二十世纪六十年代。那时红色是欧洲青年心目中的主导色调,精神的反叛来自一代青年对资本主义社会的怀疑和批判,来自对精神沦落的抗拒,来自对红色暴力的迷恋——他们渴望创造一个全新的世界,这个世界没有压迫和歧视,没有对自由的压制。在那个世界中迎风招展的乃是红色的旗帜。

于是有了《放大》,有了《放大》中对真实世界的怀疑和困惑,这一带有哲学意味的探究成就了安东尼奥尼的电影,也成就了他作为电影大师的地位。但于今看来,理念性太强既是该作品的优点,亦是它的缺陷,人物在此中只是一个为完成理念而存在的符号,他对人性的探究被搁置了,以至于去服务一个哲学性的形而上学的命题。这是那个年代的主流叙事,也是所谓"现代派"的基本风范和逻辑。因有太多的思想、精神及情绪需要表达,人们已然无暇再去真正地关注人性了,而只有伯格曼持之以恒地在人性的幽暗中深入掘进。

《云上的日子》无疑是安东尼奥尼晚年的杰作,虽然在影坛并未产生预料中的巨大反响,但我依然还要坚持说,它是继《放大》之后安东尼奥尼最伟大的作品。虽然因他中风失语而由德国导演文德斯来代为完成（导演与编剧署名依然是安东尼奥尼），但我们从电影中依然能清晰地看到安东尼奥尼的精神维度。

尽管时代已快速前进到二十世纪末，当年风起云涌的现代派精神已不再是一股汹涌澎湃的潮流了，它在悄然地消退，它的身影渐渐地淡出，并融入了现实主义回归的浪潮中。但安东尼奥尼没有改变他的初衷，他仍像一位宝刀未老、驰骋疆场的斗士，影像刀刃依然在阳光下闪烁着夺目的光芒。

我太喜爱这部电影了，安东尼奥尼显然并没有让自己淹没于世纪末的喧嚣。在此，安东尼奥尼以强硬的姿态拒绝进入"后现代"的二十世纪九十年代，他从未改变过自己鲜明的立场，犹如他的"失语"，仿佛也成了一个意味深长的隐喻。他宁愿让自己停留在消失的过去，而不愿再"述说"今天——虽然影片的表象是反映当下的"现实"。

时代的车轮已然前进至二十世纪末时，这种安东尼奥尼式的精神看上去已经"老朽"，思想的缺席和物质的喧哗是二十世纪末以降的精神主流，因此，《云上的日子》便属于不合时宜者的梦中呓语了。但我竟是那么地愿意倾听安东尼奥尼晚年的喃喃低语，他让我找回了自己失落的精神和向往的年代。

安东尼奥尼不在了，但他的精神永在！

特吕弗《四百下》:巴黎的肖像

安托万迷惘地凝视镜头的大特写,成了电影史上来自特吕弗《四百下》的著名凝镜。它透露的语义是暧昧的,甚至溢出了一个由少年的目光所承载的意涵,延伸至更广泛而复杂的社会语境,令人遐想。

随着这部特吕弗的处女作在戛纳电影节上荣膺最佳导演奖,法国新浪潮电影也借势正式登上了历史舞台。虽然此前已有迹象表明,新浪潮式的电影革命已在涌动中,但《四百下》诞生的一九五九年,可以被视作法国新浪潮电影的元年。随后而至的戈达尔的《精疲力尽》则进一步巩固了新浪潮电影的根基,并让这面旗帜在电影史上高高飘扬,成为一个巨大的且富有革命意义的文化符号。

年长特吕弗一辈的法国电影导演让·雷诺阿（印象派画家雷诺阿之子,诗意现实主义代表人物）看了《四百下》后叹说:"很悲哀,《四百下》其实是一幅法国的肖像。"

为什么这部电影竟被认为是"一幅法国的肖像"？电影不过只是塑造了一个倔强而顽皮的问题少年,莫非当时的法兰西是"问题法国"吗？

这部反映少年"犯罪"问题的电影,后来被证实其故事的基本素材源自特吕弗本人少年时的经历,例如电影中家庭组合的血缘关系、逃学、泊宿街头、行窃,乃至在少年管教所中被羁押、受训,这一切皆被人"揭露"与特吕弗的成长同构对应。一如电影中安托多与父母的亲缘关系：母亲与其是有血缘关系的,而父亲则属"异类"。

特吕弗的母亲十九岁生下他,怀孕时本计划将他"处理"掉。在外婆的劝说下,特吕弗才有幸降生于世。他从小由外婆带大,十岁时外婆去世,他又回到了母亲身边。至于父亲,他与其始终无法确定血缘关系,也就是说,他们怀疑彼此是非血亲。《四百下》在法国上映引起轰动的第二年,特吕弗的父母因不堪承受舆论的压力和追问,最终还是离婚了。

据说,成名后的特吕弗终于知道亲生父亲是谁了。有一天,他踏上了父亲屋前的石阶,仅差一步,他就能敲响房门了,但最后他还是放弃了父子相见。

为什么?仅仅是因为事过境迁,见了面彼此会无语、尴尬吗?

但上述事实让我们基本可以断定,特吕弗的少年成长是扭曲的,所以他才会频频翘课、逃学,甚而偷盗。于是电影院成了他的"学校",甚至是"家";一部喜欢的电影,他可以连续看上几十遍,一个月看上百部电影。这或许也是为什么,《四百下》中安托万逃学后的一幕是坐在电影院里观看电影,这与特吕弗少年时代的经历显而易见地构成了互文。

这位顽劣的没怎么上过学的人,若非后来遇见法国最著名的电影理论大家安德烈·巴赞,我们无法想象他未来的命运将会怎样。巴赞将这位爱看电影的疯子少年从看守所里保出,并将其安置在自己家中居住。后来,巴赞又将他引入了自己创办的《电影手册》。由此,这位战后长大的不良青年,先是在影评界一举成名——他咄咄逼人地横扫了当时居于法国统治地位的电影,斥其为"爸爸电影"(大意是陈腐的、因袭的、毫无创新意识的电影),无形之中,他自然而然地成了青年影评人中的领袖级人物。当然,这其中的另一位中坚分子乃是永远身为先锋的戈达尔。

现在,或许我们得回过头来聊聊:为什么作为电影导演的雷诺阿竟会认为《四百下》是一幅"法国的肖像"?

《四百下》的叙境究竟为我们勾勒了一幅怎样的"肖像"呢?

少年安托万对主流社会——家庭、学校、警局、少管所的逆反(或反叛),究竟在向观众诉说些什么?

——父之法。

是的,青春期的反叛安托万,以其本能的意志,刻意地反抗着扼杀人们自由精神的主流社会,这个社会是以"大人"(父母、教师、警察,乃至心理医生)"合谋"组成的,代表了一种以"父"之名——"父"之语义符码,在此指向以传统的权力价值为导向的一套规则与文化惯例——对一般之人实施训诫与归化,最终纳入由"父"为代表的主流秩序与话语之中,人的个性话语与自由意志被抹杀乃至泯灭了,一如安托万因反叛行为被关进少管所受惩戒那样。少管所在电影的叙境中,不再仅仅作为一个具象的社会存在物,而是代表主流传统的话语边界,也即社会规范,逾越者必在这个象征体的"父权制"内,以被惩罚的方式出现。

由此不难看出,所谓"法国的肖像",就是指一个"父亲"般的权力架构对人性的欺凌与压迫;而少年安托万的反抗,则代表了战后崛起的一代青年,誓与业已腐朽的传统社会与文化分庭抗礼,以捍卫与守护个性的存在价值。

此前,安托万们是被"大人们"忽略了的,甚至被视为异类,或被边缘化乃至罪名化,但这一"父之法"下的观念,其持有者正因安托万们的"崛起"而震惊,少管所是他们唯一能想到的。在影片中,少管所可以被想象成为"反抗者"竖立起的森严的高墙,以示规训与惩戒,从而宣告传统价值或话语的神圣性和不可侵犯。从这个意义上说,大人们所代表的"父之法"与安托万们在身份上是互为"他者"的,亦即异己的存在者;由此,彼此也视对方为"对抗者"或"异物"。

这也是为什么《四百下》的最后一幕,乃是安托万趁监视者不备,钻出铁丝网,逃往远方——与此同时,画外仍传来追逐者的警笛声,预示着"父之法"与反抗异类的誓不两立,而"逃离",则成了安托万们唯一的选择。

但逃出去了,出路又在何方?

显然,这也是安托万们的人生困境。他们仅仅是因应了最初的反抗冲动(本能、直觉),但命运的归宿何在?他们又是迷茫而彷徨的。

于是,这就有了《四百下》的尾声:他逃向一望无垠的大海,他奔入了海中,前方无路,又返身退回岸上……

也就是在这时,电影在安托万脸部大特写的定格中宣告结束。凝视安托万的眼神,你会发现那是迷惘而困惑的。

反抗,但出路究竟在何方?

这已不仅仅是安托万们的疑问了，这个巨大的人生疑问——由安托万定格的那张脸所隐喻——依然在我们今天这个时代游荡,引人深思。

戈达尔:永远前卫

在世界电影史上，戈达尔这个响亮的名字仿若经久不衰,尽管若单以年龄计,此人已然老迈年高,但在人们的印象中,这个人——这个叫作戈达尔的人,始终是青春勃发的,也就是说,他仿佛从未衰老过,依然那么锋锐,那么富有斗志,勤于思考,且还咄咄逼人,依然走在实验或前卫电影的前列,威风凛凛。自从他在二十世纪的六十年代初拍出了他的第一部电影之后,他始终将电影作为他的思想实验品,所以他的电影又有"哲学电影"的美誉。

戈达尔驾鹤西行时,走得竟然也是那么的悠游自在——他选择了安乐死,也就是说,他最终将死亡无可避免的时间期限执掌在了自己手中,就像他执导他的电影那般。他从来不愿将命运交由别人来掌控,所以他一生好像都在拍独立电影,而电影内容又始终是自语般的,就像是他个人化的独白。

戈达尔从来就是一个我行我素的艺术家、电影导演、人文思想者。

他就这么走了,悠游自在潇洒地走了,用安乐的方式,飘然步入了他向往的天堂。他说他感到累了!

戈达尔的逝世才是真正意义上的一个时代的终结。

戈达尔——这个二十世纪中期的新浪潮电影旗手和象征性人物,和特吕弗等人一道开启了一个崭新的电影时代,又以新浪潮电影运动在世者最后一人的身份,且以安乐离去的方式,自动终结了这个时代。从此,这个时代将以"史"的形式与意义被后人所铭记,所缅怀。从此以后,法国曾经有过的新浪潮电影运动将作为一个巨大的文化符号而存在。

从自己的第一部电影《精疲力尽》伊始,戈达尔就在无形中体现出强烈的时代印记,只要他在,新浪潮电影运动就不能宣告结束,尽管这种前卫性的电影最后只剩下他一个人在孤军奋战。

戈达尔的后期电影的确已濒于日暮途穷,渐显疲惫和老迈,但他持之以恒的探索精神却从未衰竭。戈达尔此生自始至终都是一名战士:向传统宣战,向他所身处的追逐名利的时代宣战。与此同时,他也向庸俗而无聊的电影市场宣战。他从不知气馁,也从不妥协。

很难想象,一个人的一生都在坚守和捍卫永远的前卫精神,哪怕"前卫"在旁人看来是明日黄花,但戈达尔依然像堂吉诃德般无所畏惧,勇往直前。在我看来,戈达尔的人生履历中从来就没出现过"失败"二字。这是一个奇迹。戈达尔有过无数失败的作品,但作为前卫艺术家,他却从来没有失败过。

为什么呢?

因为戈达尔用他自己的名字和身体力行的形式命名了一种人类精神——曰"世上之独一无二的戈达尔式的前卫精神"。

向伟大而不朽的戈达尔致敬！

《精疲力尽》：被改变的电影史

"不管咋说，我是浑蛋。"

戈达尔的成名作，也是法国新浪潮电影程碑式的作品《精疲力尽》，就是以这样一种方式莫名其妙地开场了。

由贝尔蒙多饰演的米歇尔，一副吊儿郎当的模样，站在色情杂志《巴黎调情》广告橱窗后头，嘴唇始终没动，他只是注视着侧前方。

那个自我介绍无疑就是画外音了。

可他在对谁说呢？对自己——内心独白？还是在对我们观众说？

一切都是模糊的，似是而非，这也预示着这部电影的与众不同——如电影中的男主角米歇尔这个人。

在这部电影中，戈达尔似乎有意要挑衅一般人的观影习惯、美学趣味，以及道德意识。与同为新浪潮旗手的特吕弗一样，他也选择了一个在社会中存在的异类分子作为他电影的主角，只不过特吕弗锁定的乃是一个少年犯罪嫌疑人，而戈达尔更进了一步，电影中的这位主角，干脆就是个江洋大盗式的犯罪分子。

很快，我们就目睹了，他在一个漂亮女孩儿（她是谁，从哪儿来的,跟他什么关系,影片没交代)的配合下,偷了一辆美国大兵的小车,春风得意地上路了。因车速过快,违反了交通规则,被警察发现并准备逮捕他时,他居然掏枪击毙了警察。

在这个情节段落中,一个令人备感困惑但又出其不意的镜头出现了:米歇尔背对警察,从停下的小车仪表盘下的小箱子中取出一支枪,还没怎么转身,一声枪响传来,紧接着是那位警察应声倒地的画面——显然他被击中了,可我们并没有见到米歇尔举枪瞄准,乃至扣动扳机。我们只闻枪响,在下一个突转的镜头中便看见警察栽倒在地,一命呜呼。

这就是戈达尔著名的"跳切"镜头,这类跳切式剪辑,戈达尔在他的《精疲力尽》中反复使用。

跳切的剪辑手法,就这么在人们的不解和诧异之下诞生了——它打破了电影史上常规的电影"语法",即人物行为作单元"因"的首尾相连——基于一"因",经由一个逻辑过程导致了最后的"结果",这中间是有一个过渡的。在戈达尔的这部电影中,只拍了动机(取枪)和结果(一个人倒地),中间过程显然被他故意省略了,造成叙事上非逻辑的大跳,也即叙事断裂,从而我们不自觉地因为惊异而将注意力不得不转向对电影文本本身的反视,由此,电影史上也由此而诞生了"戈达尔主义"的剪辑模式,从此划分出了戈达尔前与戈达尔后电影。电影剪接与叙事逻辑从此被改变了(君不见,现代广告业便大量采用了这种戈达尔式的剪辑方法)。

下一个过渡段落依然延续着戈达尔式的"跳切"——米歇

尔在一片荒无人烟的草甸中狂奔,可镜头一转,他居然已置身繁华热闹的巴黎,而且还开上了一辆豪华车。

车从哪儿来的? 也是偷的吗? 怎么偷的? 又没交代。

米歇尔先去约会了一个情人,还趁机偷了这人的钱,就立马开溜了。他真正要见的是另一个女孩儿:他是在一次旅行中邂逅的,现正在巴黎读新闻学的美国女孩儿帕特丽夏。

米歇尔显然是一个不务正业、游手好闲的货色,而帕特丽夏一看便是一名靓丽、清纯,且充满青春活力的大学生。这两个人以一般人的观念来看乃南辕北辙,风马牛不相及,可是戈达尔并不解释为什么他们竟能混在一起,只通过台词,我们才知道那次邂逅让他们有过性的交往。在这里,戈达尔只用了一个细节就说明了他们彼此身份与知识背景的差异:

女孩儿问:"你知道福克纳(美国著名作家)吗?"而米歇尔的反应则是女孩儿所说的这个人可能是与她上过床的男人。由此可见,两个人三观严重不和。难道不是吗?

但他们却厮混在了一起,尽管其间,女孩儿为能采访到一位著名作家与一名编辑双双过夜,但奇怪的是,当米歇尔与女孩儿论及此事时,两个人犹如在谈论一桩无关紧要的他人的闲情逸事。

影片最后的情节,乃是米歇尔的行踪终于被警察发现了。女孩儿巧妙地骗过了跟踪她的警察,与米歇尔一道四处躲藏,看电影,偷车逃窜。待一切安定下来之后,女孩儿又莫名其妙地打电话告发了米歇尔,接着向米歇尔声称她其实并不爱他,同时催促米歇尔尽快逃走。

米歇尔是有机会逃走的,但他选择了留下,结果被赶来的警察击中,倒在了巴黎的马路上。见女孩儿站在面前,他冲她挤出几个鬼脸,最后像埋怨似的叨唠了一句:"这让我想吐。"

"想吐是什么意思?"

最后一个镜头,就在女孩儿的这句反问中结束了。

这就是戈达尔的《精疲力尽》。

新浪潮电影的革命性不仅体现在电影语言上,更体现为与时代应运而生的一种观念、一种意识,一种对现存道德秩序的诘问乃至颠覆。

一如米歇尔最后的遗言:

"这让我想吐。"

杜拉斯、阿伦·雷乃:《广岛之恋》,遗忘与记忆

一九八八年,我当时还借调在青年电影制片厂,不用坐班,但心心念念着的,仍是当时正在进行中的文学革命。电影仅作为我挣钱的工作,而非我个人的爱好。

彼时最大的快乐,是去青年电影制片厂隔壁的电影资料馆看内部电影。

凡物一旦"内部",便让人有了一种窥视的隐秘冲动。现在,西方电影不再那么神秘而遥不可及了,不用出门,上几个电影

网站,几乎就能搜遍闻名遐迩的世界名片,将它们一网打尽,唾手可得,再不济,还有个人收藏的 DVD 呢。

我就是在一九八八年的某一天被告知电影资料馆内部正在放映《广岛之恋》的,这让我感到惊喜。

此前,以我有限的电影史知识,我知晓了它是玛格丽特·杜拉斯的作品——不,更准确地说,是由杜拉斯编剧、阿伦·雷乃导演的作品,属于法国左岸派电影(与法国新浪潮电影双峰并峙)的代表作。

倘若说,新浪潮电影被冠以"作者电影",那么与新浪潮电影在同一时期崛起的"左岸派电影"则属于真正意义上的"作家电影"。其典型特征,便在于导演在影像与节奏、人物与氛围的营造上,忠实于作家由剧本所规定的文学语境。

《广岛之恋》是作家杜拉斯的第一次"触电"之作,缘由是阿伦·雷乃的一次电话邀约,而阿伦·雷乃亦是第一次执导他的长片。

应该说,无论是作为作家的杜拉斯,还是作为导演的阿伦·雷乃,他们的这一次电影之"遇"都是天造地设的,二人如此的心心相印。他们共同完成了电影史上的这部不朽之作,在今天看来,无论如何都是一个奇迹。他们开创了一种崭新的影像语言与风格、不可思议的美感,以及浓郁的文学之味,若换了另一人执导,个性卓异的文学剧本《广岛之恋》拍成电影会是什么样的呢?

完全无法想象。电影《广岛之恋》的"原型/剧本"更像是难以以影像形式来还原的文学文本,但阿伦·雷乃却做到了,并一举成名,由此轰动世界影坛。

男人:你在广岛什么也不曾看见,一无所见。

女人:我都看见了,毫无遗漏,我怎能对此避而不见呢?

影片开场,是两个人身体彼此缠绕、爱抚,而在他们两个人裸露的肌肤上,嵌满了水泡斑点般的"污迹",它刺激着观众的视域,引发我们内心的惊骇,因为它具有一种超常态的对身体与性的美感的"去魅"。上述男女双方的对话是画外旁白,听着像梦呓,亦如恍惚的谵语,而那些遍布身体的骇人的"水泡",将在后续情节中让我们知晓,它象征着广岛原子弹爆炸后留存在人身体上的"遗痕",或曰战争创伤。

《广岛之恋》便是以如此独特的影像,开始了它的延展,与此同时,也预示着它那独一无二的艺术呈现形态、叙事,以及梦幻般的表现形式。

它亦采用典型的杜拉斯式的言说方式,在虚幻、梦境与现实的时空中,予人以一种处于潜意识与显意识之间的真伪难辨的语境。这类叙事风格,与杜拉斯的小说《琴声如诉》遥相呼应。

我始终认为,《情人》并非杜拉斯的小说代表作,因为它的叙述语态丧失了杜拉斯独特的个性表达方式,而《琴声如诉》则几近完美地展现了杜拉斯式的文字魅力,它是不可再造的,也即不可模仿,它是只属于杜拉斯的言说方式,或曰叙述语调。这种言说方式似真非真,如梦似幻,充满了一个拥有超常感觉之人对浮沉于潜意识中的暧昧、歧义、朦胧的心理秘密的探问与追踪。

《广岛之恋》与《琴声如诉》异曲同工，它们的主旨都是爱情。但杜拉斯作品爱情主题的耐人寻味，又是颇具超现实色彩的。她以一己之力拓展了男人和女人的爱情疆域，以探问、探究的方式，将观者和读者引向一个熟悉而又陌生的区域。这个区域，与其说发生在现实的时空中，莫如说它仅仅是心灵回音壁上的回响，或者说余韵。一切都似是而非，由此，我们不正是借助于她的描述，走进了我们自己的心灵深处吗？若非杜拉斯未曾赐予我们一把用文字铸造的密钥，或许我们没有这份幸运或机缘，一窥其深层堂奥。

《广岛之恋》便属于这类"探秘"之作，它所探究的是一个关于男人和女人的秘密，一个关于记忆与遗忘的秘密，以及关于性与政治、性与战争、性与种族的秘密。

这一对彼此自称拥有一个幸福美满家庭的男人与女人，他们一个来自法国（女人），一个身在广岛（日本男人）——他们之间的奇遇，或曰邂逅，乃至随后身体的交缠、欢爱、厮磨，究竟是出自爱，还是出自女人的一段耻辱而又刻骨铭心的旧恋？

影片终结在：

女人：广岛，这是你的名字。

男人：是的，这是我的名字，你的名字是法国的内苇尔。

电影中的男人与女人，他们在电影的尾声都失去了名字，而各自获得了一个抽象符号式的称谓。作为具象个体的人消失了,只留下战争后的创痛,留给男女双方挥之不去的心灵印记。

男人的家乡是广岛,是那个美国原子弹在其上空爆炸的城市,而女人则于"二战"期间在她的家乡法国内苇尔经历了一场撕心裂肺、刻骨铭心的少女初恋。她的初恋对象是一名德国占领军的士兵,在一次约定的私奔中,她眼看着恋人被游击队队员击中,最后躺在她的怀中断了气。

电影中的战争仅为背景,影像所呈现的是人,是男人与女人,是刻骨铭心的过去与现在交缠不清的爱情。也就是说,女方所爱的那个日本男人,并不是单纯地仅是这么一个可以让她爱的男人,他似乎还代表了对战争的记忆,是记忆唤醒了女人之爱;至于那个来自日本广岛的男人,好像是受了女人的启发,亦将他所爱的这个法国女人,视为了女人曾经亲历过的那个由战争带来的爱情创伤,是这个创伤唤醒了他对她的爱。

于是《广岛之恋》已然超越了一般意义上的男欢女爱,它指向了人性中的晦暗、幽微,那种无解之谜,仅留下关于两座城市名字的一段对白:

女人:广岛,这是你的名字。
男人:是的,这是我的名字,你的名字是法国的内苇尔。
两个异性的身体召唤出被遗忘的记忆,也无声地召唤着尚待人类去探寻事关隐藏着的人性的秘密,并以《广岛之恋》之名昭告世人。

杜拉斯《长别离》:爱情与人性

没想到,玛格丽特·杜拉斯的电影《长别离》,在寻寻觅觅了三十多年后,竟在视频网站上看到了。

这让我感慨不已。

那天,我置身录音棚,闲时小编问我:"王老师,下一步您还想说什么电影?"我如数家珍地报出一串片名,末了,思路突然像被某个东西撞击了一下。我停顿了一瞬,在记忆中快速搜寻这份倏忽而至的"突然"究竟是因为什么。

就在那一刻,《长别离》的名字跃入我的脑际。

"还有《长别离》,"我说,"但我没看过这部电影,尽管如此,我依然渴望谈谈它,因为一次印象深刻的记忆。"

我说起了二十世纪八十年代中叶的一天,我在江西省图书馆供职时从一本杂志上读到了这个剧本,迅速被吸引,一口气读完,百感交集。从那时起,我就渴望着能看到这部电影。我经历了二十世纪八十年代的录像带时代,经历了随后而至的 VCD 时代,经历了改朝换代般的 DVD 时代……冥冥之中,我始终没有忘记去寻找它,但终究是失望的。我就纳了闷儿了:电影史上能知道的名片几乎都"倾巢出动"了,为何偏偏少了它呢?百思不得其解!

录音师听完我的讲述,转身伏在电脑屏幕前:"我搜搜看。"

"别搜了,不可能有。"我说。

"有。"录音师大叫了一声。我凝神一看,屏幕上果然显示出《长别离》的在线片源,我有些吃惊。

"你点开看看是否能看?"我问。奇迹就这么发生了:在线能看。

回到家,我匆匆扒了口饭,收拾停当,早早地仰靠在床架上,随手抄起平板电脑,戴上高保真耳机,搜出《长别离》,津津有味地看了起来。

这部电影亦非杜拉斯自导,导演亨利·谷尔比是阿伦·雷乃曾经的剪辑师。影片摄制于一九六〇年,也就是《广岛之恋》后的第二年。此片斩获了该年度法国戛纳电影节的金棕榈大奖。

凭我的印象,电影几乎完全复制了杜拉斯的文学剧本,只是将其叙述影像化了而已。

杜拉斯一以贯之地延续了她所痴迷的、念兹在兹的爱情主题,只是这一次,她放弃了先锋式的电影探索(《广岛之恋》则是她一次激进的电影语言实验),貌似平铺直叙地讲述了一个战后的故事,但其虚构特征又是显而易见的,若非如此,这个从爱情角度切入的故事,是很难达到对战争的独特认知的。我想强调一句,由于杜拉斯作为女性作家的超级敏锐,以及超常的敏感与感性的深邃,她的知性边界总能无限拓展被遮蔽的人生视域,在那里,仿佛静候着一些别出心裁、出人意料的思想上的发现。

杜拉斯发现了什么?战争的残酷吗?

可我们并没有在叙境中见到任何战争场面,甚至连持枪的人都未曾见到,只有战后相对平静安宁的巴黎。

作为女性作家,杜拉斯一旦置身电影,就能以女性在场的角色,宣示女性作为叙事主体的尊严与价值。而在一般男性电影的叙事中,女性多半是屈从的、被窥视的,乃至女性自身欲望匮乏或缺席。

女性在杜拉斯的电影中占据了绝对主体的位置,不仅是叙述焦点,而且主宰着剧情的延伸。

女主角是巴黎一家街角咖啡店的老板,有一位风度翩翩的俊男追求者,两个人甚至相约去度假。可有一天,咖啡店门外出现了一个流浪汉,他嘴里哼着罗西尼歌剧《塞维利亚的理发师》中的咏叹调,气宇轩昂地走过。女人看见了他,触电般地惊呆了,难以置信地盯着这个走过去的男人,神情复杂。

在随后的剧情中,我们知道了,女人怀疑这位"眼熟"的哼着咏叹调的男人,是她在"二战"中上前线后失踪的丈夫。

她跟踪他来到了他居住的破败的窝棚边,有意与他搭讪,聊着闲篇。而他毫无她期待中的反应,待她就像一位陌生人。有一天,她又邀他来到她的咖啡店共度晚餐,为他配制了一顿丰盛的酒宴,诉说夫妻间曾有过的幸福时光,可他仍不为所动,就像那些事与己无关,是一些关于别人的故事,他只是一位倾听者而已。此前,我们在一次男人与店内客人的聊天中,知晓了他患有失忆症。

最后,女人干脆将丈夫家乡的亲人招来,故意当着男人的面,七嘴八舌地叫着他的名字,说起他的童年往事,可依然无法开启他的心扉。

饭后，他若无其事地从桌上拿起他的帽子，绅士般地向女人彬彬有礼地告辞，走出了咖啡店。

望着他远去的背影，女人难掩失望和悲伤，她终于忍不住地爆发了，冲着男人的背影大声喊道："阿尔贝·朗格洛瓦"那是她丈夫的名字，街上的邻人与男人的亲人也充满期盼地高喊起这个名字。

"奇迹"就在这时发生了。

起先，远去的男人并无反应，大步向前，后来，他的身体像被什么东西猛烈撞击了一下，微微发愣，戛然止步，缓慢地回过身来。

所有人都目瞪口呆地望着他，以为——但是，剧情骤然一变，男人的脸此时布满了惊骇与恐惧，他像一名战俘那般令人猝不及防地突然高举起了自己的双臂。

所有人都被这突如其来的一幕惊呆了。

流浪汉高举双手呆立了一会儿，然后转身逃走了。一辆卡车迎面疾驰而来，接着传来一阵急遽尖锐的刹车声，之后是一片沉寂的黑幕。

"他被撞死了吗？"女人问。

"没有。"当银幕又亮起时，卡车司机对女人说，"他走了，走得无影无踪。"

"他会回来的。"最后，女人自言自语地说。

这是一个仿佛漫无尽期的长别离的故事，更是一个不无残酷意味的爱情故事,可在这个爱情故事中,男人之情又是缺席的——虽然人在,但爱情是虚空的,它只存在于女人的讲述中。而男人,是否就能被确认为那个在女人讲述中存在的男人? 这是存疑的。

是他吗,那个女人欲望中的爱情主体——作为她曾经的丈夫的男人?

在我看来,杜拉斯在此片中并非仅在叙述一个凄婉的爱情故事,她真正要揭示的,乃是战争对人性的戕害。

那个男人在别人的呼唤声中高举起双手,足以证明战争的残酷和对人性的毁灭,以及人之尊严的丧失。始终没在影像中出场的战争,却在男人最后可见的行为中赫然在目,战争之于个人的残酷本质骤然呈现,并以独一无二的方式震撼人心。或许,仅此一幕,就比任何一部直接表现战争冷血与残酷的电影,更能唤醒我们内心的善良本性,且促使我们对战争的本质深长思之。

《窃听风暴》:选择的勇气

这几年看碟总有点儿漫不经心,因为新出的碟片中上佳的好电影太少,于是有点时间干脆重温"经典",譬如《十诫》《教父》《日瓦戈医生》《永恒的一日》。

时间过得真快,延续了好多年的疯狂买碟的热情正如潮水般退却,每每看到店中堆积如山的影碟我总是犹豫徘徊,不知该买哪张,亦因买回去瞅几眼便知上当了,然后了无兴趣,放弃看下去,继续回过头来看"经典"。

没事时我还是会去淘碟,纯属无聊,买了几张回来就琢磨该先看哪张。碟片在家中已然浩如烟海,都快成灾了,瞅着都让人犯愁,于是就以"面相"(封面)给我的感觉来择选,然后再看内容简介,先找自己喜欢的题材看。

无意中我拿起了一张,封面是黑色调的,一个男人的近景赫然醒目。这张脸长得极酷,刀削斧劈般的脸部轮廓吸引了我。他表情冷峻沉郁,似凝聚着一种思想的力量。我看了一下片名——《窃听风暴》。封面上的"他"戴着耳机神情专注。

这表情我是熟悉的,它让我开始缅怀我的往昔岁月——我的军旅生涯。在那仿佛已很遥远的往昔岁月,我在军队从事的乃是"侦听",可在这部电影中,此职业却在中文译名中用了"窃听"二字。一"侦"一"窃",在职业功能的描述上字义相同,褒贬却大相径庭,一个"窃"字将此一职业的"阴谋性"予以点明,从中透出的,乃是现实的"残酷"。

我好奇地把它放入影碟机中来看,很快就入了"戏",并随着剧情的深入而感叹不已。真是一部好电影,甚至是我近年来看过的难得的好电影。

很久没有这么痛快淋漓地看一部当代外国电影了,它引领我进入了那个业已消失的年代,那个黑暗而又压抑的年代。在那个年代里,我们失去的是我们的自由和尊严。

影片中的"他"，是一名东德国家安全机构的特工，因为怀疑一位剧作家的政治忠诚程度而开始了对这位剧作家生活的全面监控。他的直觉后来被证实是准确的。但他完全没有想到的是：他以往所持的固有的信仰，也因为这个"证实"而被彻底改变，其命运亦由此而发生了逆转。

那个年代对于我们这代人是熟悉的，只是我们擅于遗忘，因为我们不愿再去追述痛苦。记忆常会给我们带来痛苦，忘却便成了最好的逃遁，因为只有忘却，才能让我们更好地展望未来——但我们又在展望什么呢？

可《窃听风暴》又把我们带回了那个年代——自由被剥夺，民主也只是一个遥远的梦想，"窃听者"无处不在，命若琴弦。这位"他"——"窃听者"在那个年代拥有着美好前程，他是"共和国"的忠诚卫士，可以随意掌控别人的命运，"他"是制度下的一名令人艳羡的宠儿。

可是"他"却选择了背叛和放弃，更准确地说，在那个恐怖的铁幕岁月中，他选择了良知与道义。

这时，我在想我自己，倘若我置身"他"的那种处境，当我也被那位剧作家的思想和遭遇所感召，我会采取同样的行动吗？面对生命被胁迫和威慑，我是否也拥有那份勇气？

回答是否定的。尽管我曾生活在几乎同样的年代，尽管我与"他"从事着几乎同样的职业，可我不会选择"背叛"与"放弃"，我至多会选择自责和愧疚。这是关于一个懦弱者的真心告白。我承认我是怯懦的，因为我害怕失去。

他选择了失去：守护了一个在他监视下无畏者的生命，却失去了他已然拥有的荣誉和地位。这是他心甘情愿做出的选择，意味着他选择了正义，而以他的职业敏感，他定然知道"选择"的后果终将意味着什么。

人在漫长的生命旅程中，会面临许许多多不同的选择，重要的是我们从中最终选择什么。萨特的哲学命题"存在即选择"，在这部电影中彰显出它的魅力，令人震撼。

我惭愧了。

他的选择是在被监视者完全不知情的前提下做出的，这更衬托出他的高贵和牺牲精神。让我备感震撼的还不仅仅是他的选择，还有随之而来的令人视之而泪下的命运。

写到这里，我心情沉重，悲怆在我胸中涌流，他是无愧于自己一生的。

柏林墙终于在万众欢呼声中被推倒了，人民迎来了自由解放。镜头再次拉远，我们看到的是怎样的一幅画面、怎样的一种情境啊！他——那位曾经的东德特工——一名监听者，一个本来可以颐指气使地享有社会特权的人，因自己断然做出的选择，成了一名邮递员。他拉着邮件，默默地行走在喧嚣的闹市中，显得那么孤单，无声无息。没人知道他曾经的身世，也没人会关心他的身世。

这是一个只关心自我欲望的时代，人们关心的只有财富和名声。他成了一位被世人遗忘的人。他就这么默默地在凛冽的寒风中走着，走着，顺手裹紧大衣的领口，因为天寒地冻。

有一天,剧作家终于在被公开的档案中发现了自己被莫名掩护的原因,并追寻到了他的行踪,看到了他:在萧萧的寒风中踽踽独行,手中牵拉着他现在的身份象征——装满邮件的小推车。他竟成了一个最容易被人忽视的、微不足道的邮递员。

时间流水般无声地消失,终于有一天,剧作家写就了一部小说。小说隆重上市时,他出现在了书店,看到了在书的扉页上印的献给他的致辞。他不动声色地买下了这本书,只是给售货员留下了一句意味深长的话:

"这是他写给我的。"

电影在这一瞬戛然而止,留下了无尽的回味。我的心中,竟荡起了一丝悠远难挨的悲凉,百感交集。

《无主之作》的思想真谛

整整三个多小时,我沉静地看完了德国电影《无主之作》。它具有德国式的深厚和浪漫,也有德国式的对真理的追寻。

我推荐这部电影,向所有热爱自由的知识分子和艺术家隆重推荐,至于普罗大众,就看个人的兴趣爱好了。《无主之作》并非属于娱乐性的电影,而是属于思考与反思性的艺术电影,这也就在无形之中决定了欣赏它的人必须具备一点儿文化与知识储备。也就是说,这类电影是挑人的,它诞生的目的就不是为了取悦观众,而是为了道义的责任与担当。

毫无疑问,它是继《窃听风暴》之后(编导是同一人)又一部由德国人来拯救二十世纪电影的艺术电影。所以可以说它是一部具有知识分子品味的电影。

虽然与《窃听风暴》相比较,它显得还不够深刻,但它却也是将深刻作为自己的目标来追求的,而且真诚,几无哗众取宠的刻奇取媚之念。

显然,电影出自一代新锐编导之手,他们未曾真正经历过血腥的"二战",在荒诞的铁幕年代也仅是青葱少年,但却能以那一代人的眼光去审视那段痛苦的历史。

影片讲述了一位名叫库尔特的艺术家的成长之路,故事还分别涉及了纳粹时期与东德的铁幕时代,以及二十世纪六十年代的西德。

影片开始时,库尔特仅是个还没长大的孩子。深爱他的姨妈带他去参观了一个被希特勒斥为颓废艺术的艺术流派的画展。显而易见,那个特别的画展是作为反面教材而向德国观众展示的。因为姨妈发现这个孩子有绘画天赋,所以带他来此进行现场启发与辅导。

在画展上,姨妈偷偷告诉库尔特,她喜欢这类艺术——现代艺术。

后来姨妈因有人告密被送进了纳粹指定的医院,并作为一名"精神病人"被强行做了结扎手术,随后又作为元首要消灭的低劣人种被送进了毒气室。

孩子后来长大了,在大学爱上了一个女孩儿,但他自始至终都不知道，曾下令让他心爱的姨妈做结扎手术的那位院长，就是这个女孩儿的亲生父亲。

库尔特从美术学院毕业后，只能听从国家号召为工农兵绘画。艺术在这个国家只能是政治工具，只有在这种专制制度下才会有荒诞不经的所谓现实主义。

柏林墙筑起前夕，库尔特与心爱的妻子毅然决然地逃往了西德，又成了一名学生，也是一名穷画家。

他的老师出现在了画室，看了他的画后沉思了一会儿，然后语重心长地告诫他笛卡儿"我思故我在"的哲学思想，接着又进一步追问道："关键在我、我、我，可你呢，你在哪儿？"老师用拐杖指了指他画的各种风格的"当代艺术"说："这是他，他，他！"老师加重语气强调说。

说完，老师扬长而去。

其实在此前，在一个课堂上，库尔特对老师的提问做了一个即兴发言，这让老师心知，这个年轻人将会是一个富有想象力的天才学生，所以这才会专门来看库尔特绘画。

就这样，库尔特遭到了老师的当头棒喝。经过一番不无痛苦的自我否定和反思之后，库尔特终于找到了一条属于自己的独创之路：临摹照片，再去其清晰，让影像模糊化。而在有的照片上，库尔特还特意将几张不同的照片，用貌似绘画的手法，将它们以朦胧暧昧的形式拼接在同一幅画面上——电影向我们展现了这个细节，库尔特为了他的艺术追求，将自己童年时与姨妈的合影，以及他爱人的父亲和一名纳粹分子（此人也是间接杀害他姨妈的凶手),合并在了同一幅画上,这时由画面所呈现出的映像对观众突然产生了一种耐人寻味的意味。

所谓艺术,从其基本的出发点说,我们可以将其视为个人身心自由解放的一种途径,亦由此,它反抗任何形式对个性自由的压迫与限制,也只有在自由中,艺术才能获取自由的真谛,也才能抵达艺术的至臻之境。说白了,艺术天生是为自由、独立人格而生的。

是的,《无主之作》最终的主题乃是自由。唯有自由,一个人和他的人生才是完整和美丽的。

坦率地说,或许《无主之作》编导的精力更多地放在了片中男主角及他所进行的事关艺术本质的探究上,此片对纳粹与铁幕时代的描述显得过于粗疏和草率,以至于相关情节与次要人物多次出现不合理的"硬过渡"。

即便如此,我依然要赞美才华横溢的编导,赞美他们对艺术立场的坚守,对黑暗岁月的控诉与揭示,以及对艺术何为的形而上学的追问。

《教父》:经典永恒

我又重看了一遍电影《教父》,依然感觉无与伦比的好。虽说此片作为科波拉当年的"违心"之作——为了能拍他真正想拍的《现代启示录》,他不得不屈就地先拍了这部"商业电影"——亦由此,一部不朽电影《教父》永垂史册。它超越它所在的那个时代,成了电影经典的范本,其牢靠坚实的地位,多少年过去了依然稳如泰山。尽管在主题思想的深刻性上恐还难与《现代启示录》相匹敌,但就持久乃至永恒的观赏性而言却又独占鳌头。

眼下刚看了个开头,主角教父,以这么一种貌似寻常的方式亮相,恐怕也是独此一家的——先让一位求教父帮忙的商人面对镜头滔滔不绝,其间,科波拉也只是给了教父一个侧面的影子。当教父正式亮相时,他也并非以咄咄逼人之姿示人,而是怀抱一只可爱的小猫,像位慈善的长老似的娓娓道来,可谓妙极了!亦由此,观众也见识了马龙·白兰度高超的演技——不用表演的表演,此为表演最高境界;而所谓的演技,全然隐藏在了他的语速与将角色融于内心的自然流露中。

阿尔·帕西诺彼时太年轻了,脸上还透着难掩的稚气与天真,但观众已然见证了他那非同一般炯炯有神的目光。科波拉当年选择这位于电影界还默默无闻且貌不惊人的"小个子"出任《教父》主角是有一点冒险性质的,因为这部电影光靠马龙·白兰度是撑不起来的,教父儿子及接班人的角色在影片中的分量委实太重太重了,扮演者一旦没选好,整个《教父》的影片结构也将随之坍塌,何况科波拉的选择被投资人多次拒绝。显然,制片方认为一个新人难担此角,但科波拉始终坚持别无他选,唯有阿尔·帕西诺可担此任——其实当时的科波拉也仅看了一部还尚未上映的由帕西诺担纲的电影,他居然就能一眼认定帕西诺是教父之子的不二人选，真乃慧眼独具。

独具慧眼的科波拉还真赌赢了。在好莱坞，马龙·马兰度之后的男性巨星非阿尔·帕西诺莫属，我认为他的表演在罗伯特德尼罗之上——德尼罗的表演还是带（表演）痕迹的。

《教父》相较于以往的黑帮类型片，亦是独树一帜的，或者说，科波拉作为编剧与导演，根本就不想承袭黑帮类型片的传统模式，尽管那个模式已被市场反复证明百战不殆，甚至这一点迄今仍在不断地被证明。那又能怎样？显然，科波拉想要另起炉灶，闯出一条属于自己的新路。

科波拉首先要做的，乃是将类型片中千篇一律的扁平人物还原为一个个鲜活的有血有肉的人，与此同时，科波拉又将他们搁置在了一个个至为殊异的生存环境中。亦因此，我们在传统训诫之下习以为常的道德判断突然在这些"反面人物"身上失去了功效或参照模式，而吸引我们的也似乎不再是单纯的人物之黑与白和善与恶之别了——这是在传统黑帮片中我们时常会不自觉采纳的道德尺度和评判标准。

而且，我们会伴随着剧情的深入，开始对影片中主要人物予以的情感认同——一开始是对老教父柯里昂，后又是对新教父迈克。而此种认同，其实又是同中有异的。

作为老一代教父柯里昂，他恪守黑道伦理，比如认为贩卖毒品罪莫大焉，无论有多么优厚的利益，家族成员都必须一概远离。柯里昂所恪守的"伦理"，也是后来为他引来杀身之祸的因由。

而新一代教父迈克呢？他完全展现了"新人"一代的风貌，他的伦理观乃是以牙还牙，有仇必报。在《教父》的剧情结构中，迈克这个人物的人设是别具匠心的：在家中兄弟中排行老幺，还是一名参加过"二战"且荣立过战功的现役军人。他生性善良，且尤显性格懦弱；爱读书，深得老教父疼爱。而这份爱，也让老教父有意识地让他远离家族事业。显然，老教父是想让自己心爱的少子有朝一日成为一名无污点的正道之人。

　　从人物塑造的角度来说，此举乃为"先抑"。那么作为导演的科波拉又是如何在有限的篇幅内成功完成了迈克的"后扬"，从而让他转变为一名与此前大相径庭的人物——冷血、孤傲和果敢的黑帮老大的呢？

　　这得益于科波拉自身所具备的深厚的文学功底以及他对人性深刻的剖析。他让这么一个最初只知谈情说爱的"小资"青年迈克，经由一系列特殊的经历和境遇，最终成长为新一代黑帮掌门人，并以自己的人格魅力与强大手腕让门派林立的老教父的属下不得不对他俯首称臣。

　　那么，在《教父》第一集中，迈克又是通过什么样的行为方式，完成了他精神蜕变的"成年礼"，最终接过父亲的班，并以铁腕手段确立自己的江湖地位呢？

　　这一切逆转，皆来自父亲有一天突遭敌手暗算，而一个意外又让迈克目睹了警匪勾结，企图再次谋杀其父的阴狠与险恶。他在夜幕下凛冽的寒风中守护父亲，吓退刺客的一幕，不仅剧情设计得巧夺天工，而且也让妙不可言的人物塑造完成了迈克新的人生蜕变。那一夜,警官对他的训斥及凶狠的一巴掌,又为他日后只身赴宴枪击对手做了最为有力的心理铺垫。一切都是那么合情合理,水到渠成。

接下来,是迈克离开纽约后在父亲的故乡西西里岛上遭遇的险境——亲密的爱人丧生于暗杀,而且显然还是代他而死;还有,他在岛上闻知兄长也被对手暗算身亡。这一切经历,最终将迈克身不由己地推向了他本不想涉足的父亲的事业,而一旦"进门",于他而言,倘若再延续父亲的伦理将无法挽救家族的颓势,从此一败涂地。

迈克义不容辞地做出了自己的人生抉择,而此选择又甚为清晰地反衬和映照出了曾经儒雅、单纯和懦弱的迈克,是如何因为其特殊境遇,最终抵达他现在所置身的位置,以及他为什么要痛下狠手——在辉煌与圣洁的教堂内,迈克作为外甥的教父,正在为姐姐的孩子进行洗礼仪式,与教堂仪典镜头交叉出现的,乃是迈克派出的杀手对其他帮派头目所展开的一系列凶残的暗杀。血腥暗杀与教堂神圣仪典交相叠映,这种甚为鲜明的在影像上的二元对立画面,也因此成为电影史上最令人难忘和震撼的一组蒙太奇镜头。

迈克以杀人的方式完成自己脱胎换骨的"成年礼",他也以鲜血之名奠定了自己的教父尊位,从而完成了他的自我拯救——除此之外,他别无选择。

紧接着,我重看了《教父》第二部。阿尔·帕西诺的魅力型表演几乎可以说势不可挡,而罗伯特·德尼罗饰演的青年时代的老教父柯里昂与之相较则大为逊色。德尼罗"演"的痕迹仍风格化地处处可见，其自我设计感太强了，而帕西诺却将教父这一人物演绎得浑然天成、不着痕迹。

在《教父》第二部中，就剧情而论，德尼罗饰演的青年老教父的那一部分略显薄弱，他仅以常规套路演绎了一人命运改变的寻常路径，且皆为粗线条的匆匆勾勒。而阿尔·帕西诺对迈克这个人物的细致刻画，层层推进，稳扎稳打，还步步惊心——每一次剧情骤变所带动的对人物心理的透视，都是那么细致入微，可谓刀刀见血，入木三分，甚为精彩，颇符合人物心理逻辑地将迈克这个人物一步步地推向了罪恶的深渊，而他所呈现的冷血、冷酷，又是那么的令人不寒而栗。

《教父》第三部是以一种死亡意象终结的——迈克枯坐在一把椅子上，以一双失神的眼睛混浊的目光茫然地望向画外，接踵而来的是一个大全景：空旷的透着凄凉的室外景象。画面中，被巨大的空间所挤压，身形枯槁的小小迈克，陡然间一个抽搐，身体也随之往侧面一歪，双臂颓然垂落，脑袋亦耷拉了下来。此时的音乐犹如一曲哀乐，透着一份哀婉的凄凉，在空旷的环境中缓缓地回荡着——这也是《教父》在其三部曲系列中贯穿始终的主题曲，我们已然非常熟悉了：每当某一种特殊的时刻它总会不期而至地悄然响起；而最初，我们只觉得它是那么的悦耳动人，但随着剧情的推进，它又由好听，渐然地，转化为伴随着剧情浮动而从我们内心深处悠然荡起的一种难言的思绪了。唯在此时，我们似乎已浑然不知这思绪究竟是属于剧情或剧中人物,还是属于我们自己。而且随着剧情的深入,那音乐声在我们心间又会荡漾出一种不同的心绪,而其中之意味也变得迥然有异了。

从《教父》系列的剧情结构看,它们几乎是统一范式的,皆以一个欢乐喜庆的大场面拉开序幕:第一部是老教父独女的结婚仪式,第二部乃是迈克以其独子的名义所举办的慈善捐款仪式,而第三部终于周转到了二代教父迈克本人——罗马教会授予他荣誉称号。与此同时,无一例外地在仪典进行过程中,教父本人会相应地退避一室,去展现新老两代教父忙中偷闲地处理他们所面临的各种棘手问题。也正是这些棘手的问题,导致剧情陡然一转,进而引发整个叙事走向发生改变,各种凶兆也就随之赫然显现。

两代教父身不由己地被卷入其中,于是在一片刀光剑影中,两代教父的形象也被鲜明地一刀刀地刻印在了大银幕上,从而亦留下了他们至今仍清晰丰满而又有血有肉的人物形象。科波拉比一般导演技高一筹的地方就在于,他能以一己之力,将传说中的甚至在以往黑帮类型片中青面獠牙、毫无人性的单向度的黑帮人物,还原为富有人情味和内涵的人,从而让他们呈现出复杂多变的非脸谱化的性格。他们是有多重面相的,一如现实生活中的你和我。影片似乎想告诉观众,改变一个人的是这个人的境遇,而非他是一个与你相异的特殊的人。不,他们也是人,一个很可能与你一般无二的人,区别仅在于,是命运让他们最终步入了黑道,而你没有,或者说你没有遭遇那种命运。

也正是从对人性的发现与发掘出发，科波拉为这些镜头中的人物——尤其是二代教父——设置了特定的命运背景，他们最初随遇而安，可由于命运所迫，最终命运发生了改变。

这种转变于二代教父迈克，是在第一部中予以铺陈的；而老教父之所以如是，则是科波拉在《教父》第二部中才得以腾出手来呈现的。由此一来，从文学性上说，《教父》之所以不朽，就在于它把人投进了一种特殊的人生境遇，也因为了其境遇之特殊，可以借此而必然性地逼现出他们身上所潜藏的人性之种种，亦由此，人性的显微镜也即刻被镜头照亮了，编导思想深刻与否也在此得见了真功夫。

在科波拉《教父》系列的叙境中，总会兀自"复调"般地呈现二元对立的叙事模式——最凶狠残暴的杀人场面总是以蒙太奇的交叠画面，同构对应般地呈现宗教符号性的景观与之相匹配，比如：庄严肃穆的教堂，以及教堂内正在举办的神圣仪式；面对基督发誓的迈克，与在他授意下正在进行中的杀戮。类似的这种二元对立"意象"，在《教父》系列中会反复出现，构成了一种别具意味的对宗教本身的质疑与反讽。显而易见，这是科波拉有意为之的，其反映出的深义又是耐人寻味的。

在《教父》第三部中，我们也不难看出科波拉所设置的一个两代人之间的命运循环，也可称之为一个命运的怪圈。在《教父》第一部中，老教父柯里昂刻意地甚至坚定地反对家族晚辈涉足毒品交易的建议，为自己所恪守的黑道伦理画出了一条不可逾越的红线，他渴望的，是有朝一日家族成员能以合法商人的身份示人。也正是这道"红线",为他,也为他的长子,引来了随后的杀身之祸。

一向回避与远离家族黑道事业的迈克,也正是在此危境中挺身而出,必然而又合乎逻辑地重复他父亲的人生轨迹。一旦迈出第一步,命运的不可逆便让他不得不义无反顾地走向复仇与血腥杀戮。他别无选择——以他的观点看,保护家族,捍卫尊严,不甘于屈居人后,只能身不由己地这么一路走下去。一旦走上了这条不归路,回头已再无可能。

可当迈克开始步入其人生晚境时,他似乎又在追忆似水年华中幡然悔悟。足够的财富与实力,让他终于有可能去实现父亲的最终理想:想方设法通过各种手段,彻底地洗白自己,重新做人,金盆洗手,从此做合法生意。这也是《教父》终曲之人物心理的主旨。他侥幸逃过一劫,筹划中的合法转型也胜利在望,仅差一步之遥了,而有一天他向高贵的神父做出了人生忏悔的告解。看上去,似乎可以结束他罪恶的过去,从头再来了。

但过去遗留下的命运的绳索,仍紧紧地套在他的脖子上——他最心爱的女儿竟为他丧生在暗杀者的枪口之下——一如当年,他在西西里的亲密爱人死于针对他的一次暗杀。迈克的扮演者阿尔·帕西诺在剧场门外台阶上先是长久无声,后又声嘶力竭的那一声声仰天号啕,以我之见,乃是世界电影史上最震撼人心的裂声长哭。

是的,我们的视线,这时停留在了《教父》系列的最后一个镜头:那个孤零零的、在秋寒萧瑟中凄凉辞世的老人迈克——

他孤身一人坐在室内的一把椅子上，一脸沧桑，四周不见一人。他的身子突然一阵抽搐，紧跟着脑袋耷拉了下来，手臂也随之滑落。这是一个远景镜头，但我们可以清晰地见证老年迈克以这么一种方式最终告别了他曾经刀光剑影的人生。那么，他——也可以在此意指那两代教父，究竟是人生的胜利者，还是最终的失败者呢？

二、亚洲电影：生者与死者的尊严

小津安二郎：独一无二的奇人

小津电影印象

日本新浪潮一族之导演吉田喜重，在评论小津安二郎的电影时，用了一个符号学式的词语：意义悬浮的蒙太奇。可谓一语道破天机。

小津电影的反故事、反戏剧，恰到好处地凸显出生活自身所固有的质感，但小津又不愿过多地介入这种质感中所隐匿的意味，于是小津的电影时常采用蒙太奇的手法，用空镜头的形式来营造意义的悬浮——拍一张愕然的脸时，突然插入嘀嗒的钟表声，或拍在阳光下泛着光斑的水波，又让它倒映在心绪复杂的人的脸上。

小津安二郎一生制作了五十四部电影，其中三十部是默片，这也就解释了为什么小津的电影于"寂然的物哀"中总有一种游离的"无言"的默然。

我没看过小津的默片，我谈的是小津有声电影给我留下的印象。小津电影语汇与修辞中隐约浮现的"寂然"，既有默片时代的痕迹，又有日本文化中禅宗一支的"静悟"之思。

这是我的猜想。

可是这位在电影中呈示淡然平静的小津，怎么会有中学时代因反叛个性而被学校开除的经历呢？这种"反叛"痕迹在他的电影中一丝未显，只见他一如既往地安然着，恬淡着，迟缓、从容、幽玄且物哀着。

小津是电影史上一位独一无二的奇人！

东方的味道

小津安二郎的电影，受到国内外许多有品位的电影人的喜爱，这当中当然也包括喜欢艺术片的小众。

小津电影有味——东方的味道，近似中国历史传说中的"礼"的味道，但又不似中国。

小津电影中所呈现的日本生活，会在我们心里唤起一种陌生的亲切感——陌生的是电影中所展现的异域生活方式，处处可见日本人烦琐的礼仪，鞠躬、跪拜、矜持与和蔼的微笑等；亲切的是电影中所反映的人伦情感我们又似曾相识。

说起小津，人们首赞的是他的《东京物语》，此片亦属小津电影系列中的经典，而《晚春》又是小津电影经典中的经典。

《东京物语》的确好，那种步入黄昏晚境老人的失落，传统文化无可奈何的沦落，还有小津影片一以贯之的伤感与惆怅，淡淡的，又是沁人心脾的。

作为导演的小津安二郎，很像作为小说家的川端康成，二人都有一种对古老传统失落的怅惘，而且又都萦回着一股淡淡的伤感的滋味,只是小津喜欢刻画老者与他们的晚辈,而川端则爱写年轻的男人与女人。

我又连续看了几部小津的代表作,意外地发现,小津最经典的电影并非人们所盛赞的《东京物语》,而是他的《晚春》,因为剧中人物的心理更为曲折、微妙,因此也就更为深刻。

《晚春》之暖

影评人众口一词地认为《东京物语》是小津安二郎最成熟的作品,影迷似乎也如是说。

而我,却不以为然。

我认为《晚春》是我看过的小津最好的作品。

一种不无怅惘的淡淡的忧伤,一种父女情深中寄寓着的难言的惆怅,一切都像是未经修饰、编造,一如我们庸常的人生般稀松平常,不见波澜起伏。

小津的反故事、反戏剧在此片中随处可见。是的,只有情节段落和莫衷一是的闲言碎语,但就在这淡淡的、一如月光下夜之河流般的缓缓涌动中,《晚春》在不知不觉中浸润和缓解了我们心灵的焦虑与骚动。

心灵因此被抚慰,且走向宁静。

这时,《晚春》中点点滴滴的影像再度浮现,自动组合成松散的细节群簇,纷至沓来。在忧伤的心绪中,我们又分明真切地感受到了一丝人间的温暖。

黑泽明:《罗生门》之谜

时隔二十多年,重看黑泽明的《罗生门》,比我当年看的感觉还要好。

不愧为举世经典。

当年看时,我单纯地是冲着他那亚洲第一尊威尼斯电影节金狮奖而看的,看完略有失望。失望,是因为犹觉其基本在照搬小说,没啥了不起,几无独创,不过是让黑泽明在国际电影节上撞了一次大运而已。

其实不然。

今天再看,黑泽明是在原著给定的剧情基础上,添加了一个"目击者"角度,这个人物,便是电影中偶尔路过却无意中看到事发现场的樵夫。在纠察使署,案件自述者与举证者中,樵夫是唯一的旁观者,而其余三人——强盗、妻子与丈夫,皆为此案的当事人。不难看出,樵夫的出现,为原著多元视角又增加了重要的一笔,由此,悖论式相对主义,及人性的复杂、狡黠、自私与多变,便显得更加扑朔迷离,也就更加耐人回味。

有趣的是,在整部电影中,只有那位仿佛什么都能看透的流浪汉才是人生的"智者",虽然黑泽明有意让他被演得像一个地道的浑蛋。他说人人都会撒谎,都是自私的,否则,你是无法生存的——难道不是吗?话糙理不糙,句句点中我们人性中的某个穴位,一针见血。

只有尾声的设置流俗了。黑泽明让人之善良回归了樵夫内心，默认了他之所以没在纠察使署道出真情是因为他的贪婪；他在目睹了真相后，趁机盗走了妻子留在现场的一把镶玉小刀；最后，为了显示这个人物——樵夫，似乎代表了黑泽明思想上的认同，竟让他抱养了一个被遗弃的遗孤，以致引来边上那位持悲观态度的和尚情不自禁地发出了一声慨叹："我对人又有信心了。"

《罗生门》的思想主题，本来就是对人类鲜有质疑的"确定性"予以颠覆和瓦解，对人性中所隐藏的某种暗黑面具给予揭示，它的深刻性也正在于此。而最后的尾声，几乎又消解了黑泽明在电影中孜孜以求的道义及有关人性的"天问"。

《罗生门》充满了怀疑主义的气息，充满了相对主义的论证，但一句"我对人又有信心了"，必然自我解构了黑泽明拍此电影的初衷。

但也可以理解。在那个"二战"结束未远的年代，作为一个战败国的国民，对人们所信奉的传统价值过分颠覆与怀疑是有风险的，而这样一个貌似"完美"的尾声，也遮掩不了"罗生门"式的人生之谜。

黑泽明与大岛渚，捎带说点川端康成

上网搜了一圈，竟没见川端康成的电影《古都》与《千只鹤》。莫非没拍？

《古都》拍不拍也无所谓了，拍了，也只是一部媚俗于西方人的电影。《千只鹤》则不同，我读了原著，便知其具备了对人性幽暗的洞察，若拍好了，会犹如原著小说中古老的上品茶具，有传世价值。

就因为《千只鹤》牵涉了"乱伦"吗？不仅仅如此，表象是乱伦，骨子里则透着对人性中我们还一时无法厘清的晦暗的探究。人性与社会禁忌的冲突，似乎已成为一个古老的命题，我们挣扎着，无奈而无解，但它又以莫名的欲念时常袭扰着我们。川端康成是寻美的作家，虽不无物哀与寂忧，但他却在自己唯一的一部作品中，大胆地首次涉足了人性的禁忌之域，甚至突破了传统道德底线，让人读了五味杂陈。平素钢铁般地"社会禁忌"在人性的冲击之下，露出了它的另一副面容。

接着搜大岛渚的《仪式》，我在二十世纪八十年代曾经看过，当时属于内部电影，它并没公开上演。

仍一无所获。沮丧。

我一直以为，在日本，大岛渚才是与黑泽明双峰并峙的电影大师。黑泽明的巅峰之作如《罗生门》《影子武士》《乱》等，皆为哲学式的理念先行，其结果必将是让人物成为一种抽象的思想符号，而情节元素的组合，是为了有效地抵达最终的理念。相较之下，大岛渚则显得更为深邃，尤其是对日本历史文化的冷峻剖析，此一特征，见于其最杰出的代表作《仪式》。

表面上看，它讲述的是一个权势顶天的古老大家族的故事。貌似理念先行，但大岛渚的高明之处在于，他没让理念"吃掉"人物丰满的血肉而沦为概念，以至让这些形象饱满的人物与人物关系，冲破了理念对他们的掣肘，喷涌而出，反过来又进一步深化了复杂曲折的，甚至有些晦涩的主题思想。

乱伦、篡位、谋杀、阋墙，大岛渚显然在影射日本的文化和历史，并冷峻而又断然地去除了它堂皇华丽的外衣——而这些，又恰恰是川端康成小说要去竭力美化的——直见了日本文化和历史中的罪性和丑陋。有趣的是，《仪式》中丝毫未见耻，而见到了人性之"恶"。

初看《仪式》，是在二十世纪八十年代，看时我被彻底震撼了。当时最强烈的观影体验乃是极度压抑，以致感觉喘不过气来，由此深深记住了这部电影。尽管故事内容忘得差不多了，只留下一些影影绰绰的模糊印象，但在这个印象中却承载着大岛给我的思想影响。

今天我本想重温一下它，以便再度去日本时，将大岛渚镜头中的日本文化与川端康成笔下的日本文化做了一番比较分析，但事与愿违，在网上竟然没有找到《仪式》，只好作罢。

大岛渚的《白昼的恶魔》

整整一天，便深深埋在各种传记中：都是关于外国电影导演生涯的。

塔可夫斯基、伯格曼、斯科塞斯……一串串世界电影界名人的传记,随手翻着,心中隐着一份焦灼——希望能强行记住,但终究是枉然的。

后来翻到了《大岛渚的世界》。

最初漫不经心,毕竟译文一般,但读到大岛渚于二十世纪六十年代拍的《白昼的恶魔》时,被其中介绍的电影故事强烈吸引了。我迅速上网搜了一下,这部电影居然能在线看!

我又回头将传记中有关《白昼的恶魔》的评价扫了一眼,心想:这绝对是一部天才之作,对人性认识的深刻几乎登峰造极。

日本电影界在《白昼的恶魔》那个年代("二战"后不久),正受到法国新浪潮电影的冲击和影响,本国的先锋电影也随之横空出世。其中,大岛渚乃是一名领衔人物,他以锋锐的思想与别致的影像,以及对人性与民族文化的反思,使自己的作品迅速赶超了欧洲电影,真是了不起。

我始终认为大岛渚在思想的深刻性上超过黑泽明。大岛渚擅长正面刻画与揭露人性与社会的黑暗,此举又正好与小津安二郎的电影主题方向相反,而与今村昌平之创作则属异曲同工。但我更偏爱大岛渚,因为他的电影更趋近萨特式的存在主义哲学。

《白昼的恶魔》还是一部黑白片,但此黑白影调又与电影反映的内容有了一种暗合与呼应,即使是今天看也一点儿不过时。时间之功能在它的面前是失效的,永恒摆动的钟表似乎停止了它不可抗拒的运行,因为《白昼的恶魔》透过现象,直捣人性中潜伏着的"白昼的恶魔"。

二十世纪六十年代,是西方世界人类精神史上最后一次思想的高潮,无论左翼或右翼,一片反抗与沸腾,由此又催生了一批杰出的前卫电影。

欧洲的新浪潮之先锋电影,因为太囿于时代的语境,虽为时代存留了一代人的精神轨迹,成为那个时代的电影经典,但终归功亏一篑于"语境"本身——许多名作其实未能跨出当时的语境而指向未来。

而大岛渚的《白昼的恶魔》,虽从现象符码的意义上说,它也处于那个特殊年代(二十世纪六十年代初)的语境中,但若以人性而论,它的认知与揭示是跨时代之语境的。

大岛渚《仪式》:残酷与自虐

二十世纪八十年代末,我在电影资料馆观看了大岛渚的《仪式》,蛮震撼的,它以冷酷、阴郁的犀利,直击我心,令我印象太深刻了,以致久难忘怀。

彼时的日本之于我,还是一个遥远而陌生的国度。

日本是个奇怪的国家,确如罗兰·巴尔特所冠名的"符号帝国",它的多义与矛盾乃至多重面向皆令人费解。

本尼迪克特从《菊与刀》所论及的双重性剖析了日本文化,这是我们了解日本的一把钥匙,但若看过今村昌平和大岛渚的电影,日本的形象会再度变得模糊、迷蒙起来。他们镜头下的日本,很难被一般性的理性诠释与分析所囊括,却展示出了日本人绝对狞厉残忍的一面。

浮光掠影下的日本于我们是美的浮世,是幽玄,至多还有些物哀。它安然平和,富有温情和秩序,而我们又很难以一种异乡者的身份,真正地进入这个异域国度的文化,尽管这文化我们看着熟悉。

终于找出了二十年前买下的大岛渚《仪式》的影碟。记忆中,此片背景乃现代日本,反映的则是日本帝国权臣的家族史。

大岛渚显然冀望由此角度切入,影射日本历史,解构有关日本文化所弥漫的政治神话。

一口气看完了大岛渚执导的《仪式》,时隔二十多年后再重看,冲击力的确不如当年了。当年电影还是看得少,所以时常会少见多怪。《仪式》故事的逻辑构成还是存在许多问题的,大岛渚欲意表达的思想内容太多,过于纠结与复杂,而一部长度毕竟有限的电影显而易见是承载不了的。

记忆中的《仪式》,故事背景乃为现代日本,其实反映的是"二战"刚结束后的日本,也就是近现代日本。这次重看,《仪式》的剧情依然阴森、诡异、压抑,仿佛有一个毁灭性的魔影,无时无刻不笼罩在故事的上空,而大岛渚亦想藉充满着象征与隐喻的故事,向日本社会发出诅咒。

那个威严的、不可一世的权力象征——爷爷,是作为日本文化符号来予以隐喻的,他的"扒灰"之举,更是对日本至上权力与权力衍生出的文化传统的一种揭露与鞭挞。家族第三代人的自杀和绝望,亦是对这一权力的强烈诅咒,以此指证了它毁灭的必然。

大岛渚几年前已然归西,他若活着,再拍一次《仪式》,不知是否仍会如此绝望——毕竟他个人的生命无疾而终。还有三岛由纪夫,若活在今日,他还会选择尊王(天皇)切腹吗?毕竟《仪式》问世时,日本仍处在激情燃烧的反抗年代的余波中,个人之的选择很容易受到那个年代的潜在影响。

《小偷家族》:去魅的日本映像,归真的底层人生

"我回北京了,明天一块儿去看《小偷家族》吧?"孙淳说。

这时的孙淳,刚从东北的外景地回来,人还没彻底安顿下来,就已然想到要去看这部电影了。

"太好了!"我说,我回了一个胜利的手势符号。

当天晚上孙淳来找我,顺便告诉我他订好了明天的电影票。"早上人少,电影票价也合理。"孙淳愉快地说,他是在回北京于飞机起飞前搜索票讯时获悉《小偷家族》将要上映的。"我一直在等着这部电影的上映。"孙淳愉快地说。他早就听人说这是一部好电影了,而并非仅仅是因为它拿到过戛纳电影节的金棕榈奖才要去看的。

"你知道吗?"孙淳突然说,"我本来想买大放映厅的票,银

幕大,音响也好,看着舒服,可购票处告我大放映厅没安排,只安排小放映厅上映,我问为什么,她说是担心票房不好,所以没安排大厅。"说到这里,孙淳颇有些愤愤然,"唉,你说,这么好的片子就没人看吗?现在的人都怎么了?"

我笑了笑,没言声。无疑,孙淳提出了一个颇为严肃的问题:在这个娱乐活跃的年代,像《小偷家族》这种类型的艺术片,的确会观者寥寥。这不就是艺术的宿命吗?今天究竟还有多少人真的热爱艺术并懂得艺术呢?好像更多的人是在附庸风雅。

我觉得我的这位好友挺了不起的,在演艺圈这么多年,还依然恪守着心中的那份纯真、那份美好,还有对艺术的向往和执着。眼下像孙淳这样的人可真是不多见了!我有些感慨地想。或许这么多年了,我们之间像兄弟般始终保持着友谊和信任也正是基于这一点,而且我们在一起聊天的共同话题还是艺术,唯有这样的谈天说地会让我们兴奋。

电影院果然没几个人。时间一到,灯光暗了下来,一束强光打在正前方的白板上,映射出了影像。很奇怪,当活动影像骤然出现后,我的心迅速安静了下来,就像影像中暗含着一股奇异的魔力,完全没有进影院看美国电影时的那种情绪的骚动,只是静静地随着影像如清泉般流动而沉浸其间。

的确,《小偷家族》没有一丝一毫所谓的"娱乐性",一切哗众取宠的商业元素都被它予以驱逐了,只有仿真或者说逼真的人生情态。当故事中几个人物亮相不久,你心里还是感觉到一丝怪异:电影中这一家子的人物关系显得颇为蹊跷,有那么点儿不知从何说起的不正常。我心里不禁自问:咦,这是怎么回事,为什么片中角色彼此之间的关系会让人感觉怪分分的呢?究竟是哪儿出问题了?我一直在辨识着这一家五口之间的人物关系,试图搞清楚他们几个人在家庭中各自的位置。在这里,只有那位慈祥的"奶奶"是明晰的。所谓明晰,无非是大家都称呼她为"奶奶"而已。我甚至觉得编导疏忽了对这一组家族人物相互关系的交代,就这么匆匆忙忙地进入了情节的推进。

所有的人物关系直到影片进入尾声时才渐渐明朗起来,让人恍然大悟。此一"大悟",让影片开始后一直模模糊糊的人物关系突然变得清晰起来,而且有一道骤然而至的思想之光迅即照亮了这部晦暗而又苦涩的电影。尤其片中的那位"妻子"信代在警察署受审,被问及她将两个孩子"偷"来作为自己的孩子,是否是因为自己不能生孩子时,一个极为惊人的场景骤然出现了:

信代先是一愣,然后沉默了一下,目光有些恍惚地看向镜头,突然有一股极度的悲伤袭上心头。她欲言又止,不住哽咽,但她拼命压抑着,偏过头去抹了一把脸,再看向镜头(镜头对面,显然坐着正在审问她的警察),又没忍住,又抹了一下脸——那是欲滴未滴的泪水。在这个一镜到底的长镜头中,信代呆滞的表情和动作无声地反复了几次,她似乎终于要说话了。但没有,她又抹了一把脸,终于隐忍地说了一声:

"嗯。"

这时,我眼中涌动的泪水几近夺眶而出,但我也隐忍了。我注意到坐在我旁边的孙淳,悄然地揩了几次眼角,显然,他流下了泪水。作为演员的信代,这种静场般的无声的表演无与伦比的好,情感分寸拿捏得恰到好处,以从心灵迸发出的力量,击碎了这个世界被粉饰的道德面具,迫使观众陷入一种难言的感动,还有五味杂陈的心酸。

是的,所谓的"小偷家族",果然不是一个正常的家庭组合,他们彼此间谁和谁都没有家族式的血缘关系(除了片中的姐妹)。"奶奶"并非血亲意义上的奶奶,她在过往的生活中从路上"捡"了一对"夫妇",这其中,作为"妻子"的信代因为杀了前夫而与"丈夫"治一起被奶奶收留。奶奶是这个家族中唯一一个有正常收入(国家发放的养老金)的人,治与信代则在城里打工;而家中的那个小男孩儿祥太,是信代夫妇偷车时从一辆破车里顺手牵羊"偷"来的,从此,祥太便跟着这一家子从事"偷窃"的营生。

这都是影片"前戏"中的人物关系背景,而在我们看到的影像中,其实这一切并没有实演,只是通过台词的交代让观众明了。电影中直接予以展示的,只有被丈夫治"偷"来的那个瘦弱单薄,受尽她家人虐待的小女孩儿的身份——从此,这个羸弱胆怯得像一棵豆芽菜的小女孩儿,跟着信代与"哥哥"踏上了偷盗之路。这也是他们一家唯一的生存之路。

由此不难看出,这是一个彼此"偷"来的家族组合,这也是为什么在观影的最初,我会觉得电影中的人物关系别扭与怪异的原因。因为失去了血缘的维系与呵护,也就失去了我们一般可以就此辨认与识别的正常的家庭人伦关系。但这个畸形的

"家族"，又以一种异样的"生态"之姿，不时地向观者展示出他们之间相互依存的温情与温馨。

见到有人从伦理的角度来言说这部由奇异的人物关系组合的电影，这其中也包括对这家人偷窃行为的伦理批判。我认为，导演（同时也是本片的编剧）是枝裕和并没有要从一般伦理学的意义上来审视电影中的这组关系以及他们的"反社会"行为。他刻意回避了抽象化的社会学角度，从而让艺术的审视回归了对具象人生、命运以及人性的透视。就像将人物与行为置放在一台显微镜下，小心翼翼地透过镜片，以辨析这一家人社会性存在的肌理与组织结构。而不管其行为的善恶与是非，只是执意地探究他们存在的悖谬以及人性的合理性，至于余下的一切，皆留给观众自己去思索和追问。

最好的艺术作品，常常是反常规且悖论式的，一如《小偷家族》。

很难想象，是枝裕和是如何完成这一艰巨的拍摄任务的，因为场景选择全为实景，而移动摄影机在大多数情况下只能将机器架设在"家族成员"居住的那个逼仄狭窄的空间里，在其中还要胜任对所摄人物的塑造（小全景、中景、近景或特写），由此强调出人物的底层身份和性格特征，以及繁华都市对镜头下的穷人所形成的有形无形的压迫和欺凌。

这一切的一切，都是由镜头在"说话"，因此，电影中的人物也就无须再特别声明自己卑贱的身份了。在镜头下，环境的真切展示，已然为他们所处的社会位置在间接地"说话"了，这也是电影的功能所在,也可谓之为无声的电影语言。

相较于《小偷家族》的导演是枝裕和,他的前辈导演小津安二郎也倾心于表现日本的都市男女,也即日本战后城市中的普通人。但在小津的电影中,显而易见地存在着一种小津个人的价值观,亦即小津会在他几乎所有的电影中,通过"当代生活"及人物日常表现,不经意地流露出对过往日本文化传统的向往与迷恋,从而暗含着对当代生活以不适应的形式所表达的"婉拒"。他的电影貌似在表现当代,骨子里却透射出对已逝历史传统的频频回望,以及对当代都市文明发展的困惑与疑虑。

关于这一点,川端康成的小说亦有显现,几乎与小津异曲同工。传统与过往的生活习俗、礼仪惯例,作为一种存在过的或者遗留下的历史痕迹,让小津与川端念兹在兹,而当下,又是那么让人感叹,以至忧伤,因为传统已逝,终成正在远去的文化幻象,难以挽回。于是,无论是电影导演小津安二郎,还是小说家川端康成,他们的影像或文字,都不时会流淌出一种一言难尽的惆怅和伤感。

但是在是枝裕和的《小偷家族》中,这一传统文化符码已然缺席,成了一个仅只能与其前辈艺术家进行比照下才能存在的生存样态。历史传统与传统礼仪在《小偷家族》中是空无的,存在的只有当下,历史的文化深度在这里被彻底消解了。在我看来,这并非是是枝裕和刻意要表达的,而是在都市化的前景下,传统已成为遥远幻象一般的传说,它并不真正地存在于当下;存在于当下的,只有苟且地活在日常生活中的困窘、无奈而又举步维艰的生存者，一如在电影中呈现的这组非血缘关系的家族成员。

当下的日本，还是我们这些域外之人所熟悉的那个日本吗？显然不是了。我们通过跨国旅游,通过各类有关日本的书籍、画册,以及各种类型的影像资料,萃取到的大多有关日本的信息皆是符号性的,比如茶道、花道,甚至剑道,还有日本料理、寺庙、枯山水、唐式古老建筑、酒馆与俳句等等。法国著名哲学家罗兰·巴特尔还专门为此写过一本书,名为《符号帝国》。在作为法国人的巴特尔看来,日本是一个奇异而又令人耳目一新的陌生国度,它的典型特征乃是处处可见的文化符号。此类符号悄然地融入了日本帝国的人物关系中,融入了景物、山水、礼仪与饮食中,默默而不动声色地存在着,透着一种独特的美,让人去了忘返,忘情地流连。

这不就是我们这些域外的游客,踏上日本国土后的一种心境及观感吗？

但作为艺术家的是枝裕和,在《小偷家族》中丝毫没有呈现上述这些人文景观,所有具备日本文明价值含量的文化符号在这里(《小偷家族》)皆被剔除净尽了,裸露出的是不被一般人所知晓的、挣扎在社会底层的普罗大众。他们是被忽视甚至被喧嚣的文明世界遗忘的群体,作为一名游客的我,几次有限的日本之行,也从未见过这样的一群人,甚至从未想过在日本还存在着这么一个为生存而苦苦挣扎的群体。我们看不见他们,他们被文明世界遮蔽或掩盖了,就这么无声无息地被突飞猛进的现代社会碾压着,蹂躏着,践踏着。人们对于这样一个底层群体的存在,是盲目而失忆的,就好像他们从来就不存在一样。

显然,是枝裕和要为这群被"文明"湮没的人"正名",要以艺术之名庄严地告诉世人,他们是我们这个庞大的、被命名为文明世界的社会中存在着的一部分人,文明世界没有任何道义上的理由,也没有任何资格,遗忘乃至抛弃他们,虽然他们的生活状态与行为举止如此不堪,且竟以犯罪的形式苟且地存活在世上。尽管这是一个缺少血缘关系而组合起来的奇异家族,但他们丝毫不缺少血缘至亲般地温情与温馨;如果他们彼此背叛,也仅仅是出于无奈和生活所迫。

或许这也是为什么在戛纳电影节的颁奖仪式上,评委会主席凯特·布兰切特宣布的授奖理由是:"它击中了每一个人的心!"试问,还有哪种艺术评价能高于这句崇高的评语?这才是对《小偷家族》最高的奖赏。在我看来,此评语分量之重远甚于那个金棕榈奖。接下来,凯旋的是枝裕和断然拒绝了日本前首相安倍晋三为他安排接风仪式的请求,并誓言决不与公权力同流合污,这就足以说明他坚定不移的人民立场。

从电影院出来后,我与孙淳共进午餐。孙淳情绪始终是激动的,久难平静。他说,我控制不住地流泪,它让我想起了我们曾经看过的电影。我知道孙淳说的是什么。作为一名出色的演员,孙淳的表演生涯是与第四代、第五代导演在中国电影界崛起一道展开的。在二十世纪的八十年代,孙淳主演了第五代导演陈凯歌的电影《大阅兵》——我是后来在电视上看到这部电影的,激动不已。毕竟我也是一个当过兵的人,影片中洋溢着的我们那个年代军人的阳刚之气、那种力拔山兮的劲头,让我看着无比振奋。孙淳也演出了一个军人应有的风采。

我当即给孙淳打了一个电话,我说:"淳子,谢谢你,你演的军人实在是太好了,完全是我们那个年代军人的气质。"这么多年过去了,孙淳依然在怀念那个年代的电影,同时感叹今天消失的电影精神。每每说起这些,孙淳总是感慨万千:"那个年代的电影,静静地平实地拍摄普通人的生活,哪儿像现在那些炫耀高科技的电影啊。那时的电影真好!"孙淳怀念地说,"我们搞电影的人都该去看看《小偷家族》,看看人家在拍什么!"

"时代变了,今天的中国电影界只认钱了,少有人再去拍这类电影了。"我说。我们又说到了电影中几处感人至深的细节,孙淳强调了他所感佩的是枝裕和的平民立场。

"我是不是年龄大了所以才这么爱流泪?"孙淳疑惑地问我。

"噢,淳子,"我说,"你天性敏感,又善良纯真,所以流泪是正常的。"我说影片中有几处,我看了也在心中默默地流泪,但这种泪不是被催下的,而是因为电影中所展现的那些普通人活的艰辛与不易深深地打动了我。

我感叹,如果时常能看到这种电影,那该多好!孙淳说:"那可就太幸福了!"接着他又问,"我们为什么没人再拍这种电影了呢?"

是啊,为什么呢?

显然,《小偷家族》一看就是部不挣钱的电影,其镜头所对准的,是生活在最底层的芸芸众生。在浮华的世界里,甚至少有人愿意去多看他们几眼,更别说为他们拍电影立传了。孙淳猜测是枝裕和也出生在这样一种不幸的草根家庭,所以才能对挣扎在社会边缘的劳苦大众如此地感同身受。我深以为然。

《小偷家族》的导演不溢美,亦不掩"恶",以质朴的叙境还原了生活本真之态,由此却荡漾出了一种难能可贵之大美,一种源自生活的、褪尽矫饰后的朴素之美——无论是演员表演,还是生活场景的选择,乃至情节、细节的设置,以往我们在电影中常见的矫饰与刻意安排都被剥离净尽了,由此直见了不无残酷的人生质感;亦由此,我们印象中那个繁华、时尚、谦和与优雅的日本就此隐形了,另一重我们所不知晓的"日本映像"清晰而又令人心酸地浮现了出来,让人触目惊心。

坦率地说,我以为艺术的本源就当源自于此,而我们的艺术立场亦应立足于此。艺术当从此出发,去寻找和探索人生的真谛。

是枝裕和还有一个了不起的地方,那就是他没把自己当作一个居高临下的艺术家,一个置身于人生苦难之外的怜悯者或同情者。在这部电影中,他似乎随时都在告诉我们——哦,朋友,我就是这个家族中的一员,对他们的人生遭遇和命运,我有着切肤之痛。

《入殓师》:生者与死者的尊严

虽已入春,仍觉料峭轻寒,劲风在窗外啸啸地吹着,犹如万丈旗幡在风中猎猎起舞。我感到了一股冷意。

几天前买碟,店主轻车熟路地从盒子中抽出一张塞给我:"这张,奥斯卡最佳外语片。"我看了一眼片名:《入殓师》。

这是部日本电影,在我印象中,今年的奥斯卡获奖名单它确实榜上有名,便毫不犹豫地买下了。

接下来的几个晚上我都在看碟,但每每轮到拿起它时,我还是放下了。我看的基本上都是美国大片——它能让我活跃的大脑暂时性地获得休息,同时,《入殓师》的故事简介亦让我对它失去了热情。我心想:有心情时再看吧,它不属于我喜欢的故事,即使看,也是为了了解奥斯卡评委们的口味——虽然我向来对他们评判标准深表怀疑。

有一天,张艺谋于深夜来电,问我有碟吗。很快,他就出现在了我家楼下。我们交流了一下影碟的信息,他把我替他买的影碟一张张地过目,我也大致一张张介绍了。临到《入殓师》时,他停顿了一下,说:"听说这张不错。"

我瞥了一眼。"还没看。"我说。

张艺谋开车走了,我一个人站在夜色中,琢磨着他提到的《入殓师》。我决定看看这部电影。现在很奇怪,看当代艺术片,我还非要有人推荐,否则,我一般会对它们避而远之,而宁愿去看二十世纪的艺术电影。

晚上陪一位"消失"多年的老朋友在国贸吃完晚餐,回到家,打开影碟机,我毫不犹豫地放进了《入殓师》,发现心境仍在浮躁中,于是先听了一会儿贝多芬的钢琴奏鸣曲,终于心静了,开始看《入殓师》。

　　一开始,《入殓师》并没有让我产生太大的兴趣。电影一上来的那点儿杂耍式的小谐趣,让我觉得肤浅,甚至庸俗,还有演员略显夸张的表演,都令我瞅着不喜。但我还是耐着性子往下看,结果在不知不觉中被打动了,心里竟也泛起了一股温暖的怆然,甚至有热泪在眼眶里涌动。

　　这是为什么?

　　我开始在内心追问着自己,究竟是什么让我一再感动,且被影像的魔力所牵引,向着一个我已经开始感到麻木和陌生的情感区域挺进。我的心在下沉,下沉,沉潜到连自己都备感惊愕的程度——温暖、丰润和沉静,当然,还有一种温馨的忧伤。

　　电影从始至终都在讲述一位大提琴手,在命运的阴错阳差间从事了入殓师这一行当,因而受到了朋友的白眼与妻子的背离,但他仍在顽强地坚守着,捍卫着心目中人所应当具有的尊严与高贵。

　　在我看来,尊严与高贵,是这部电影里隐含的一对关键词,也正是因为对人的尊严与高贵的终极追问,这部电影的编导们才寻找到了他们最终要体现这一主旨的影像内容——入殓师及他的工作和生活。电影所反映的生者与亡者的尊严与高贵,必须承认,是被我们这些貌似体面活着的人所忽略甚至不屑的。入殓师这一职业,这一卑微而又"下贱"的职业,从某种意义上说,将决定一人将持什么样的人生姿态,来捍卫亡者的尊严与高贵。很难想象,编导想到了以这么一种异乎寻常的人文关怀,来审视和表现这一职业的从业者令人尊敬的人性光辉;亦很难想象,那些投资者又是如何能义无反顾地加入了这一行列——表现生者对死者的尊敬。从投资者角度来看,这是有极大冒险性的。以我之经验,如今的投资人,大概率会拒绝投资这种类型的电影——对死者的尊敬,在他们看来几无商业价值。正是在这样一个我们无法抗拒的拜金主义背景之下,《入殓师》横空出世,我不禁对所有参与这部电影创作的人充满了敬佩。

电影迫使我们重新反思生者对亡者的态度,这也正是这部电影的伟大之处,而在此之前,我居然浅薄地以为它仅是为了表现一种特殊的职业(入殓师),以此来哗众取宠。我感到了羞愧。

我不知道,我所敬仰的法国已故杰出哲学家罗兰·巴特尔如果看到这一情景会做何感想。他在日本曾有过的那次短暂的停留,让他给我们后人留下一部令人着迷的著作《符号帝国》。在这本书中,他几乎带着几分敬意、几分好奇,以及对日本文化内涵探究的痴迷,进行了一次符号学式的"学术游戏"。他涉猎了潜隐在日本人生活中几乎所有的典型"符号"——筷子、鞠躬、包装、书写、面孔、日料等,可是他居然遗漏了这个岛国另一更具符号特征的文化现象:亡者之入殓,以及生者对死者的态度,生者对死者尊严与高贵的敬意,并通过庄严静穆的仪式予以表达和延伸,最终升华为对整个人生及生命的神圣观照。哦,我终于明白了,入殓师的职业并非仅是为了让亡者安静地上路,更是在为他们创造一次新的生命气息,以便在踏上天国之路时绽放出生命的绚烂和荣耀,由此我们可以反观生者存在的本质,以及我们屹立于世的生命尊严。

现在,虽然已夜深人静,但我心潮起伏,我知道我必须为这部刚看完的电影留下些文字,以便让自己经历一次心灵的洗礼,以此来表达我对《入殓师》的崇高敬意。

《活着·张艺谋》:岁月的回望

我不知道是不是我们这代人已然到了该怀念往昔的时候了,时过境迁的情景与岁月之流淌,总会在某个寂静的夜晚,或弥漫着淡淡薄雾的清晨,悄然地来到我的身边,敲开我的记忆之门,登堂入室地与我开始倾心交谈。

我总是喜欢一个人坐在案前,眺望着窗外的景致,浮想联翩,思绪又总是这么的绵延而悠长,它越过了现实的浮华与喧嚣,让我重返那个如诗如歌的年代。那时虽然路途艰苦,举步维艰,但我们还是怀抱着理想和热情——那是一个我们有梦的年代,一个对艺术有追求、有信念的年代。

它真的消逝了吗?有时我会扪心自问。几天前于清晨出门,迎头看见北京的天空纷纷扬扬飘起了小雪花。在这样一个早春

时节,我们居然迎来了晶莹的小雪花,那真是一个惊喜,就像是上苍赐予我们的一个神品。

我常常想起二十世纪九十年代初,在冰天雪地里拍摄《活着》时的情景。我们裹着厚厚的军大衣和棉裤,人人足踏一双军用羊毛皮靴。那凛冽的寒风,吹得人脸上生疼,我远远地能看见张艺谋那张严峻的面孔,还有他那炯炯有神的犀利目光。

那时我们的电影已进入尾声了,电影《活着》开场不久的战争戏,其实是我们搁在最后拍摄的。

那些日子,我东跑西颠帮着张艺谋安排群众演员,并向剧组有关人员传达他的指令。那几天,一支人数庞大的部队在配合我们战争戏的拍摄,张艺谋站在高处,通过高音喇叭安排大家的戏份。我们在寒风中冻得直哆嗦,而他则坐在一个露天的高台上,像是没有一丝寒意,只有全神贯注。他的目光扫视着现场的每一个细节。那场戏,亦是他从影以来场面最大的。《活着》将要在两个多小时的时间内浓缩一个民族近代以来的苦难史,或曰一部平民史。

当时的我,还身负副导演的职责,那也是我第一次深度涉足一部电影的诞生过程。彼时的我已然主动放弃了体制内的工作,于今想来那无疑是一次人生历险。我当时幼稚地认为仅凭着我那点儿可怜的稿酬,就足以让我笑傲江湖、畅通无阻了,于是我成了一名彻底的无业游民。如果我没有遇见张艺谋,我将会是一种什么样的命运?如果还是按照幼稚的人生安排继续打拼,我的命运将会如何被改写?

我不知道。命运从来不可能回头再来,它沿着一条命定的轨迹,"强词夺理"地拽着你走上一条它所规划的路,无可违逆。

为了那个美好的记忆,那个自进入二十世纪后更显弥足珍贵的记忆,我找出了我过去的日记——一部记录《活着》拍摄过程的笔记,匆匆地扫了一眼。于是我相信了,虽然它仅仅是对过去一部电影诞生的纪实文本,但于今它仍然是有价值的。它的价值就在于在我当时匆匆写下的笔记中,我意外地记录下了以张艺谋为首的一众电影人追求艺术与梦想的工作与生活。进入了二十一世纪之后,当代电影就开始踏上了硝烟弥漫的商战之旅,这种梦、这种艺术的情怀已然鲜见了,甚至彻底丧失了。

在那时,我们的人生观是坚定不移的,就是想拍出一部能忠实反映中国老百姓苦难史的电影——他们的坚忍,他们的委曲求全与忍辱负重,他们对幸福的那种质朴的期盼,还有就是面对苦难时无怨无悔的生命观。我觉得在那一瞬,所有的往事如梦般地翩然而至了,我无法抗拒它们对我的冲击,我就像重返了那业已消逝了的过去,回到了当时的现场:张艺谋的指挥若定,还有摄制组其他同仁的不懈努力。迄今为止,我仍然认为《活着》是中国电影史上的一部经典之作,它的艺术生命会随着时代的演进而愈发显出它的魅力与光芒。于是在二十年后,我接着这本笔记实录,又写下了一个长篇后记,以此来记录《活着》之后所发生的不测的"命运",以及我个人穿越岁月的感慨。

当时,在《活着》拍摄之前,我与张艺谋有过一次关于《活着》这部电影的主题思想的讨论,今天回头再看,我仍觉得还是

有价值的。但由于我一时疏忽,这些内容没能进入出版的那本《活着·张艺谋》中,我在此录下:

王斌:余华的剧本改得不错,你提出的那些要求,诸如背景因素的强化,对女主角王家珍性格的进一步刻画都完成得大致就绪。看来余华写戏的潜力是很大的。

张艺谋:是的,余华很会写戏,那些新加进去的东西都很有神韵,尤其是一九五八年的戏。我对他写戏的能力很有信心。我原来还担心写先锋小说的人不会写戏。余华小说里写的是生活在边缘部分的人,一九四九年后历次运动本身只是作为一种背景映衬着人物的命运。现在改编的剧本,已经有了一些介入,但是他们家的荣辱盛衰跟运动的关系还不是非常有直接的关系。这样挺好,不像《蓝风筝》,只是一味地在控诉。我觉得我们没有必要也弄成控诉的东西。今天再看过去,也不应该只是这种眼光,直接写出来谁、谁、谁毁于什么东西会缺乏深厚的底蕴。

王斌:只有将人物的命运和这些历史事件纠缠在一起,融合在一起,才会显得自然传神,通过人物所承受的这一个个不堪忍受的遭遇,可以展现出中国人所特有的一种生命观。

张艺谋:有的人认为福贵这个人活得有些"苟且",缺少对命运的抗争,这会不会有问题呢?

王斌:我们过去是用批判的眼光来看待"苟且",就像鲁迅所说的"怒其不争,哀其不幸",也就是知识界一向认为的中国人活得窝囊。其实今天再回过头来看,这种被我们所不屑的"苟且",也是一种人生态度。中国人在不断承受生存重压的情况下,就是这么活着,保护着自己,延续着一个民族的传承,其中好像有很难一语道尽的道理在其中。我认为这是一种中国人所特有的生存境界,你无法说它是对还是错。我们许许多多的人就是这么活过来的,其中有许多东西令我们感动。

张艺谋:《活着》里,小背景、小命运和大背景、大命运的交融,在这一点上应当尽量发挥余华的长处。他在戏的把握上都挺准的,也许必须再充实些细节材料,使人物更丰满,在福贵走过的路上看见我们许多人的影子。

王斌:对,尽可能使人物更具代表性。

张艺谋:小说中,一九四九年前的这部分很扎实了,就不怕它真正的历史感出不来,因为一九四九年前的那部分很有味儿,但如果感觉上一九四九年前的那部分戏在分量上要比一九四九年后重,这样很可能导致电影只是追索某种遥远的过去。一定要让后面的部分更加有意思,更加贴切,更加感动人,让人感到实际上主人公的经历是每个人所经历过的人生。真正达到那种动人心弦的效果之后,一九四九年前那一部分才更具有激活整个故事的效果,使影片获得纵向的历史感。

王斌:是的,余华改剧本前我会提醒他,后面的部分比前面的单薄,应当考虑增加分量。

张艺谋:有一个朋友看了小说后说,他觉得还是在看过去的故事,因为现在的部分少,还不够。我真的以为还是应该把后面(即一九四九年后的戏)作为重点,即所谓的直面人生。

这是剧组成立前我们之间的一次聊天。张艺谋是这样一种人,在粮草未行之前,他自己必须先将计划中的电影主题思想梳理清楚,按他的说法是电影主题的"形而上"要自己心里明白,正所谓"纲举目张"。《活着》虽然筹备于二十世纪九十年代初,但由于二十世纪八十年代的思想与精神依然在张艺谋的身上存在着,那时的他始终追求这种精神,坚持在艺术上要有一种标新立异的深刻思想,对人性要有新的发现,而且特别反对艺术上的自我重复。他常对我说:"我们这批所谓的第五代导演,是靠着造型和影像以及黄土地起家的,但我觉得一个人不能在一棵树上吊死,不能只有一种风格。人就像是一根橡皮筋,只有不断地拉动才能知道自己的极限在哪里,所以要试,要不断地探索,这样才能进步。"

我还记得,在一次《活着》开拍前的主创会议上,张艺谋强调说,我们这一次拍《活着》,为了把人物和故事弄得扎实一点儿,要有意识地不玩儿技巧,不玩儿风格,自己装傻×,假装不会拍电影似的,老老实实跟着人物走,跟着故事走。后来我发现,他果然在拍摄中始终贯彻这一战略目标,坚定不移地不玩儿花拳绣腿,不玩儿技巧,甚至不讲究影像造型,始终扣着人物的命运走,一镜不离。

有一次拍山东的周村大街,那条大街极具特色,笔直宽敞的马路,两旁尽是些改革开放后兴起的小商铺,有卖杂货的,有打铁的,还有民居民房,一水儿的木质门板。平时电影拍摄时,我们会要求各家各户关上房门,怕一不留神镜头穿帮了,从而破坏了民国年代的真实氛围。一旦各家各户关上了木门,空荡荡的大街会显出一种寂静中的安然。

一天深夜,摄影师架好机器后,突然灵机一动,觉得低位仰拍出来的大街效果会很有感觉,颇具独特的影像风格。于是他找来张艺谋,陈述了他的想法。张艺谋低下头往摄影机取影框看了看。"这样拍好看。"摄影师在边上说。张艺谋站起身,淡淡地瞥了他一眼,说:"这不是我要的风格,我要的风格是朴实,逼近真实,这部电影咱们不玩儿镜头,你还是按正常的位置拍吧。"

张艺谋经常说起拍摄中可能出现的困难,那就是作为导演,你一旦在心中形成了一部电影的总体风格,那就要排除各种困难,坚定不移地往下走,这时,会有许多困难在等着你,要你去克服,但为了总体走向,你必须一个个地排除这些障碍,去说服你的工作人员,这样电影拍出来才会是风格统一的;有时为了这些要求,你还不得不耗费大量的时间向其他人做解释。

这个人——张艺谋,确实对细节的要求达到了一种"病态"苛刻的程度。有一天,我们要拍福贵女儿结婚的戏,道具按照剧本的要求,事先准备好了《毛主席语录》(小红本)。这是"文革"

时期人手一册的红宝书,也是在重大的活动中必然会出现的重要道具。那次拍的是全景,拍演员们乐滋滋地手捧红宝书的几个镜头。没过一会儿,张艺谋让我把道具师傅找来,一脸严肃地让道具师傅将《毛主席语录》翻开,结果我惊讶地发现,里面的页面全是假的,是一张张剪裁好的白纸。张艺谋严肃地问:"为什么会出现这种情况?"道具师傅回答说:"我们认为在电影里根本不会有人打开这本红宝书,有个真实的红色塑料封面就行了。"平时在现场很少发脾气的张艺谋一下子怒了,提高了嗓门儿大声说:"你们有没有想过,如果我临时要增加一个翻《毛主席语录》的特写镜头怎么办?遇上了这种情况,我要的特写怎么拍?所有跟我工作的人都知道我的要求,我要的东西必须是真的,而不能应付。你们是干这行的,应当知道细节有时就出在道具上,可是你们没有尽职。"道具师傅的脸色"唰"的一下白了,连声道歉。张艺谋摇了摇头,叹道:"现在道歉也晚了,拍摄时间我们耽误不起,工作怎么能这么不认真呢!"

时隔二十多年后,我又一次看到了张艺谋的一丝不苟。那是他在南京拍摄《金陵十三钗》,我受邀去剧组探班。那两天,我除了在现场东张西望,就是没事时坐在张艺谋身边——那是一个由小帐篷搭起的导演工作室,里面放置着两台显示拍摄影像的监视器,以便进入实际拍摄时,张艺谋可以通过监视器看到演员的表演;如果发现问题,还可通过步话机及时地进行现场调度。我们虽是好友,但在现场他几乎不跟我聊天,聚精会神地盯着监视器一动不动,或在换机位时翻看剧本,反复琢磨。我太了解他了,所以也就知趣地坐在一边,一声不吭,有时感觉有些尴尬——毕竟我已然不再属于这个剧组了。

那是一个近午时分,要拍一个教堂外贝尔与曹可凡在汽车边聊天的全景。当一切准备就绪,张艺谋拿起步话机喊了一声开机。喊完后,他又俯身目不转睛地盯着监视器。我就坐在他的边上,视线亦落在监视器前,我觉得镜头里出现的人物和场景挺棒的。我眼角的余光能注意到张艺谋的神情,他完全是一副沉浸的模样,不动声色。拍完了,他的脸色有了些许的变化。我有些诧异。这时他用步话机喊来了摄影师。张艺谋指着监视器一角问:"你看看你的镜头里有什么?"摄影师皱着眉头看了一眼,显然,他什么也没发现,疑惑地看着张艺谋。我也跟着扫视了一眼。监视器里的一切还是刚才见过的场景,只是演员不在了,除此之外,我没发现任何异常。我也在纳闷儿。这时张艺谋的手指明确地指向了监视器右下角的一个位置:"这是什么?是不是一个包装袋?为什么会出现在镜头里?赶快去清除了。"我凑上前去,仔细地又盯了一眼,这才发现,果然在那个不起眼的小角落里,有一个若隐若现的异物,如果不仔细看,根本不可能看见。我心想,张艺谋的眼神也忒"毒"了吧,这么一个不起眼的小玩意儿他也能发现!接着又拍了几个镜头后,张艺谋宣布收工吃饭,但要求摄影与制片部门的人留下,他要对他们说几句。

他站在教堂外的台阶上,严肃地扫视了一眼围上来的剧组人员,厉声问:"你们几个部门的人一大早就来清理现场了,这么多人在忙这事儿,你们就没人发现角落里有一个包装袋?这么多人！还有摄影，你在镜头里为什么没有发现这个东西，还要我来说？你们的责任心在哪里？我也知道，以现在的技术条件，这个小东西未来在电脑上可以抹掉，不算什么，但我今天要说的是责任心，这个错误是不该出现的。"

说完，张艺谋闷着头一个人先走了。我知道张艺谋的工作作风，他这是在拿一件具体的事来练兵呢。过去他就这样，平时不爱批评人，做事总是以身作则，可一旦发现有人失职或不认真，他便会拿某件事来敲山震虎，以此让摄制组的同仁引以为戒。所以张艺谋团队成员在组织纪律上一向自律，很少发生是非纠纷，这种作风的形成和他本人严谨认真的工作作风是分不开的。

那天我还在心里感叹，这么多年过去，他的激情和意志依然没变，还是那个我所熟悉的张艺谋，还是那个一丝不苟以致看上去还显得有些刻板执拗的人。

我常会想起我们当年——一九九二年，坐在东大桥一大排档里的情景。那时东大桥一带远不是今日所见到的颇显时尚的风貌，现代化的建筑楼群还没有拔地而起，那里还是一处繁忙的交通枢纽，马路亦不显宽阔。我当时就住在那里。我楼下不远处是一个巨大的有着简易篷顶的货品流通市场，除了一排排卖衣服的小摊位，就是一个个散发着浓烈油烟味儿的各类小吃摊了。

那时的张艺谋，还没有一个属于自己的工作室，谈剧本时，总要寻找一个临时场所，比如一家酒店。而当我开始与张艺谋合作后，我在东大桥的一居室，无形中便成了我俩谈天说地聊剧本的固定场所了。

那天傍晚,聊完剧本后,我们来到了那家大排档,那几天的一日两餐我们基本上都是在那里解决的。那晚,张艺谋兴高采烈地讲述起了对电影《活着》的憧憬。显然,他对接下来要拍的这部电影是高度自信的。他一向认为,如果自己不失手的话,这将会是一部"一览众山小"的好电影。他相信《活着》可以浓缩成一部中国普通百姓的"苦难史",而又不失艺术之尊严。

好在那时他的那张脸还没人能认出。彼时的张艺谋,并没有像今天这般成为人尽皆知的"熟脸"。他那时极少上电视,也排斥抛头露面,保持着他一以贯之的低调风格。而这也是他当时面对社会的个人姿态。我俩时常就坐在大庭广众之中,可没人认出他来,这也让我们的聊天由此而获得了一份自由与自在。

我们正聊着,他的传呼机响了。那是一台大个儿的、可以显现汉字的、在当时还颇显高级的传呼机,张艺谋从口袋里把它掏出来瞅了一眼,若无其事地又放进了兜里。

"没事,"他摆摆手说,"是法国大使馆想请我参加他们的一个活动。找我的杂事太多了,没意思,哪儿有咱俩坐在这儿聊剧本有意思!"那时的张艺谋,对电影就是这么执着,除了电影,他心无旁骛。

我们当时就是这么简单,这么执着,这么心怀高远,觉得对我们苦难深重的民族负有一份义不容辞的责任,而拍《活着》,就是这种责任的具体体现。张艺谋在一部电影拍摄计划确立之前,总是要先找到它的"形而上",这是一种思考和追问;而思考与追问的结果,又将决定一部电影的灵魂及质量。他常说,只有想清楚电影的主题,才能知道电影最终的走向,这种"清楚"也将会落实在电影的每个具体细节中,否则电影的总体走向就有可能跑偏,一旦进入拍摄阶段,就容易出问题。

那时的广告业、电视剧远没有像今天这样蓬勃兴旺、蔚为大观,人们更没有像今日这般忙得四脚朝天、自顾不暇;那时的人还是闲适恬然的,生活节奏亦显舒缓,心境也就不太浮躁。所以当我们的剧本有了一个大致的模型时,就可以宣告成立了,而率先进组的是主创人员,也即编、导、摄、美、录(有时还会包括确定下来的主要演员),大多是来自张艺谋的老班底或电影学院学生。届时,制片部门会找一家宾馆,包下几间房,我们就开始了没日没夜的剧本讨论。

在此期间,没人会三心二意,也没人计较时间与金钱的"扭曲"关系。现在想来,那时大家还真够清闲的,没多少事可做,有这么一好活儿已然是一种幸运。张艺谋对我说,他最重视的,就是电影开拍前主创人员参与的剧本讨论,因为这些人在进组之前,完全不知道剧组计划要拍个什么样的电影,所以他们对剧本的第一直觉显得至关重要;还有就是在讨论剧本的过程中,每一个主创人员对于一部电影在实际拍摄时的技术要求也了如指掌了,因为他们"参与"了整个剧本的形成过程。

这样的剧本讨论会在今天看来是非常"折磨"人的,每一个剧情细节乃至每一句台词都要"过关斩将",禁受得起各种角度的质疑与考问。讨论会的气氛亦总是热烈而民主的,而对剧本率先发起"攻击"的人一定又是张艺谋。他频频地向自己曾经确定的剧情提出颠覆性意见，然后引导与会者朝着一个方向思考。他的思维又总是走在别人的前头，有时突如其来的想法会让人猝不及防。这时的张艺谋，总是显得那么的亢奋、激情洋溢，他可以滔滔不绝地说上一天而不喝一口水，我们常戏称他为"铁人"。他又总是似听非听地盯着我们，目光却在走神。我们都知道其实他根本没听见，大脑仍停留在对剧本走向的思考中。

这种剧本讨论会，会贯穿电影诞生的整个过程。当我们进入了实际拍摄时，每天天黑前停机，回到宾馆匆匆扒拉几口饭，冲个澡后，就会听到从楼道里传来"运动喽"的呐喊声——那是在召唤主创们尽快集中到张艺谋的房间，继续讨论第二天要拍的戏。会议一般会持续到第二天凌晨，以致会出现这么一种奇怪的场面——主创们一个个或昏昏欲睡，或已然鼾声大作，而张艺谋仿佛视而不见地继续情绪激昂地挥动他的手臂，逮到谁没睡，就冲着他陈述自己想象中的剧情与台词；一般能跟着他坚持扛到最后的也只有一两个人而已，而张艺谋也从不计较，仍旧我行我素。后来我们发现，他真正需要的其实不是有谁在帮他出主意，而是他需要几张看向他的脸，从而构成思维的刺激对象，好让他能够不间断地滔滔不绝下去，如此而已。所以电影《活着》的编剧准确地说非张艺谋莫属（从剧情到每个人物的台词，基本上都出自他本人，而那个所谓的编剧，在开拍前至多只是听写，还没忘了带上一个录音机，生怕漏掉了讨论的内容，从而可以将大家讨论的每一场戏、每一句台词详细无遗地记录下来。一旦进入实际拍摄阶段，张艺谋自己会将前一天晚上剧情讨论的结果，经过整理，在拍摄当天上午以口授的形式，从人物对话到镜头、场景的转换与调度——叮嘱现场场记记录下来，这也就是实际拍摄的镜头内容了。接下来，每一场戏将会严格按照张艺谋的口授，一个镜头一个镜头地拍摄下来，这才是《活着》的剧本与电影诞生之间真实的关系），但他并没有因此而在片头或片尾注明自己是编剧。

也不知从何时起，这种由主创人员共同参与的剧本讨论会不再有了，逐渐演变成一部电影在开拍前召来主创开几天会，大家只是提点儿不咸不淡的意见而已。后来张艺谋时常对我感叹："过去那种主创参与的剧本讨论会不可能再有了，现在大家有点儿时间都在忙着挣钱，你也不好意思再去浪费人家的时间，只能靠我们自己来了，这是没办法的事。"说这话时，他总是神情黯然，而我，亦从中感受到了一个电影人追逐梦想时代的消逝。那样一个热火朝天的时代不可能再回返了，那种基于艺术之梦的激情亦与我们渐行渐远了。我们进入了一个所谓市场化的时代。

而我，亦于二〇〇六年告别了令我感到浮躁的电影圈，重返我的书桌，重返我的写作生涯，由此恢复到了一种难得的平静与自省状态，于是写下了我的小说《相遇的别离》《味道》与《六六年》，以及三本随笔集。我由此发现，文学与艺术的梦想其实在书桌前还能找到，这种发现让我高度兴奋，而为了重温我曾有过的那段美好的记忆，那个电影人追逐梦想的纯真年代，我又将《活着·张艺谋》的笔记整理了出来,交给了人民文学出版社出版。我觉得这是一段十分珍贵的历史记忆,它不仅忠实记录了一部电影的诞生过程,而且于无意中也记录了一个不受金钱左右而只知忠实于内心表达与思考的电影时代。

现在这本书出版了——《活着·张艺谋》(我更喜欢我的原初之名——《〈活着〉:参与者手记》,但人民文学出版社的编辑坚持要用那个名,我也只好由着他了),我内心也因此有了一份莫名的惆怅。我知道我对昔日岁月的缅怀在这样一个务实的金钱至上的时代是无足轻重的,我无力抵抗汹涌而来的时代大潮。一切都变了,与昔日相比,变得面目全非,以致有时我会在恍惚间不知自己身在何处。

无所谓了,我们无法改变时代,但我们可以守护心中的那份永不消失的理想, 以及对艺术的坚定信念——我始终认为,真正的艺术与功利目的无关,它所要关心与关注的始终是人性与命运,而我,将坚定不移地朝着这一方向继续走下去,虽然对于我来说,那是一条坎坷曲折而又漫长的人生孤旅。

有一年春节前夕的一个晚上,张艺谋与我相约共进晚餐。在饭桌上我们聊了很久。这种推心置腹的长谈于我们似乎是久违了,尽管我俩没事时还会时常见面,但每每总是匆匆一见,又匆匆分手,很难得静下心来认真地聊聊天。见面时,我们甚至还有意无意地回避各自都在忙些什么的内容。

而在那个夜晚,我们终于又可以畅所欲言了。这个一向沉默寡言、意志坚强的西北汉子让我再一次惊讶。我发现他对自己的认识还是相当清醒的，对于来自各方的攻击亦能隐忍，而且会从中汲取有价值的意见，以便适时地调整自己的观念。与过去相比较，他变得平和了许多，也不再与自己那么较劲，他只想认真做点儿自己想做的事，是非公论不必去理会，他显得有些超然了。

最后我说："艺谋，其实人们并不需要你的电影能有多高的票房，那不是他们所期待的；人们需要的，是你能拍出让大家由衷感到尊敬的电影。"张艺谋神色一凛，凝神看向我，脸上浮现出一丝凝重，微微地点了点头。

后记　我的随想,我的思

　　这一段时间,我每天早上就做一件事,重新回望我这十年来陆续写下的手记。

　　看得很慢,心境也是平和的,由此亦知当年写下它们时虽也匆匆,但心,乃是怡然自处的。因为没想要发表,也就不再考虑公共语境下读者的诉求,于是随心所欲,只是作为私域之所述,漫不经心地娓娓道来。

　　现在看,它们大多只适合出书入集,而非应时地在媒体上发表,因为出书无形地规定言说的语境乃是个性的、自我的、内省的,于是自言自语、一问一答便也成了我个性叙述的风格。

　　今日回望,真心犹觉没有过时,相反,还处处看见我在响应时代心灵的轨迹;这轨迹,又反向地映照出了相应时代的某一或隐或显的侧影或姿容。

　　不辜负手中之笔及我的思考,始终是我持之以恒的价值追求,因此,我的言说,也就自觉地远离了喧嚣中的应景。一位坚守立场的书写者,若无法剥离人生表象的遮蔽,直见隐藏的真相与社会本质,时过境迁后其文字都将成为过时即扔的时代垃圾,而一个秉承天命的思者,当不齿于此。

　　几乎不用改动,只需调整个别字词,连叙述语句在我的言

294

说秩序中竟也是妥帖的，这让我多少有些吃惊。

这么多年来，我的写作重心其实是在小说，随笔于我更多的是一种休闲消遣，或是一种另类意义上的心灵的憩息，由此，我显得有些漫不经心。只是当一簇簇纷乱的、暧昧的、含着某种隐秘意味的思绪蓦然飘来时，我会伸手将它们一一捕捉，然后再以文字的形式，去梳理这些尚显杂乱的思绪究竟因何而至。

我一如既往地这么写着我的手记或随笔，孰料，这十年来积攒了百万以上的文字，而且艺术的各个领域皆有所涉及。于我，这还真是意外收获了。

时间的钟摆在疾如狂风般地摆动着，而我，只想以我之名，在钟摆经过的刻度上留下一点永不消失的刻痕。